講談社文庫

網走発遙かなり

改訂完全版

島田荘司

講談社

目次

網走発遙かなり

改訂完全版

一章　丘の上

1.

朝食を作る手を止め、お勝手の小窓から下を見ると、またあの老人が、笹の葉を摘《つ》んでいるのが見えた。

自宅の古い門の脇にじっとしゃがみ込んだ銀髪が見える。そうして痩《や》せた両手を伸ばし、一枚一枚、丹念に熊笹《くまざさ》の葉を花バサミで摘んでいるのだ。

摘んだ葉は、透明なヴィニール袋に入れたり、腰にしている派手な女物の前掛けのポケットに集めたりしている。

当初、私は何をしているのだろうとずいぶん気になったものだった。この老人は、毎朝決まって七時頃から九時頃にかけて、ああして自宅の門の脇にしゃがみ込むのである。雨の日も風の日も、じっとああしてしゃがみ込み、動こうとしないのだ。

朝食の支度《したく》にお勝手に立ち、老人のこの様子を見つけてから、私は気になってならないので、じっと観察するようにしていた。すると、彼はただうずくまっているわけではなく、熊笹の葉を刈《か》っているのだということが解ってきた。

しかし、熊笹など何にするのだろうと思う。あんな葉など集めても、何の使い道もないだろうにと思うのだが。

それに、集めているという風情《ふぜい》にはほど遠い。少しも急いでいる様子がないのである。本当に丹念に、一枚一枚ゆっくりと摘む。かといって、葉をかき分け、何かの基準によって選び抜いて摘んでいると、そういうふうでもまたないのだ。つい手近にある葉を次々と摘む。しかしその動作がいかにも緩慢《かんまん》で、妙に狂的な異常を感じさせるのである。

そうして刈り集めた笹の葉をどうかするのかというと、これがそんなこともない。黒ヴィニールの例のゴミ用の袋にいっぱいに溜め、ゴミ収集の日に、所定の場所に出されているのであった。

私の家のゴミも同じ場所に出すので、私は一度そのゴミ袋をそっと開いて覗《のぞ》いてみたことがある。底までぎっしりと、熊笹の葉が詰まっていた。一週間分の熊笹と思われた。

私が住んでいるのは、世田谷《せたがや》区成城《せいじょう》と呼ばれるあたりである。成城といえば聞こえは悪くない。高級住宅街というイメージがたぶん世間にはあるだろう。しかしそんな場所は成城学園前駅の周辺ばかりで、私の住んでいるような世田谷通りも近い成城のはずれの地区となると、近所に運送会社や町工場などがあり、建売住宅がごちゃごちゃと密集した地域で、どうも世間の成城というイメージからはほど遠い。

安普請《やすぶしん》の建売住宅や、古くからある一戸建ての木造の家が、ろくに庭も持てないでひしめいている。熊笹の葉を刈る老人の家も、そんな古い木造の家の一軒だった。

もともと何をしていた人なのか知らない。隠居した人なのかもしれないが、それにしては、訪ねてくる若い人もない。もとは、庭の離れを使って小学生向けの学習塾をやっていたという話だった。

近所の噂《うわさ》では、かつての帝国大学を出た人で、大変な偉い人なのだという。私の隣家の人で、この笠井《かさい》という老人に、書を書いてもらった人がある。毛筆で大変な達筆、しかも名文だったという。今それは彼女の家の茶室に、額に入れて掛けてある。

回覧板の文章や、小学生向けのちょっとした激励文など頼むと、なかなか筆がたつので、近所では重宝《ちょうほう》しているという話だった。

しかし体力と視力が衰えたということで、今はもう学習塾をやめている。かつて子供たちの教室だった庭の建物の、化粧合板のドアの窓にはボール紙が貼られ、何にも使われていない様子で、表の通りから覗き見るとひどくうらさびれた印象である。もっともこういった情報はすべてご近所の奥様方から聞いたもので、私自身はこの笠井家に塾が開かれていた頃のことは知らない。教え方も評判が良かったようだから、まだ行なわれていれば私も子供を通わせたかもしれない。

私自身、成城の住宅という誘い文句に乗ってこの庭も満足にない小さな建売住宅を買って移り住んできたくちだが、私が去年越してきた時には、すでにこの学習塾は閉鎖されていた。そうして今年の夏頃から、私は自宅の門柱脇の熊笹の前にうずくまる老人に気づくようになったのである。

私自身は、この家も付近の様子も気に入っていた。成城とは名ばかりだが、私の家のすぐ裏手に野川《のがわ》という小川が流れている。この川のほとりには、サイクリングロードがずっとついている。子供の手を引いてこのサイクリングロードを歩いていくと、成城学園前駅方向は小高い丘になっているから、丘の上や中腹に並んだ高級住宅街や、高級マンションが望《のぞ》めた。

一軒大きなガラス張りの家があり、高そうなソファや、しゃれた照明器具が並んでいるのが道からも見えた。いつもカーテンはひかれていなかった。そう私は思っていたのだが、よく見るとそれは三階建てのマンションなのだった。ガラス張りの部分はロビーなのである。こんなマンションを、私はここへ来るまで見たことがなかった。

そんなふうに川に沿って歩き、小田急《おだきゅう》線の高架の手前を右に折れて坂道を登り、線路の下の小さなトンネルをくぐると喜多見《きたみ》不動尊がある。石段を昇ってこの不動尊にお参りし、それから丘の中腹についた道を廻って、もうその辺になると増えはじめる高級住宅のガレージに並んだ高級車など眺めて、それから家に帰ってくるというのが私の散歩のコースだった。

小学校にあがったばかりの息子を連れ、私はよくこのコースを散歩した。そして、そんな生活がとても気に入っていたが、移り住んで一年もすると、いつか鬱々《うつうつ》としてきた。この丘は、まさに富める者と貧しい者とを隔てる境界線なのだった。それは嫌味なほど露骨だった。丘の中腹から高級住宅が始まる。つまり私の散歩コースである一本の細い道を境に、富める者のエリアが始まる。私たち貧しい者の家数軒分を使い、富める者の家が一軒建っている。道に沿い、化粧タイル敷のガレージがあり、まるでこれ見よがしに、数台もの高級車が並んでいる。しかしこれは一軒分のガレージなのだ。私の家など、このガレージの敷地に充分納まりそうだ。

そしてガレージの向こうには、レンガ敷のしゃれた石段が昇っていき、白塗りの瀟洒《しょうしゃ》な一戸建てに続いている。

それはそれでかまわない。人が富者と貧者に分かれるのは世の常だが、富める者が貧しい者の営みをいつも丘の上から見おろしているというこの構造が、次第に私は気に入らなくなってきた。

同じ成城という場所に住みながら、丘の上の者は成城学園前駅の付近に買物に行く。輸入物を多く置いているマーケットである。丘の下に住むわれわれは、野川を渡り、同じ小田急線だがひとつ郊外寄りの、喜多見駅前のSストアに買物に行く。喜多見はどこにでもある田舎《いなか》駅だ。

距離的に喜多見駅の方が近いということはむろんある。丘を昇って成城駅前まで買物に行くのは、自転車を使っても少し辛《つら》い。もちろんそれはある。しかし、どうしてお金持ちたちがただの一人も丘の下に住みつかなかったのだろうと思う。

いや、それは逆かもしれない。貧しい者たちに、どうして丘の上に住んでやろうという発想が湧《わ》かなかったのか。

それはたぶん、丘の下の方が土地が安かったからだろう。

では何故《なぜ》、丘の上の土地の方に高い値をつけたのか。そんな理由をあれこれ考えると、私は時々やりきれない気持ちになることがある。とぼとぼと喜多見駅前の「庶民用」マーケットに買物に行き、「特売品」などという赤字に目を血走らせていると、私はいつから貧しい者としての人生に足を踏み入れたのか、どこの岐路でレールの選択を間違えたのか、と思う。そしてこのまま一生丘の下で、裕福な者たちに見おろされ続けなければならないのかと考えると、とてもとても辛い気分が胸の内に湧いてきて、知らず精神が押しつぶされそうな自分を発見した。

2.

九月二十五日、火曜日の朝だった。私が例によっておみおつけを作る手を停め、流しの上の小窓から爪先立《つまさき》って表を見ると、やはり老人は熊笹の繁みの前にうずくまり、緩慢な仕草で葉を刈っていた。

彼はほとんど二ヵ月の間こんな仕事を続けているが、笠井家の門柱の脇にある笹の葉の繁みは、たいして小さくなっているふうでもない。老人がほんの少ししか刈らないため、またすぐ生《は》えてしまうのである。

ああやはり今朝もやっているんだわ、と思い、その様子だけ確かめると私は、またまな板の上の大根を切る作業に戻ろうとした。その時ふと目が停まった。ちらと不思議な光が、笹の葉の繁みの中で光ったのを見たような気がしたからである。

不審に思い、私はまな板を脇に寄せ、本腰を入れて流しの上に身を乗り出した。夏から塡《は》まったままになっている網戸に、鼻を近づけた。

私の見間違いではなかった。笹の葉の間を、小さな光がさっとまたよぎった。朝の光の中で、一瞬それはまるで季節はずれの蛍《ほたる》のように見えたが、蛍にしては明るすぎる。

老人は、今朝は笹の葉を摘んではいなかった。そのかわり、右手に小さな板のようなものを持って、さかんに何やらやっているのである。

「どうしたんだ？」

背後の、すぐ身近で夫の声がした。

「あれ、例のお爺《じい》さんよ、笠井さんの」

私が言った。夫も私の肩に手を置き、小窓に身を乗り出した。歯を磨《みが》いてきたばかりらしく、かすかに歯磨きの匂いがした。

「また笹の葉を摘んでるのか？」

夫が言う。この老人のことは、私たち夫婦の間でも話題になっていた。

「それが、今日は違うのよ」

「違う？」

「ほら見て、あれ何やってるのかしら」

言われて夫も、無言で網戸に顔を近づける。

「光が見えるのよ、懐中電灯かしら」

私はそう思っていた。だが、そうではなかった。

「鏡だぜ、あれ」

夫が言って、私の顔を見た。

「鏡？」

夫の言う通りだった。老人が手に持っているのは、小さな鏡なのだった。熊笹の葉の間に見えた光は、その反射なのである。

「何しているのかしら」

「さあ」

夫も首をかしげる。私たちは興味をひかれ、じっと見つめた。

「おいあれ、丘の上を照らしてるんじゃないか？」

夫が言う。彼の言葉に私も前方の丘を見ると、確かにその通りだ。うっそうとした緑の塊《かたま》りのように見える例のお金持ちたちの丘、その上にいくつか散在する建物のひとつに、老人の持っている四角い手鏡が巨大にかたちを変えて、ゆらゆらと揺れているのだった。

まさに奇妙な眺めだった。頭髪がすっかり銀色に変わったその老人は、さっきから一心不乱に、まるで五歳の幼児の悪戯《いたずら》のような行為に没頭しているのだった。

「何だろう、ボケたのかな？　ぼけ老人なんだろうか」

夫が言う。

「そうねぇ……」

私もうなずいた。私にもそうとしか説明がつかなかった。

「息子とか、娘夫婦とかいないのか？」

「いないのよ。ご夫婦二人きりみたいよ」

「老人二人で暮らしているのか？　大変だな。息子夫婦が訪ねてきたりしているふうもないのか？」

「ないみたい。一度も見たことないもの」

「だいたいあの人、何をしてた人なんだ？」

「解らない。二、三年前まで、自宅で塾をやってらしたみたいだけど」

「やれやれ、あれじゃ子供なんか預けられないな」

「丘の上を照らしてるのね、さっきからあの一軒を照らしてるんじゃない？」

「ああ、どうもそうらしいな」

光は一軒の建物から動こうとしない。

「あれ何かしら。マンション？」

「うん、どうもそうらしいな」

それは、例のガラス張りのロビーがある、高級マンションだった。

「マンションを照らしてるのね、どうして？」

「知るもんか。頭がおかしくなってるんだ」

夫はもう興味を失ったらしく、体を起こした。それからも私はしばらく一人で老人を見ていたが、やがて体を戻してまな板を引き寄せた。

朝食になってから、もう老人の話題は出なかった。夫はそれきり老人の奇行のことは忘れてしまったようだった。私がその話題を持ち出しても、頭がおかしいのさ、しか言わない。そう決めつけて疑わないようだった。

夫のその考えに大きく異論があるわけではないが、私は、なんとはなく老人のこの奇行の理由が解るような気もした。彼はもう余命いくばくもない。これまでの長い命の期間を、彼は丘の上のあのお金持ちたちに見おろされ続けてきたのだ。それが潜在意識の下にたたっているから、ぼけが出はじめた今、あんな行為が、ささやかな復讐のかたちで現われているのではないか。そう、今朝のあれは、彼一流の丘の上への復讐なのではあるまいか。私はそう空想する。

翌朝もその翌朝も、私は熊笹の繁みの前にうずくまる老人を見かけた。もう鏡は持っていないらしかった。以前と同じように、緩《ゆる》やかな仕草で、彼は笹の葉を刈っていた。

一週間ばかりたったある日、息子の光一《こういち》がなかなか帰宅しないことがあった。陽がすっかり落ちかかっているのに、帰ってくる気配がない。私は夕食の支度を放り出し、探しに出かけた。

野川に沿って上《かみ》の方へあがっていくと、川沿いの土手の、草の上に腰をおろしている息子の姿が見えてきた。横に、おとなが一緒にいるらしかった。おとなの方は、水べりに身を乗り出し、しきりに何やらやっている。どうやら息子もそれを見つめているらしい。たそがれ時なので、その人が誰であるかは解らない。

「光一」

近寄っていき、私が名を呼ぶと、息子がびっくりしたように顔をあげ、ああ、お母さんか、と言った。

「何をしてるの？　帰りましょ」

そう言うと、息子はゆっくり立ちあがる。すると息子の向こう側にいた人物が誰であったか解った。

瞬間私は戦慄《せんりつ》した。あの老人なのである。毎朝熊笹の葉を刈っている、あの銀髪の老人なのだった。

息子が私の方へ駈け寄ってくる。私は右手を伸ばして待ち受けた。

「笠井さんでらっしゃいますか？」

私は老人に呼びかけた。

しかし、彼は無言だった。私の言葉にはそっぽを向いたまま、何の反応も見せず、ただばつが悪そうに私にちょっと頭を下げた。

「何してたの？　あのお爺さんと」

帰りながら、私は息子に訊《き》いた。

「笹舟を流してたんだ」

小学二年生になる息子は答えた。

「笹舟？　こんな時間まで？　もう真っ暗じゃない」

「うん」

笹舟とは思わなかった。暗かったので、何をしているのか全然解らなかった。

しかし笹舟と聞き、私は一瞬老人の奇行のヒントを得たように思った。

「駄目よ、気をつけなきゃあ」

何を？　と訊きたそうに息子は私を見た。私は内心わずかにうろたえた。何に気をつけろというのか、私自身、よく解らないのである。

3.

その夜、早く帰ってきた夫を交《まじ》え、もう一度その話になった。

「光一、どんな話をしたんだ？　笠井さんのお爺さんと」

夫が尋ねる。

「いろんなことだよ。前からあのお爺ちゃんちにはいろんな動物の剝製《はくせい》があるって聞いてたから、そんなのどうやって作るのかとか……」

「前からって、おまえ、前から親しいのか？　あの爺さんと」

「あなた……」

私は夫を制した。乱暴な言葉遣いを、息子に教えたくなかった。あるいはそれは、私の「丘の上」への秘かな対抗意識かもしれなかった。

「うん、そうだよ」

息子はあっけらかんとして答えた。

「剝製か？　へえ」

「うん、鳥とか、リスとかだって」

私もそれは以前耳にしたことがあった。近所の主婦で、昔、笠井老人に雉《きじ》の剝製を作ってもらったという人がいた。

「あの家に行ったことあるのか？」

「いいや」

「行くなよ」

「なんで？」

「なんでだって、パパが行くなって言うからだ」

「そんなのってないよ」

「光一、パパの言う通りよ」

「はあい」

「それからどんな話したの？」

私が訊いた。

「もう！　いちいち憶えてないよ」

「思い出しなさい」

「なんでェ？　丘の上に冒険に行こうとか、そんなことだよ」

「丘の上に冒険に？」

夫婦で、思わず声が揃った。

「それどういうこと？」

「知らないよ。だってぼくが言ったんじゃないもの」

私は夫と顔を見合わせた。どうもこりゃまともじゃないぜ、という顔を夫はした。


私たちの禁止策にもかかわらず、光一と笠井老人との「友情」は続いているらしかった。帰りが遅い日が多くなり、私が探し廻ると、たいてい「丘」の方で彼らを見つけた。例の高級車がたくさん並んだ邸宅の前だったり、喜多見不動尊の石段を昇ったあたりにある、小田急線の線路が二十メートルばかり下に見おろせる境内《けいだい》だったりした。その時は二人は、線路沿いの鉄条網の上に身を乗り出すようにして話し込んでいた。私はぞっとした。老人が背を押せば、光一はたちまち線路の上に転落しそうに思えたからだ。

老人の様子は明らかに異常だった。私の姿を認め、反射的に身を屈《かが》めることもあるかと思えば、すぐ背後に寄っていくら話しかけても、返事ひとつ返してこない時もあった。

私がそう言うと、光一はこともなげに、

「そりゃあの人、耳が遠いからだよ」

と言った。

私はなるほどと一応思いはしたものの、それだけではやはり納得ができなかった。耳が遠いから毎朝笹の葉を摘んだり、手鏡を持ち出したりするというのだろうか。

不可解なことに、「丘の上」の子供と「丘の下」の子供とは、決して一緒に遊ぶことをしなかった。それはおとなたちも同じだ。私たちの世界でも、この両者に交流はなかった。したがって光一が笠井老人に手を引かれ、丘の上まで遠征していくことは文字通り「冒険」だった。私たち親子にとって、丘の上は未知の領域なのである。

住所名こそ同じ成城だが、私は小田急線で新宿《しんじゅく》へ出るのに成城学園前駅を利用したことはただの一度もない。もっぱら喜多見である。買物のため、丘を登るということも一度もない。散歩でさえ、丘をあがることは何故かはばかられる思いなのである。

しかし不思議なことに、笠井老人は光一と一緒に「丘の上」へ遊びにいくと、このあたりの子供と仲良くなろう、仲良くなろうとさかんに息子に提案するらしい。痴呆化しはじめた老人の一徹さか、これはもう徹底してそう言いつのるらしい。話を聞いてみると、まるで光一を頼りに、丘の上の子供たちとお近づきになりたいと願っているかのようであった。

光一は隠しているが、どうやら息子は老人にかなりの量の贈物や小遣いを貰《もら》っているらしかった。老人は甘いものや現金で息子を釣り、丘の上の邸宅やマンションから子供が駈け出してきたりすると、さあ声をかけて、などとけしかけるらしい。

しかし子供の世界にもルールがある。おとなが想像するほどには、子供の世界もフランクではない。見ず知らずのよその子に対し、そうたやすく声がかけられるものではない、そう息子は言っていた。確かにそうだろう、通う学校も丘の上と下とでは違っているのだ。

翌々日、光一の父兄参観日の帰り、私は近所の杉山《すぎやま》という人から、気味の悪い話を聞いた。この人は二人の息子があり、弟の方が光一と同い年なのだが、以前お兄ちゃんの方を笠井老人の塾に通わせていたのだそうである。その子が帰宅して、こんな不思議なことを言っていたというのだ。

笠井塾には、教室にいろいろな小動物の剝製が飾ってあるらしい。また蛇やトカゲの類《たぐ》いの、ホルマリン漬けの瓶《びん》もあるそうだ。子供たちはそんなものを見ながら授業を受けるわけだが、ある日笠井老人は子供たちに剝製の作品を見せ、製作の苦労話などをしながら、一度人間の子供の剝製を作ってみたいものだな、と言ったというのである。

杉山少年も、これには驚いたと語ったそうだ。あの先生ちょっと気味が悪いよ、とも訴えたそうだ。聞いて私も慄然《りつぜん》とした。そんな冗談があるものだろうか。子供を相手に、それは少し度を越した軽口《かるくち》というものである。

しかも老人は、怯《おび》えて黙り込んでしまった生徒たちに、心配することはない、君たちは剝製にしやしないよ、するとしたらあの丘の上の子供がいいなと、そう言ったという。

笠井老人の塾が終ったのは、こんな老人の言動が次第に近所に気味悪がられたという理由も多分にあったようである。一人二人と生徒が減っていき、そしてこれに追い討ちをかけるように、老人の教えに間違いや記憶違いが目だちはじめ、とうとう塾を閉めざるを得なくなったらしい。

この話を聞き、私はすぐに笹の葉を連想した。笹の葉、老人が毎日摘んでいるあの葉は、もしかして剝製の製作と関係があるのではあるまいか――。私は想像する。あの笹の葉を、もしかして剝製にする人体の内部に入れる――？

馬鹿馬鹿しい！　私は即座に打ち消す。しかしぬぐってもぬぐっても、疑惑は湧いてくる。

では笠井老人は、何故あれほど光一に接近してくるのか。接近し、息子を連れて「丘の上」へ行きたがるのか。息子に、何故「丘の上」の子供たちと友達にならせたがるのか。それは結局老人自身が、丘の上の子供とお近づきになりたいからではないか。そのことはどう見てもはっきりしている。光一は、そのために利用されているにすぎないのだ。

では何故老人はそれほどまでして、丘の上に住む子供と親しくなりたいのか――。

私の考えていることは、非常識の極《きわ》みである。それは自分でも解っている。だが老人のあの近所と交わろうとしない態度、銀髪の下で妙に鋭く光っている目、ただ者でないことを感じさせるような高い鼻梁《びりょう》などが、私にそんなとんでもない空想を許すのである。

これだけははっきりしている。いわば女の勘である。あの老人には何かある。ただ者ではないのだ。

4.

それから二日目だった。夫の帰りがひどく遅い夜があった。光一を寝かしつけ、私はダイニングで女性週刊誌を読みながら、夫の帰りを待っていた。

深夜、すでに二時が近かった。車の音がして、塀《へい》の向こうに停まった気配だった。夫だろうか、そう思い、私が玄関のドアを開けてみると、ブロック塀越しに、タクシーの屋根の上についた明りが去っていくのが見えた。

深夜のことで、暗い往来へ出ていくのもやや恐怖が湧いたので、ドアの陰にいて、夫が玄関の階段をあがってくるのをじっと待った。

ところが、夫はいつまでも姿を見せなかった。夫ではなかったのだろうか、と私は不審に思った。しかし、タクシーは確かに私の家の門柱のすぐ近くに停まっていたのだ。

玄関のドアを開け、そのまま閉めずにおいて、私はそろそろと玄関先の石段をおりた。門柱に付いた金属の飾り扉を開け、水銀灯の明りに冷え冷えと照らされた往来を見渡した。

不思議なことに、誰も人影は見えなかった。と思ったが、それは私の思い違いで、私のすぐ足もと、門の脇のポリバケツの向こう側に、大きな黒い人影がうずくまっていた。あっ、と私は悲鳴をあげるところだった。本能的に身の危険を感じ、思わず門の内へ一歩退いた。

「おい」

とうずくまった影が、私に向かって声を発したらしかった。激しい恐怖。しかし一瞬ののち、ずいぶんと様子はおかしいが、それは聞き馴れた夫の声と解った。

「あなた？　なの？」

私は言って、門柱の陰から出た。ポリバケツの向こう側に廻っていった。夫だった。夫が、ブロック塀の前で、往来側にお尻を向けて、四つん這《ば》いになっていた。背広の背が白く汚れているのが、暗い中でも解った。

「あなた、酔ってるの？」

夫の背後に立ち、身を屈めた。

答えるかわりに、夫は背中を震動させ、嫌な音をさせて吐いた。

しばらく背をさすってやり、落ちつくのを待って、家の中へ連れ帰った。洋服を脱がせ、汚れをブラシで払った。夫はその間ずっと、一階の茶の間にひっくり返っていた。下着からのぞいた胸のあたりまで、酔いで真っ赤になっている。

「いったいどうしたのよ、なんでこんなになるまで飲んだの？」

しかし夫は答えず、すでにいびきをかいていた。その横に布団を敷き、夫の体を苦労してその上まで転がし、掛け布団を掛けた。


翌朝、いくら起こしても夫は起きなかった。休日ではなかったので、私は起こそうと何度も試みたのだが、夫は会社へは行かないと言う。私はあきらめ、朝食を作り、光一を学校へ送り出した。こんなことははじめてだった。

洗濯機を回しはじめた十時頃、ようやく夫は起きてきた。頭が痛いと言いながら、さかんに水ばかり飲んだ。

「会社に電話しなくていいの？」

私が言うと、友子《ともこ》、と夫は私の名を低い声で呼んだ。見ると、乱れた髪に蒼《あお》い顔をして、夫がダイニングの椅子に腰をおろしている。

「なあに」

濡《ぬ》れた手を振りながら私が応《こた》えると、

「ちょっとこっちへ」

と彼はかすれた声で言う。エプロンで手を拭きながら寄っていくと、

「友子、もう電話なんかしなくていい、会社はないんだ」

と言った。

「え？」

私は意味が解らない。

「なんですって？　どういうこと？」

「つまり、辞めさせられた、クビなんだよ」

私は放心して台所で立ちつくした。

「会社が危ないのは、おまえも知ってたろう？　もうどうにもならないほどの借財がある。どうしても番組の予算の内から借金の返済にあてなくてはならない、そうなると実質上の製作費は他の会社より少ないことになる。局がくれる番組の予算枠は一定だからな。となるとどうしてもうちの作品は質が落ちる。すると役者にもそっぽを向かれる。ますます質が落ちる。仕事もこなくなる。もうジリ貧だったんだ」

夫はT映像という、もとは大手系の映画会社から分かれた小さなテレビ番組製作のプロダクションに勤めていた。会社がうまくいっていないということは聞いていたが、まさか突然こんなことになろうとは思わなかった。

「会社、潰《つぶ》れたの？」

「いや、まだ潰れちゃいない。でももう時間の問題だ。こんど、大幅に人員が整理された。うまく立ち廻って嘱託《しょくたく》の椅子におさまったやつもいたが、俺は駄目だった。先々月の仕事でちょっとしくじってるしな、クビ切りのいい口実を向こうに与えちまってた。テレビ局の方も、もう大手四社にしか仕事を発注しないという方針をはっきり打ち出してきたしな、もううちみたいな小さい会社は駄目なんだ」

「でも……、じゃあ退職金は？」

「少しは出たけど、雀の涙だ」

「じゃあ、じゃあこの家のローンは？」

切羽詰《せっぱつ》まって私は泣き声になった。夫はうなだれ、私の履《は》いているスリッパの爪先ばかりじっと見つめた。そして溜め息とともに、

「手放すしかないかもしれん……、すまん……」

と言った。

私の家は建売住宅だった。小さな家で、庭も満足にない。縁側の前にほんの申し訳程度のスペースがあるが、そこをガレージに使ってしまえば、庭などまったくなくなってしまう。それも、小型車しか入らない。

裏の西側の壁など、隣家の壁と一メートルも離れていない。住宅とは名ばかり、メゾネット形式のアパートのようなものである。それでも三千五百万円した。夫と私の実家からそれぞれ援助してもらい、これまでの二人の貯金すべてを合わせてどうにか二千万円ばか

りのお金を作った。残りの千五百万円のうち、どうにか百万ばかり返したが、まだ千四百万円ほどローンが残っている。

千四百万。大金である。光一もいる。定職を失った夫と二人、子供を育てながら、いったいこの先どうして返済していこう。

「これから、どうしましょう……」

私は思わずそう口に出してしまう。

「仕事どうするの？」

「知り合いがあちこちにいるけどな、二、三、きてくれと言われてもいる。でも、もうこの業界、ぱっとしないしな。できたらもうテレビ屋、活動屋からは足を洗いたいんだ」

「じゃあ……」

「就職情報誌でも見て、仕事探しに行くかな」

「私も働いた方がいいのかしら……」

「なに言ってんだ、おまえは光一のことがあるじゃないか」

私は溜め息をついた。そういうことだったのか。それで昨夜、夫はあんなにお酒を飲んだのだ。

それから夫は外出の身づくろいをして、喜多見駅の方へぶらぶらと出ていった。私は情けなくて涙が出た。その夜、すき焼きにしようと思っていたのだが取りやめ、焼き魚と煮物の粗食にした。食卓で、会話は少しもはずまなかった。

翌朝、夫は早く起き、職探しに出かけていった。台所の窓から見ると、笠井老人は今朝も相変わらずだった。熊笹の葉を刈っている。視線をあげると、丘の上の瀟洒な建物の群れたちは相変わらずだった。丘の上の住人たちには、こんな悲劇は決して起きないのだろう。そう考えると、私は悔しくてまた涙がこぼれた。

昨日まで私は、丘の上のあの家でなく、何故こんな粗末な小さな家に住んで、あそこから見おろされ続けなくてはいけないのかと考えていた。しかしこんな小さな家でも、家があるということはどんなに幸せだったろう。私は今、丘の下のこの粗末な家さえも、失いかかっているのだ。

私は考える。この家だけは失いたくない。これが贅沢《ぜいたく》だろうか？　私は今まで、何ひとつわがままは言わずにきた。女として真面目に生活してきた。ほかには何もいらない。このちっぽけな丘の下の家ひとつくらいは守っていたい。そう考えることは贅沢なのだろうか。我《わ》が儘《まま》なのだろうか。

しかし悔しいことに、この家を守るために私にできることは、ほとんど何もないのだった。光一がいる今、私には息子を育てる責任がある。住宅のローンの残りを支払うため、表に働きに出ることさえ、私には許されないのであった。

私は食卓の椅子に、一人悄然《しょうぜん》と腰をおろした。しばらくそうしていたが、ふと思いついてサイドボードのガラス扉を開いた。そこに、夫が好んで飲んでいるブランデーが入っている。蓋を取り、小さなガラスコップにゆっくりと注いで飲んだ。

するると、なんと不思議なのだろう。すうっと気分が落ちつくのである。頭の中いっぱいを占めた悲しみやいらだちが、まるで魔法のように減少する。このままこの行為を繰り返せば、すべての不安や悔しさが空中に雲散霧消するような予感にとらわれて、私は再びブランデーをグラスに注いだ。

夫が帰ってきた時、私は一階の茶の間で寝ていた。眠っていたらしい。夫に揺り起こされて、ようやく気づいた。もう夕方になっている。上体を起こすと急に部屋がぐるぐると回って、鳩尾《みぞおち》がぐっと持ちあげられるような感じで吐き気がきた。

立ちあがり、上体を屈め加減でよろよろと歩き、浴室に入って洗い場の横についた洗面台に吐いた。夫がついてきていて、私の背中をさすってくれた。いつまでも背を、夫の大きな手が往復し続けた。その優しい手ざわり。何も言わなかったが、ずいぶんたってぽつんと、

「毎日交代で吐いているな」

と言った。

私は食事の支度もしていなかった。そのかわり、瓶のブランデーがあらかたなくなっていた。光一と三人で、喜多見の駅前へ食事にいった。

あまり高そうでない中華料理屋を選んで入った。こんな食事時に一家で食堂へ入ったことなど、旅先ででもない限り私は今まで経験がなかった。これまで三度三度、きちんと食事の支度はしてきていたのだ。食欲のない私はラーメンを頼み、赤面するような気分で店にすわっていた。

翌日はお酒を飲まずにすんだが、夫の職探しがうまくいってないと聞くと、翌々日はまたウィスキー瓶に手を伸ばさなくてはいられなかった。それからは、私は毎日お酒を飲まないでは不安で一日も暮らせないような女になった。連日酒びたりになり、そして酔った頭で、この家だけは手放したくないと、そればかりを考えた。

5.

夫は小田急線の沿線に運送店を見つけて、そこでトラックの運転をやると言いだした。彼は学生時代自動車部で、車の運転が得意なのである。

しかしそれもほんの三日ほどしか続かず、喧嘩《けんか》をやっちまった、もうやめだ、などと言いながら戻ってきた。そうなるだろうと私は思っていた。夫は小さい番組製作の会社ながら、学生アルバイトを含め、常に若い人を十人以上、下に使って仕事をしていた。そんなプロデューサー時代を経験した者が、いきなりそんな仕事を、しかも平で、堪《た》えられるはずもないのだ。

　夫はするとこんどは、個人タクシーをやりたいと言いはじめた。そして何冊か本を買い込んできて、タクシー運転手の資格を取るのだと言う。

　私はこれも危ぶんだのだが、何も口出しができなかった。私はあまりにも男の仕事の世界に知識がないのだ。それは自分でも驚くほどであった。そんなことよしてと言いたいのだが、ではどうしろと言うんだと言い返されればそれまでなのである。私にもどうしてよいのか解らない。

　そんなふうにして一週間以上が経った。ある日、私は二階の光一の部屋に、友達が来ているらしいことに気づいた。玄関に、光一のものと違う小さな男の子の靴が脱ぎ置かれているのを見つけたからである。

　その靴はグレーのスウェードだった。見るからに高級な品で、光一の薄汚れたズック靴とは雲泥の違いだった。それも、三和土《たたき》のあちこちに散っている光一の靴と違い、そのグレーのスウェード靴はきちんと揃えて脱がれていた。

「光一、お友達来てるの？」

　私は階段の下からそう訊いた。

「うん」

　光一の声がそう返ってきた。

私は紅茶を淹《い》れ、クッキーの皿と紅茶茶碗二つをお盆に載せて階段をあがった。

光一の部屋に――といってもまだ小学二年生だから、彼に自室としてあてがっているわけでもないのだが――見るからに育ちのよさそうな少年がいた。

サスペンダー付きのチェックの半ズボンに、茶のハイソックス、そして同じ茶の、厚手のシャツを着ていた。少年が腰をおろした光一のベッドの傍《かたわ》らには、やはり濃い茶の上着がきちんと二つ折りにされて置かれている。光一の、ミッキーマウスの絵が胸に描かれた紺のジャージの上下とは、大変な違いだった。

「あらいらっしゃい」

複雑な思いを胸にたたんで、私はそう言った。少年は、私が内心予想したようなおとなびた挨拶などはせず、ぴょこんと頭を下げた。その様子は、私にも好感を抱かせた。

私は、光一に買って与えたばかりの学習机に紅茶茶碗とクッキーの皿を置きながら、

「お名前は何ておっしゃるの？」

とできるだけ丁寧な口調で尋ねた。

「里美《さとみ》です」

少年は答えた。整った、美しい顔だちをしていた。

「まあ、女の子みたいなお名前ね」

と応じた私の言い方は、われながらおかしかったと思う。名前ならともかく、苗字《みょうじ》に対

してそんなことを言うのはおかしい。

「この近くに住んでらっしゃるの？」

少年はちょっと思案するような仕草をして、はい、とうなずき、それからいいえと言った。

その気持ちが、私にはよく解った。近くもあり、遠くもあるのだ。私にとっても、「丘の上」とはそういう存在だった。


日暮れ時になり、里美少年が帰ると言うから、私は光一と一緒に彼を送っていった。途中、線路脇にある喜多見不動尊の前を通った。

里美少年の家は、やはり丘の上にあった。白い瀟洒なマンションだった。入口を入ると広いロビーがあり、イタリア製らしいソファが置かれていた。雑誌でしか見たことのないような照明器具も置かれている。エレヴェーターのボタンが押せないと少年が訴えるので私も乗り、三階のボタンを押した。

三階に着き、手を振って少年がおりても私はおりなかった。すぐ手近なドア、三〇一号に、少年は消えた。

一階に再びおりてくると、私は無人のロビーの中央に歩み出て立ちつくした。ここは、「丘の下」を見物するまさに特等席だった。突き当たりの巨大な一枚ガラスの向こうに、ゴミゴミした様子で雑然と広がる「丘の下」が、一望のもとに見渡せた。いったい誰が、何のためにこんな仕掛けを作ったのか。私の家も、そのどれか一軒のはずである。今のところは、だが。

受付に管理人の姿はなかった。私は誰とも出会わなかった。

私は少年にできるだけ近づかないようにした。お酒の臭いがするかもしれないと思ったからだ。

「あの子と、もう知り合って長いの？」

林の間を抜け、丘を下りながら私は、ジャージの上下を着た息子に尋ねた。

「ううん、一週間くらい」

光一は答えた。この一週間、私は夫の仕事のことなどの悩みで頭がいっぱいで、息子がどうしていたのか知らなかった。息子はどうやら首尾よく「丘の上」の子供とお近づきになったらしかった。

その時、私は突然思いついたことがあり、愕然《がくぜん》とした。坂道に立ち停まり、今自分が後にしてきたマンションを振り返った。

黒々とした樹々の間に、水銀灯の明りを受けて里美少年の住むマンションが白く浮かびあがっていた。その贅沢なガラス張りのスペース。内側からはピンとこなかったが、まぎれもなくこれは、例のガラス張りのロビーを持つマンションなのだった。裏道を通り、裏側から入ったのでそれと気づかなかった。里美少年は、私がいつも丘の上に見ている、あのマンションの住人だったのである。

それより何より重要なことがある。それは、このマンションこそ、笠井老人がいつか鏡で照らしていたあのマンションだということだ。私はこの点に今ようやく気づいたのだった。

不審な気分にとらわれ、私はしばらく立ちつくした。自分の「発見」が持つ意味に思いいたろうと努めてみた。だが、結局解らなかった。先で立ち停まり、私を待っている光一に向かって、私は早足になった。何なのだろう、と思う。これにはいったいどんな意味があるのだろう。

「光一」

私は息子に呼びかける。

「何？」

彼は答える。

「あの里美君、笠井さんのお爺さんにも会わせた？」

「うん」

息子はこともなげに応じる。

「何度も？」

「そうだよ。笠井さんの家にも遊びにいったよ」

知らなかった。もうそんなに親しくなっていたのか。

「あの剝製がいっぱいあるって部屋？　もと塾に使ってたっていう」

「そうだよ」

「大丈夫なの？」

思わずそう口をついて出た。

「え？」

息子はそう訊き返す。私はわずかにうろたえる。どう説明してよいか解らない。結局こんなふうに言った。

「あの笠井さんのお爺ちゃんてどんな人？」

「うーん」

と息子は身を傾けるようにして考え込む。

「ちょっと気持ち悪い人だよ。里美君をずうっと触るんだ」

「触る？」

「うん、膝に抱いたり、手を握ったりして、頭も一生懸命撫《な》でたり、それから写真もいっぱい撮るんだ」

「写真を？」

「うん、光るの使って……」

「光るの？　フラッシュ……、ストロボ？」

「うん。それ使って、前とか、後ろ姿とか、右とか左とか、横も。いっぱい撮ってた。何に使うんだろうね」

私は衝撃を感じる。笠井老人は、ストロボを使って、里美少年の全身像を、あらゆる角度からくまなく撮ったというのである。

確かに里美少年は、女の子のように美しい、整った顔だちをしていた。育ちも、性格もよさそうだ。ずっとそばに置いておきたくなるような魅力を、確かにあの子は持っている。

しかし、まさか――？　まさか――？　剝製――?!

だがほかに、どんな目的が考えられるというのだろう？　そんなにたくさんの写真を撮るということに。いったいほかに、どんな理由があるというのか。

6.

夫は職探しに出ていき、光一は学校へ行った。私は二階の、光一に与えている部屋の窓から、下を見おろしていた。

熊笹の葉の繁みの前に、笠井老人がうずくまっている。緩慢な仕草で花バサミを動かしていた。一枚一枚熊笹の葉を摘んだ。

老人は明らかに異常だった。彼は頭がおかしい。私はうずくまる老人の痩せた背中と、中央がピンク色に透けて見える銀髪を見ながら考えた。

歳の頃は八十歳くらいだろうか。彼はすでに痴呆がはじまっていて、もはや彼自身の内なる欲求を、自制しきれないでいるものに相違ない。加えてアブノーマルな性癖の持ち主だ。

こういう願望が内にあること自体、私には異常に思えるのだが、あるいは世の男たちはみな、大なり小なりこういう願望を内に秘めているのかもしれない。それを抑え、表面に現われないようにするのが「常識」というものの力であり、世間的な分別というものである。笠井老人の場合、老い、そしてこれにともなう痴呆化が、この分別のたがをはずし去った、私にはそうとしか思えないのである。

夫の仕事探しは相変わらずうまくいってないようだった。すでにタクシー運転手の資格を取ることもあきらめたらしい。この試験は、案外むずかしいらしいのだ。

この調子では、今月十月の収入はゼロになる可能性もあった。家のローンに追われていたから、貯えなどはほとんどないに等しい。サラ金しかないか、などと夫は近頃口にしている。そうなれば当然この家が担保ということになろうから、家を手放す日がいよいよ近づいたということだ。

私はリノリウムの床にくずおれた。素足に、暖房をしていない部屋の床が冷たかった。生活費が不安なので、とても十月からガスストーヴなどつける気になれないのだ。

他人のことどころではない、と私は思った。笠井老人がいくら痴呆症でも、彼はあの家を失うことはないのだ。自分のことを考えなければ。なんとか、なんとかしなければ、私は思う。ローンだけなら、いくらか待ってもらうこともできる。せめて今月の生活費くらい、私がなんとかできないものだろうか。

しかし私にできたことは、結局その日もウィスキーの瓶に手を伸ばすことだった。

耳もとが騒々しかった。誰かが頭の近くでどたばたやっている。

「なによ、誰よ」

と口に出した途端、猛烈な頭痛がきた。それでようやく私は、またお酒に酔ってしまって、一階の居間で眠り込んでいたことに気づいた。

「なにやってんだおまえ？　毎日毎日。晩飯の支度ちゃんとしたのか?!」

夫の大声がした。夫の呂律《ろれつ》も少しおかしい。彼も飲んでいるのだ。ゆっくり身を起こした。するとますますズキズキと頭痛がこたえた。畳の上に時間をかけて正座した。頭髪がすっかり乱れている感覚があった。

突然、背中に衝撃を受け、私は再び畳の上に突っ伏していた。この瞬間はそうでもなかったが、やや遅れてひどい頭痛が雪崩《なだれ》のように押し寄せた。蹴《け》られたらしかった。酔った夫が、正座している私の背中を蹴ったのだ。

「なにすんのよ！」

私は倒れたままで叫んだ。必死になると、少し痛みが遠のく。

「なにすんだじゃねえだろ！」

夫も叫ぶ。

「今なん時だと思ってんだ？　もう十時すぎなんだぞ！」

窓の外を見るとすっかり暗かった。知らなかった。お酒に酔っ払って、私はずっと眠り込んでいたらしい。

「さっき帰ってきたら、食事の支度もなんにもやってないじゃないか。光一はどうすんだ、晩飯食わさない気か?!」

私は溜め息をついた。そうだ、それはその通りだ。光一に何か作って食べさせなくては。私はのろのろと身を起こそうとした。

「なんだ？　おまえ今から立ってどうするってんだ？」

底意地の悪そうな夫の声がする。

「光一になにか作るのよ」

私は答える。すると夫の、鼻で笑う声がした。

「もうだから俺が駅前へ連れてって、晩飯食わせてきたよ。ちっとも知らなかったろ？　おまえ、へべれけで眠りこけてたからな。まったくもう、なん時だと思ってやがんだ」

夫はそう言いながら台所に入っていき、コップを取って水を注ぎ、飲んでいた。それからホーローのやかんの蓋を取って中に水があるのを確かめると、ガスの栓をひねった。

「毎日毎日家事を放っぽり出して飲んだくれて、アル中になるつもりか？　亭主もいい面の皮だぜ」

そう言われては、私も癇《かん》にさわった。

「なによ！　私は今まで、主婦として人に後ろ指さされるようなこと、なんにもしてないわよ。私今まで、食事だって三度三度きちんきちんと作ってきたわよ。お掃除だって洗濯だって、一日だって欠かしたことなかったのよ。今まであんなにちゃんとやってきたじゃない。私がどうしてお酒飲んだと思ってるの？　不安だからじゃない！　不安で不安でたまらないからよ。私、この家だけは手放したくないわ」

「何言ってんだ、そりゃ俺だっておんなじだ！」

夫も叫んだ。

「俺は手放したいと思ってるってのか?!」

「あなただって飲んでるじゃない！　どうせ仕事探し、うまくいかなかったんでしょう？」

「よけいなお世話だ！」

聞くと、私は目の前が暗くなるほど、その瞬間怒りをおぼえた。

「なにがよけいなお世話よ！　あなた一人のことじゃないのよ！　この家はあなた一人のものじゃないのよ。もっと責任感持ってよ！」

「飲まずにいられるかよ！　帰ってきたら飯の支度はできてない。子供は腹を減らしてる、女房は飲んだくれて高いびきだ。これで飲まずにいられる男が世間にいるかってんだ」

「私、そんなこと言ってんじゃないわ」

「俺はそのこと言ってんだ！」

「私は違う。私が言ってるのは、あなたの職探しのことでしょう？　あなたがちゃんと仕事探してくれなければ、私たち、この家失うのよ。出ていかなくちゃならなくなるのよ！」

「それがどうした！　なんでおまえにそんな横柄《おうへい》な口利かれなくちゃならないんだ？　そんなに家なくすのが嫌だったら、おまえも飲んだくれてないで、少しは金稼《かせ》ぐ算段でもしたらどうだ？　今まで三食昼寝つきでぐうたらしていやがるから、こういう時酒飲むことしか思いつかないいんだ！」

「なんですって？　あなたが働かなくていいって言ったんじゃない！　光一を育てなきゃいけないからって」

「外出て働いてみろ！　俺の、男のありがた味が少しは解るからな。なんだ能なし！　悔しかったら、一万でも二万でも、金稼いできてみろ！　おまえなんかにできやしないじゃないか！」

「なに言ってるのよ」

今度は私が鼻で笑う番だ。

「じゃ光一はどうするのよ！」

「そんなのどうにでもなるさ。今おまえがついてるっていっても、何もしちゃいないじゃないか！　酒飲んで寝てるだけじゃないか」

私は手近にあった、スチームアイロン用のプラスチックのコップを、夫に向かって投げつけた。こんなもの、当たっても少しも痛くないはずだったが、夫はびっくりしたらしく、滑稽《こっけい》なほど異常に怯えて身をよけた。気の小さい男なのだ。

その事実で、夫はかえって逆上したらしかった。大股《おおまた》で私に寄ってくると、私の右頬を平手で叩いた。私はもう一度畳の上になぎ倒された。

悔しくてたまらず、私は泣き声をあげた。別に腕力で夫に勝てなかったことが悔しかったわけではない。酔っ払って主婦業を放り出したと非難されたことが悔しかったというのとも少し違う。ただひとつ、この家を守るため、私が外でお金を稼ぐことができないという、その一点が悔しくて泣いたのだった。

この家だけは守りたい。今まで一生懸命掃除をし、一日も欠かさず磨いてきた。他人の手には渡したくない。それは私の執念だった。

「なんだ、家家家家言いやがって。いったい誰のおかげでこの家に入れたんだ。また一から出直したっていいじゃないか。アパートに移ったって、それなりにやっていける」

夫は言った。

「それでまたいつか家に入れるの?」

「なにが家だ、そんなに家が大事なのか!」

そしてとうとうこの時、私は夫婦間で口にしてはいけない言葉を口にしてしまった。

「大事よ! 家がなくなったら、あなたなんかと暮らす意味なんてないわ!」

夫はさすがに衝撃を受けたようだった。動作が凍《こお》りつき、立ち尽《つ》くした。そして一瞬の後、私に襲いかかってきて髪の毛を掴《つか》み、左右に振り廻した。私は悲鳴をあげた。その時だった。食卓の脇に置かれた電話が、けたたましく鳴った。

夫は私の髪の毛を掴んだまま、動作を停めた。私も悲鳴を停めた。そんな夜更《よふ》けの静寂の中を、電話のベルは鳴り続けた。

三回、四回、夫は私の髪の毛を握りしめたまま聞いていた。迷っているらしかった。私は出る気などなかった。ベルは鳴り続ける。切れる気配はない。

夫が髪の毛を離した。のろのろと、電話の方へ歩いていった。こんな時にまで夫が電話に出る気になったのは、おそらく知人関係から仕事の話でも来たのかと思ったせいだろう。

夫がゆっくりと、ピンクのテレフォン・ドレスを着せた受話器を取った。

「はい」

と低い声で言った。彼も、激しい感情を隠しきれない。私は見るともなく夫を見ていたが、ついと視線をそらした。その時、

「……里美さん？」

夫がやや高い声でそう言ったので、私は視線を彼に戻した。

「はい、はいそうですが……あ、光一が、そうですか、いえ、こちらこそいつもお世話になっております。

え？　え？　里美君？　里美君がまだお戻りにならない？　それは……、いえ、いや、うちには来ておりませんが。光一は今、二階におります。もう寝たようですが、あの、起こしてまいりましょうか？　あ、そうですか。

心当たりですか、さあ……。光一は、夕方からずっと私と一緒でしたので、今日は里美君とは会っていないと思いますが……、はい。警察ですか、そうですね、そうなすった方

がよいかもしれませんね。それは、しかしご心配ですね、はい、はい、いえいえ。それではこちらからも何か解ったことがあったらお報《し》らせ致します。そちらの電話番号をお教えいただけますか？　はい、結構です、どうぞ。四八〇の、三×××です……ね？　はい、はい解りました。いえいえ、それでは、ごめん下さい」

夫は受話器を戻し、台所に立ち尽くしていた。

「里美君のお母さんから？」

「ああ」

夫は無愛想に応えた。

「里美君がまだ帰らないって？」

「ああ。おまえ、心当たりあるのか？」

私は頭を左右に振りながら、壁の時計を見た。もう十一時が近くなっている。

7.

夫にはああ答えたが、私にはむろん、里美君が今いる場所の見当がついた。

私が飲み残したウィスキーを飲みほし、ふてくされたように眠りはじめた夫を尻目《しりめ》に、私は足音を忍ばせて階段をあがって、光一も眠っているのを確かめた。それからジーンズに穿《は》き替え、黒いトレーナーを着て、玄関から表へ出た。

満月だった。皎々《こうこう》と明りが射している。街のあちこちで、犬の遠吠えが聞こえる。十月も下旬になり、深夜の表はすっかり冷え込んでいる。住宅街のことで、人通りも車もなく、近くの世田谷通りを走る車の音もごく時たまにすぎず、野川のせせらぎが聞きとれるほどだった。

これは、私にははじめての経験だった。私は、自分の家の前から、裏を流れる野川のかすかな水音が聞きとれるものとは知らなかった。いつも、何かしら大きな音がしていたということだろう。私の目の前に、水面をすうっと滑っていく笹舟が浮かんだ。

足もとが頼りなかった。緊張で、頭痛はすっかりおさまっていたが、まだ酔いは残っている。ずいぶん飲んだのだから無理もない。一日かけ、一人でホワイトの三分の二以上飲んだ。

学生時代以来だ。私は飲める方だった。友人たちにもよくそう言われた。お酒を飲むのは嫌いではない。

酔った頭に、そして夫に叩かれて熱をもった頬に、十月の冷えた夜風は心地よかった。

小走りで、しかも足音を忍ばせて、笠井老人の家の前まで行った。古ぼけた門柱のふもとに、熊笹の葉が相変わらず繁っている。毎朝毎朝老人が刈っているのだが、私の目には大して葉が減っているようには見えなかった。

笠井家の門柱には、扉はついていない。私は笹の葉に触れないように気をつけ、笠井家の庭に入っていった。人に見られぬよう、周囲をひと渡り見廻した。もう寝鎮《ねしず》まっているのか、近所の家の窓々は、ほとんど明りを消している。

笠井家の明りも消えていた。しかし月が明るいので、歩きにくくはなかった。狭い庭を横切り、離れのようにして建ててある、以前塾に使われていた建物に寄っていった。

建物は、もう古びた粗末な平屋だった。ベニヤ合板を打ちつけた壁で、それもあちこち傷《いた》んで、板が紙のようにめくれはじめている。子供が書いたらしいマジックによる落書きも、夜に目が馴《な》れてくると目だった。それはとても貧しい印象で、この家の住人も、私などと同じ「丘の下」の者であることを私に語った。

建物には、やはり合板のドアがついている。そのドアも、壁同様古びて傷んでいるが、ドアの上部に小さな窓があり、ガラスが塡まっている。しかしそのガラス窓は、内側からボール紙でふさいであるため、内は見えない。

ボール紙の上部や右側から、わずかに室内の明りが滲《にじ》んでいる。中に人がいるのだ。その明りで、ボール紙に「呑虎庵《どんこあん》」と毛筆で書かれている文字も読めた。

足音を忍ばせてドアの前を通りすぎ、私は建物の横に廻っていった。そこに窓があることを、以前道から見て憶えていたからだ。

だが、私の期待に反して、その窓も暗かった。ここにも内側からボール紙で蓋がされている。

しかしよく見ると、上部からわずかに細い明りが洩《も》れている。近寄ってみると、ほんの一センチばかりのすきまが見えた。私は窓の前に行き、背伸びをしてみたが、とてもそのすきままで私の目は届かなかった。中を覗くなど思いもよらない。何か踏み台が必要である。

月明りが皎々と射す庭を見廻した。そして、隅にコーラの瓶を入れるためのケースが、いくつか重ねて積まれているのを見つけた。寄っていき、音をたてないように気をつけながら運んできて、そっと窓の下に置いた。

そろそろと上に載った。酔いが足に残っているので、慎重にすぎるほど慎重に、私は行動した。ガラス窓に、うっかりもたれかかったりしないよう、細心の注意を払った。

箱に載ってそろそろと立ちあがると、こんどは大丈夫だった。私の鼻先に、窓のボール紙のすきまがくる気配だった。私はゆっくりと、すきまに目を近づけていった。心臓が激しく打っていた。心臓の鼓動で、私の体全体が震動するのではないかと思えるほどだった。

夜に馴れた私の目には、蛍光灯の明りがいっぱいに充《み》ちた室内は、異様なほど光り輝やいて見えた。それだけで私は、もう異常な世界をかいま見ている気分になり、あやしさで頭の芯が痺《しび》れるようだった。口の中が渇き、膝と指先が、絶えず小刻みに震えた。

私は、ほとんど悲鳴をあげるところだった。必死の思いで、声を呑み込んだ。視界がくらくらと揺れた。

細いスリット越しに望む室内は、まさしく異様な世界だった。

石油ストーヴが赤く燃えていた。まずそれが目に入った。ストーヴの前の机の上には、不思議な道具がたくさん並べられていた。小さな金槌、大小のペンチ、花バサミ、普通のハサミ、さまざまなかたちのメス、コンパス、メジャー、そしておがくずや、透明なヴィニール袋にいっぱい詰まった笹の葉。

それだけではない。アルコールやベンジンらしい、ラヴェルの貼られたガラス瓶、糸の束、脱脂綿、針金などが、ところ狭しと机の上に並べられていた。

壁ぎわには背の低い本棚があり、その上にはリスや雉や鷹《たか》などの剝製がひしめき、その足もとには大小の石が並んでいる。

机の脇に、木製のベンチが二つ合わせて並べられ、その上に里美少年が寝かされていた。顔色は蒼く、唇が少し開き、私にはもうすでに死んでいるように見えた。

少年の顔の上に、覆《おお》いかぶさるようにして笠井老人の銀髪の頭があった。子供の顔を、じっと飽《あ》きもせず覗き込んでいるらしかった。私が見ているうちに、老人はさらに顔を近づけていき、なんと少年の顔の、私のところからはよく見えないのだが、唇のあたりにキスをしたのだった。

狂っている！　この老人は狂っている！　声に出さず、私は悲鳴をあげた。

里美少年は、私の家に来た時と同じ、茶の上着を着ていた。老人の皺《しわ》の勝った手がゆっくりとその上着のボタンをまさぐり、ひとつ、またひとつとはずしはじめた。

私は息を詰めて、じっと自分の心臓の音を聞いていた。瞼《まぶた》がいっぱいに開き、目が皿のようになっているのが自分でよく解った。少しも視線を転ずることができなかったのだが、次の瞬間、私はとても堪えきれず、ついと目をそらした。強烈な不快感が胸の底から湧いてきて、気分が悪くなった。吐き気がこみあげる予感がした。それは老人の手が、一方で里美少年の上着のボタンをはずし、もう一方で、もどかしそうに机の上を探りはじめたからである。老人の手が、メスを探り当てて停まった時、私は恐怖から、とても目をそらさずにはいられなかった。

瞬間、さっと風が吹いた。私の首筋が冷えると同時に、鼻先のガラスがわずかに鳴った。この時、老人が顔をあげ、ちらとこちらを見た気がしたので、私は髪の毛が逆立《さかだ》つような恐怖に襲われ、気づくと土の上におりていた。

コーラの台をどうしようかと激しく迷ったのだが、今にもドアが開けられそうな恐怖に堪えきれず、そのままにして門に急いだ。

月がアスファルトを白々と照らす深夜の往来を夢中で歩き、自分の家の門柱の内に入り込むと、底知れない安堵《あんど》と同時に嘔吐《おうと》感がきた。

胸を踏みつけられるような圧迫感に必死で堪えながらようやく玄関のドアを開け、靴を脱ぎ、浴室に入って明りをつけるのももどかしく、洗面台に身を屈めて吐いた。

一度吐き終り、蛇口をひねって水を出しながら、もう一度吐き気がやってくるか、それともこないかを待ってみる。もう一度やってきた。私は身を屈める。しかし内臓の空《むな》しい痙攣《けいれん》ばかりで、何も口には昇ってこなかった。わずかに、胃液の酸味が口中に滲んだ。

唾液を吐き、それが水に流れるのを眺めながら、私はあらためて放心した。たった今、自分の目が見たものの意味を考えた。信じられなかった。酔っているのだろうか、と考えた。確かに酔いは、まだ体の内に残っている。しかし――。

口をゆすぎ、水を止めてから台所へ行った。明りはつけず、食卓の椅子に腰をおろして、流しの上の小窓に射している月光をぼんやり眺めた。しばらくそうして、視線をテーブルの上に戻すと、メモ帳が目に入った。その一ページ目に、夫がさっき書いていた文字。月明りに透かしてみる。なんとか読める。

里美、(四八〇)三×××。

その一枚を破り取った。乱暴に二つに折り、ジーンズのポケットに入れる。それから――、何故あんなことをしたのか、私はもう一度靴を履き、ふらふらと表へ出たのだった。

歩きながら、私の目からぽろぽろと涙がこぼれた。理由は、自分ではよく解らない。悔しかったのかもしれない。それとも、もっとずっと単純に、まだウィスキーに酔っていたのかもしれない。

私の頭の中に、こんな言葉が繰り返し、繰り返し浮かんでは消えた。

「あの家を手放すの嫌。あの家を出ていくのは嫌」

連続して襲った異常が、すっかり私を狂わせていた。夫の失業、悪酔い、夫の乱暴、そして笠井家でかいま見た、老人のあの異常な行為。

子供は死んでいた。老人が机の上に用意していた道具や薬品類は、すべて剝製を作るためのものだろう。老人は薬品を使ってあの美少年を殺し、それとも眠らせ、今から解剖し、剝製にするつもりなのだ！　私は、私はだから――。

そうだ、私は何をすればよいのか？　それを知った今、私は何をするべきか。いや、今自分はいったい何をしようとしているのだろう。何のためにこうして一人、深夜に表へ出てきたのだろう。

小田急線のガードの下へ、ふらふらと歩いていった。レンガ積みのトンネルをくぐり、喜多見不動尊の石段の下に出た。その先の角に、ぽつんと電話ボックスが見える。少し靄《もや》が出はじめた中に、電話ボックスは巨大な照明器具のように立っている。

ゆっくりと寄っていき、ドアを開けた。かすかに、煙草の臭いがこもっていた。その臭いに、また胃が痙攣しそうになる。

受話器を取り、ポケットを探った。十円玉と、二つにたたんだメモ用紙が手に触れた。十円玉を三つ落とし、たたまれた紙を開いた。

里美、(四八〇)三×××。その番号を、私はダイヤルした。里美君の居場所を教えてあげなければ――。

コール一回、すぐに電話が取られた。里美でございます、と女の必死の声が、叫ぶように言った。

あの家を手放したくない、この時私はまたそう思った。豊かな丘の上の人たち、丘の下の私の、ちっぽけな幸せ。あんなにちっぽけな家なのだ、それくらい守る権利が、私にはあるはずだ！

「あなたの息子さん……」

そこまで言ったのち、自分の声の他人のもののような低さに、私は戸惑った。私はたぶん、そのくらい冷静だったのだ。

「息子さんを返して欲しかったら、一千万円用意して。解った？」

先方が息を呑む気配。老人は自分の狂った欲望を充たす。私も、私の欲望を充たすまでだ。私のは、贅沢で言っているのじゃない。そのくらい追い詰められているのだ。私のこれは、ぎりぎりの叫びなのだ。

「一千万……」

ようやく先方がそう言った。

「今そこにある？」

「そんな……、急にそんなこと言われても、急にはありません。今すぐになんて」

先方は泣き声になる。

「いつまでならできるの？」

「解りません。主人にも訊いてみないと……」

「急ぐのよ、明日の晩までしか待てないわ。明日の夜、午前零時に、小田急線の線路脇の喜多見不動尊、知ってるでしょう？」

「はい……」

「あの不動尊の石段をあがったところにある境内の、お賽銭函《さいせんばこ》の陰に、一千万円入ったカバンを置いといてちょうだい。解ったわね？」

「は、はい……」

「もちろん、警察に報らせたら子供は死ぬわよ」

それだけ言うと、私はいきなり電話を切った。

ひどい不快感、嘔吐感。ボックスの中で身を屈め、しばらく堪える。すると、おもむろに恐怖感が追ってきた。そして、譬《たと》えようもない激しい絶望感。私はたった今、越えてはならぬ一線を越えたのだ。信じられないと思った。とても、信じることができない。自分に、あんなことができるなんて――。

電話ボックスを出て、とぼとぼと歩きだし、小田急線のトンネルをくぐった。霧が、ますます濃くなってきた。明りのともったトンネル内にも、霧は充ちていた。

8.

トンネルを抜けてまた闇の中へ歩み出し、しばらく進んだ時だった。言い争うような声がどこからか聞こえた。神経がぴりぴりしていた私は、思わずもの陰に入り込んだ。

「もういいんだよお爺ちゃん、急がなきゃあ、ぼくおこられちゃうよ」

「でも一人じゃ危ないよ」

年寄りらしい男性の声がする。

「平気だよ。ぼく走らなくっちゃ、だから……」

「一緒に行って、家の人にわけを話してあげるよ」

「いいんだよ、じゃあ行くよ」

「待ちなさい」

子供が走りだす気配。その軽い靴音が、私の方に向かってくる。私は身を固くして、電柱の陰にいた。じっと立って見ていると、私の目の前を子供の姿がさっと横切った。

私は目を疑った。里美少年だったからだ。茶色の上着を着て、深夜の道を懸命に駈けていく。霧の中に、彼の小柄な影がまぎれようとしていた。

老人が追ってくる足音はしなかった。彼はもう年寄りだから、あきらめたのだろう。どういうこと？　いったいどういうことなんだろう？　少年は生きているではないか。私は朦朧《もうろう》とした頭で懸命に考える。

腕時計を、水銀灯の明りに透かして見る。午前零時だった。長針と短針が、ぴたりとひとつに重なっている。

とにかく――、と私は必死の思いで考える。少年をこのまま家に帰してはならないのだ。少年が今家に帰ってしまっては、せっかく手に入りかかっている一千万円が、私の腕をするりと抜けていってしまう。そうなってしまえば、私はあの家を出ていくほかなくなる。それは嫌だ。それだけは絶対に嫌だ！

気づくと、私も少年を追って駈けだしていた。人けのない深夜の道を、私は少年を追って走った。

おとなと子供の足だから、私は少年にトンネルの中で追いついた。少年の背中のうしろに、小さな霧の渦《うず》ができている。

少年に続いて私がトンネルに駈け込むと、二人の靴音が内部で激しく反響した。その大きな音で、それともその音に怯えて、少年がこっちを振り返った。そして、

「あ、おばさん」

と言った。私を見つけて、不思議そうに目を丸くした。夢でも見ているような顔だった。それは私も同様だった。私の頭から酒の酔いはまだ消えず、そして疲労と恐怖、絶望感などから、私は自分が悪い夢の中にいるような心地がした。

「どうして？」

と少年は言った。どうしてこんな時刻、こんな場所に私がいるのかと、彼は訊きたいのだ。彼もまた、不可解な夢の中にいる。

「家に帰るのね？　今から。それで急いでいるのね？」

そんなふうに言う自分の言葉も、まるで夢の中の登場人物のように、他人の声だった。それが、どこか遠くから届いてくる。魔がさすとは、こういう時のことを言うのだろう。

「うん。怒られちゃう」

私は里美少年の手を握った。

「こっちへ来て、近道があるのよ」

私は言い、トンネルを抜けるとすぐ右にある、喜多見不動尊の石段の方へ、少年を引っぱった。少年は難色を示し、少し抵抗した。

「だって急ぐんでしょ？」

私は言った。

「本当に近道？」

少年は訊いた。

「本当よ」

そう言うと、私は少年の手を引き、強引に不動尊の石段を登った。

境内は真暗だった。石段を登り詰めたところにまず鳥居がある。その奥にお賽銭函が見える。しかし左手には寺らしい建物が見えるし、右手には狐《きつね》の石像が載ったお稲荷さんの小さな社《やしろ》もある。

ここはそんな不思議な空間だった。そして右手突き当たりには小さな横穴があり、穴の奥にも何かが祀《まつ》られているらしい。

右側には鉄条網の柵があり、その向こうは二十メートルばかりの高さの崖《がけ》になって、下に小田急線のレールが走っているのである。

私は、その鉄条網の方へ歩いていった。里美少年も手を引かれるので、仕方なくついてきた。鉄条網に並んで取りついた。ここに笠井老人と光一が立っているのをかつて見かけたことがある。一瞬胆《きも》が冷えたあの経験が、たぶん私の脳裏にこびりついていたのだろう。鉄条網越しに下を見おろすと、遥か眼下に小田急線のレールが、遠くの水銀灯を照り返して鈍《にぶ》く光っている。

「おばさん、近道は？」

少年が私に訊いた。

その時、遠く電車がやってくるらしく、レールがかすかに鳴るのが、私には感じられた。私の心臓もみるみる高鳴る。

「この鉄条網を越えるのよ」

私は言った。わずかに、声が震えた。

「これを？　危ないよ。線路に落ちちゃうよ」

少年は言った。

「大丈夫よ。怖《こわ》いの？」

電車がかなり近づいてきた気配。

「やるのよ。越えるのよ。さあ早く！」

自分の声が急にかん高くなった。感情が高ぶったのだ。子供の右の二の腕を取って持ちあげた。これは、私の「丘の上」に対する復讐なのだ！

「おばさんからやって」

「駄目。君からよ」

「嫌だよ」

「駄目。早く！」

「嫌だ、怖いよ」

「やるのよ！」

そう私がヒステリックに叫んだ時だった。

「子供から手を離すんだ」

という断固とした男の声がした。

悲鳴をあげたい衝撃をかろうじてこらえ、振り向くと、そこに笠井老人が立っていた。

「あんた、何をする気なんだ？　その子を突き落として殺す気かね？」

老人は、不思議なほど激していない調子でそう言った。むしろ淡々と、世間話でもするような調子だった。

「邪魔しないで。あなたに関係ないでしょ！」

私はすっかり狂っていた。こうして第三者に目撃された以上、もう子供を崖の下に突き落として殺すことなどできなくなったのに、そんなふうに冷静に考える余裕がないのだ。狂って意地になり、私は子供に鉄条網を越えさせようと焦《あせ》った。

「とめられるものならとめてごらんなさい。私、あなたみたいな年寄りに負けないわよ！」

すっかりヒステリーを起こしていた。

「年は取ってるが、私は男だ。まだあんたになど負けはせんさ。しかし、子供が危険だ。巻き添えにしたくない」

「じゃどうするのよ?!」

「私が代わりに跳びおりてやる」

老人は、私が思いもかけなかったことを言った。

「なんですって？」

一瞬ぽかんとした。

「そうすればここいら辺は大騒ぎになる。もうあんたもその子を突き落とすことなんぞできなくなるだろう」

私はまさかと思った。できるはずがない。そんなことするはずがない。赤の他人の子供のために、身代りになって死ぬなど――。

しかし老人は、一瞬のためらいさえ見せなかった。私と里美少年が立っている横に寄ってくると、右手に鉄条網を、左手に杭《くい》を摑み、苦労して左足を鉄条網の下の一本に載せた。それからよろよろと右足をあげて、鉄条網の上を跨《また》いだ。

ライトをつけ、電車が轟音《ごうおん》とともに右手から迫ってきた。もうほんの三十メートルばかり手前にやってきている。

老人が、跨いだ右足を外側の草におろし、左足も草の上におろした時、鉄条網のとげが、老人のズボンに引っかかった。老人は頓着《とんちゃく》せず、無造作《むぞうさ》にズボンを引ったくった。

淡々とした老人の動き。しかし一瞬のその力強さを見た時、私は老人の決意が本物だと知った。

次の瞬間、老人の右足が草で滑った！　これは老人にとって、不本意な失敗だったのだろう。反射的に彼は鉄条網を両手で摑み、老人の体は崖にぶら下がった。見ると老人の両の手のひらは、鉄条網のとげのあるあたりをしっかりと摑んでいた。彼の手のひらに、鉄条網のとげが深々と刺さった。

私は悲鳴をあげた。

しかし、老人の方は冷静だった。少なくとも、私ほど取り乱しはしなかった。

轟音をあげて電車が、ゆらゆらと揺れる彼の靴の下に滑り込んできた。老人は、苦労して鉄条網から手を離そうとした。しかし、うまくいかない。とげが、深く刺さっているためだ。

彼はまず右手を離した。それから、左手を離した。しかし——、老人は電車の上には落ちなかった。私がとんで行き、彼の右手を握りしめたからだ。

私は泣き声をあげていた。ごめんなさい！　と叫んだ。

私の体も下方に引かれ、胸のあたりに鉄条網のとげが刺さるところだった。トレーナー越しに、とげの鋭い感触があった。しかし、老人の体が痩せて軽かったせいだろう、どうにか突き刺さらずにすんだ。

老人の手は血に濡れ、ぬるぬるとした。ともすれば、手が離れそうだった。とにかく電車が行ってしまうまで、そう思いながら私は頑張った。

やがて電車が足もとを去った。老人が軽くなった。そう思ったが、それは彼が自分でも左手で鉄条網を握り、体を支えたからだ。

「ごめんなさい」

私はもう一度言った。

しかし、老人は私のそんな言葉には無頓着だった。彼が発した言葉は、

「里美君、この間に早く家へ帰りなさい！」

だった。はじめて切羽詰まった声を出した。淡々としてみえた老人だが、やはり必死の思いでいたことを、この時ようやく私は知った。

里美少年は、ほんの少し躊躇《ちゅうちょ》したようだったが、私の背後で駈けだした。じきに足音が小さくなった。

9.

私は懸命に力を振り絞《しぼ》り、老人の体を引きあげた。彼が苦労して鉄条網を乗り越えるのを手伝った。老人が私の二の腕にすがり、ようやくこちら側へ戻ってきて、私のトレーナーにべっとりと老人の手の黒い血がついた時、私はいち時に悪酔いから覚醒する思いだった。

老人と肩を並べ、深夜の道を自宅方向へと戻ってくる間中、老人の指先から点々と血が道へ落ち続けた。しかし老人は、手よりもむしろ心臓のあたりを押さえ、喘《あえ》いでいるふうだった。

老人の家の前へ戻り着いた時、私は治療をしたいからと老人を私の家へ誘った。しかし彼は、自分の家の方がよいからと言い、さっきまで少年と一緒にいた自宅離れの建物へと戻っていく。そのまま別れてしまう気になれず、私も続いた。

「呑虎庵」と書いたボール紙を窓に貼ったドアを開け、老人が先にたって中へ入ると、さっき私が窓から盗み見た光景がそのまま残っている。子供の姿がないだけだ。蛍光灯もともったままで、闇に馴れた私の目は、一瞬くらくらとする。

「どうぞ」

と老人はひと言言い、隅の戸棚を開けて、救急箱らしい木箱を取り出した。その戸棚にも梟《ふくろう》の剝製があって、じっと私を見ている。その足もとには茶色の石があった。表面に葉っぱのかたちが浮いている。ああ化石なのか、と私は考えた。

明るい光の下で見ると、老人の手は血にまみれて真赤だ。私は靴を脱ぎ、老人のそばまで寄っていくと、足もとに跪《ひざまず》いた。そして額を床につけ、申し訳ありません、本当に一瞬の出来心で、と詫《わ》びた。そう口に出すと、まるで堰《せき》が切れたように、涙がぽろぽろとあふれた。板張りの床に点々と落ちた。

「そんなことより、ちょっと手伝ってくれませんか。今女房は、友人連中と温泉旅行に行っておるんです」

老人が手のひらを両方とも上に向けたままで言い、私は大あわてで立ちあがった。

消毒薬を脱脂綿に含ませ、血を丹念に拭き取った。少し強くこすると、たちまちまた新鮮な血があふれた。

不思議なことに、老人は少しも痛がる様子を見せなかった。傷は深く、痛みも尋常ではないはずだった。しかし老人の表情には、むしろ嬉々とした喜びがあふれているようにさえ思われた。私は首をかしげた。無痛症ではあるまいかと疑った。

薬をつけ、包帯を巻き終ると、老人はさっき里美少年が寝ていたベンチに腰をおろした。私にも勧《すす》めるので、したがった。

「いったいどうしたんです？　どうしてあの子を？　いや、あの子をどうしようとしていたんですか？」

老人は穏やかな口調で尋ねた。言いながら石油ストーヴに点火した。あわてて手を伸ばしかけたが、自動点火でその必要はなかった。

老人のその知的な様子は、とても痴呆老人のものではなかった。私は観念し、今までのこと一部始終を老人に語った。老人が、毎朝門の脇の熊笹を刈るのを見ていたこと。鏡の悪戯も見たこと。そして剝製マニアだという近所の噂。いつか人間の子供の剝製を作りたいと思っているという話。そしてとうとうそれを、里美少年で実行しようとしたのだと誤解したこと。そのため、自分の息子を利用したのではあるまいかと疑っていたこと。

そこまで聞くと、老人は高らかに笑った。それから、それは傑作だ、と大声で言った。傑作な勘違いだ。

私の家に、息子が帰らないと里美家から電話が入ったので、自分はそこの窓からこの中を覗いた。そうしたら里美少年がここに寝ていて、もう死んでいるように見え、そして老人の手がこのメスに触れたので、今からいよいよ剝製にされるのだと思ったことなどを話した。

それならもう里美少年は丘の上の家へ帰ることはない。自分はお金に困っていたので、そういうことなら誘拐犯のふりをして、里美家にお金を要求することを考えた。電話をかけ終ったら、少年が道を駈けてくるのに出遭《であ》った。

少年を家に帰してしまってはお金が盗れない、なんとか家に帰すまいと考え、崖から突き落とすことを考えた。

「なんという馬鹿なことを！」

老人は吐き出すように言った。私はうなだれ、申し訳ありません、とまた言った。

「突き落としてどうするんです？　線路の上に子供の死体があっては、やっぱりお金は盗れませんよ」

老人は言った。その通りだった。私は狂っていたのだ。狂って前後の見境いがつかなくなっていた。

沈黙した。私も老人も黙り込み、石油ストーヴのオレンジ色の炎を見ていた。十分近く、そんなふうにしていた気がする。

やがて老人が口を開いた。

「何故と、奥さん思われるでしょうな。何故私があれほどあの子のことをと。おたくのお子さんに協力してもらって、私はなんとかあの子と仲良くなった。ずいぶん苦労をした。何故そんなにまでしてと、あなたは思われるでしょう。

また毎朝毎朝笹の葉を摘んだり、鏡で悪戯をしたり、いい歳をして、何故だと思われるでしょう。しかし、私にはすべて理由があることなのです。みんな、たったひとつの目的のためです。それは、あの子です。あの子は……」

老人は少し言葉を停めたが、やがて思い切ったようにこう言った。

「私の孫なのです。誰も知らない。あの子はもちろん、あの子の両親も知らない。知っているのは私と、私の家内だけです。

そう、こうなったのだから、奥さんに聞いてもらいますか。何故そんなことが起こったのかを」

老人は包帯を巻いた両手を気にしながら、ちょっとすわり直した。そうして、ゆっくりと語りはじめた。

「私は、実は以前ちょっとした有名人だったことがあるんです。もうずっとずっと昔、戦前の話です。私は、当時の日本人なら、名を言われれば誰でも知っているような人間だったことがあります。

そういう人間がたいていそうであるように、私はお金持ちでした。あなた流の言い方をすれば、当時の私は『丘の下』でなく、『上』に住んでいる人間だったのです。自宅だけでなく、避暑地に別荘まで持っていた。

ところが戦争です。私の職業は、戦争になると許されなくなりました。私は悶々《もんもん》とした思いを抱《かか》えて沈黙するほかはなく、そうするうち、疎開《そかい》という成り行きになりました。

私は当時、妻はありましたが子供はありませんでした。妻と一緒に疎開した先で、私はある若い女性と知り合ったのです。そして不埒《ふらち》にも、私は彼女と恋愛関係に陥ったのです。彼女は私を前から知っており、私の仕事を、そして私を、深く、尊敬してくれました。そうするうち、彼女は私なしでは生きていけないとまで思い詰めるようになったのです。

だが私は、とても妻を捨てる気にはなれません。どうあろうと、そんなことだけは決してすまいと心に誓ったのです。ところがある日、事件が起こりました。彼女とハイキングに出かけたおりのことです。信じられないでしょうが、私にそっくりな男が現われ、私に拳銃を突きつけたのです。その男と揉《も》み合ううち銃が暴発し、私ではなく、彼が死んでしまったのです。そうして、成り行き上私が死んだことになって、事件は処理されたのです」

聞きながら私は首をかしげた。いったいそんなことが、現実にあるものだろうか。彼の妻が死体をあらためなかったのだろうか。私は次第にまた、この老人はまともではないのかもしれないと思いはじめた。

「戦時中のどさくさです。今は信じがたいようなそんな事件が、当時は起こり得たのです。この点については、今はこれ以上の詳しい説明はしたくない、とにかく私は、これは天が私に、この女と逃げてもよいと言われたと、そんなふうに思えたのです。

私はそれからひそかに和歌山《わかやま》に移り住み、ある理由で会えなくなった私の愛人を、じっと一人で待ちました。そしてその間風の便りで、私の捨てた妻が、別れる寸前に身籠《みご》っていたことを知ったのです。私はびっくりしました。そして、あわてました。子供ができていたと知っていれば、私はたぶん妻を捨てることはしなかったでしょう。だが、もう今となってはどうすることもできない。それに、妻には私の遺《のこ》した遺産がありましたので、生活には困らないはずでした。その点が、私には慰めだったのです。

だが私は、どうしても子供には会いたい気がした。長い夜の底にひそむような思いだったのだが、その気持ちは、日を追うごとに募《つの》ったのです。子供は男の子だそうでした。それで私は、愛人が私のところへ戻ってくると、以前私が住んでいた屋敷のある成城に、こんな粗末な家を買って住んだのです。あれは昭和二十九年のことでした。当時の私の貯えでは、この小さな家を買うのが精一杯だったのです。以前の私の家がある丘の上の場所からはずいぶん離れているけれど、同じ名の街に住んでいれば、子供の顔を見る機会くらいは、そのうちきっとあるだろうと考えたのです。

私はたびたび、かつての自分の家の近くまで行ってみました。妻と息子は、やはり疎開先から戻ってきていました。そして息子が学校へ通う姿や、公園で遊んでいる姿を、日がな一日じっと見てすごしたりもしたものです。

そうするうち息子は結婚したらしい。私はきっと息子たちは別の街に住むのだろうと思い、なかばあきらめ、がっかりもしていたのですが、親孝行な息子で、母親の家のすぐ近くにマンションを買って住んだのです。それが、あの丘の上に見える白いマンションです。

どうして母親と一緒に住んでやらないのかと思ったが、それは、息子にもいろいろと事情があったのだろう。息子は、母親の家にはよく行ってやっているようでしたな。

そうしているうち母親、つまり私のかつての妻が死んだ。私はとうとう名乗り出ずじまいになった。家をどうするかと思っていると、息子は屋敷を潰してマンションを建て、一階をレストランにしたらしかった。レストランとマンションの経営を始めたんです。

まあそんなことはどうでもいい、私が口を出せることじゃない。そんなことより、息子に子供ができたらしかった。可愛い男の子で、私はそれを知って、ひそかに、小躍りして喜んだもんだ。妻に対してもそうだったが、息子の前にも名乗り出たいとは思わない。何ひとつ父親の仕事もしていないのに、そんな資格もない。でも、この孫にだけは会いたい、会って、親しくなりたい。何か、何でもいい、何かしてやりたい、私は毎日毎日そればかりを考え、願って、気も狂わんばかりでした。

それからは毎日毎日、まるで老人ボケでもしたように、丘の上の息子のマンションを眺めてすごした。そこに住む、一度も言葉を交《か》わしたことのない息子と、その子供のことを思って眺め暮らしたのです。なんとかあの里美少年と、知り合いになる方法はないものか。

私は一昨年まで学習塾をやっていたので、そのビラを持っていって、息子のマンションの入口付近にべたべたと貼ってきたこともあります。でも丘の上の子は、こんなところまでは習いにこないのです」

私は大きくうなずいた。そしてこう訊いた。

「でも、じゃああの笹の葉は何のために……」

「ああ、ありゃ何の意味もない。私の家のどの窓からも、そして庭に立ってみても、隣家の建物が邪魔で息子のマンションが見えないのです。見える場所はただ一箇所、あの門柱の前だけなんです。私はそれで毎朝あそこに陣どり、何時間も丘の上のマンションを眺めたのです。あそこにはガラス張りのロビーがある。息子たちの姿でも見えないかと思って。ただしゃがみ込んでいるだけでは、近所の目もあり具合が悪いと思って、一応笹の葉でも刈っていようかと思ったのです」

「ああ……」

なるほど、そういうことだったのか。

「では鏡は？」

「ああ、あれも大した意味はない。孫とお近づきになりたかったが、どうにもよい知恵が浮かばないものでね、あんなふうにして毎日チカチカやっていれば、子供のことだから、興味を持ってこっちへやってくるかもしれないと、そんな他愛のないことを考えたんです。すぐやめましたがね。

それは、もっといい手を思いついたからです。つまりおたくのお子さんの手を借りようと思ったんです。おかげさまでうまくいった、私はあの子に、お爺ちゃんと呼んでもらったのです。いや、嬉しかった。これがどんなに嬉しかったか、あなたにはとてもお解りにならんだろうな」

老人の目に、わずかに涙が滲んだようだった。

「今夜のことは？」

「ええ今夜は、私の作った剝製を見せて、道具も全部引っぱり出して、作り方の詳しい説明なんぞをしていたら、遊び疲れかあの子が眠り込んでしまったんです。その寝顔があんまり可愛いし、どうしても起こす気になれなくて、それで目を覚ますのを待っていたらこんな時間になってしまって。目を覚ましたあの子のあわてっぷりといったらなかった。悪いことをした。かえって起こしてやった方がよかった」

それを私は、殺して剝製を作ろうとしていると勘違いしたのだった。本当に私はどうかしていた。家を失いそうで、すっかり頭がおかしくなっていたのだ。

「本当に申し訳ありません。そんな事情とは少しも存じませんで」

「いや、そりゃあ、あんたのやったことはつまらんことだ、軽蔑《けいべつ》しております。だが、私は今夜のことで、息子に対してひとつ借りが返せたような気がして、大いに満足なんです。体を張って、あの子の命が守れた、これは実に、私にとっては何にも勝る喜びなんです。お爺ちゃんと、呼ばれた以上の喜びなんです。その点では、あんたに感謝もしております」

私は小さくなって頭を下げた。私にとっては、皮肉以外の何ものでもなかった。

だが、老人があれほど勇敢だった理由が、これでようやく解った。

「あなたはこれからどうします？」

老人が私に訊いた。

「さあ、どうしたらいいのか……、警察に自首した方がいいのでしょうか……」

「その必要はないでしょう」

老人がゆっくり言った。

「でも私、お金を出せと里美さんに電話したのは確かだし」

「それは単なるイタズラ電話ですな。東京中に、毎日何十件とそんな電話がかかっている。それだけではなんの証拠もないから、警察は動けませんよ」

「でも、里美君は私のこと憶えていますから、ご両親にもう言ったでしょう」

その時、広い部屋の隅にある黒電話がけたたましく鳴った。こんな時間に？　と私は思った。

老人がゆっくりと歩いていき、包帯を巻いた両手で、はさむようにして受話器を持ちあげた。

「はい笠井です。あ、これは里美さん……、いや、そんなことはありません、どうせ起きてましたので。

ああどうもすいません、お子さんが眠ってしまわれて、起こすにしのびなくて、どうもご心配をおかけしました。本来ならご一緒して、事情をご説明しなければいけないのですが、なにぶん私は歳で、駈けだした息子さんに置いていかれてしまいまして……。

なに？　そんな電話があったんですか？　それはまた悪質なイタズラですな……。いや、いや、私は心当たりなどはありませんが……。

ほう……、ほう……、そうですか、そんなこと……、里美君がそんなことを言いましたか。それは寝ぼけて夢でも見たんじゃないですか？　ええ、ええ、そうですな。私はそう思いますよ。

え……、ええ……、いえ、いえ、そんなことはありません。こちらこそ、大変ご心配をおかけしました。電話すればよかったのですが、番号を存じませんで。……いえ、いえ、それではおやすみなさい」

受話器をゆっくりと戻す老人に、私は深く頭を下げた。

「申し訳ありません」

「いやいや、これからもおつき合いしていかなくちゃならない隣り組だ、仲良く助け合っていきましょう。私としてはなんということもない。ただ、今後は孫には手出しをして欲しくないのです」

「それはもう！」

反射的に大声を出していた。

靴を履く段になって私は、

「今のお電話、奥さんからでした？」

と尋ねてみた。老人は首を横に振った。そしてひと言、

「息子からでした」
と答えた。

翌日から、老人の笹の葉を摘む姿を見かけなくなった。

老人はああ言ってくれたが、それから約一週間ののち、私は夫が職を失ったことより、自分自身の犯した取り返しがたい失策にいたたまれず、成城のその家を越した。やはりこうなる運命だったのだと思った。

夫には、私のやった馬鹿な失敗のことは語らずじまいにしてすませた。これからのアパート暮らしで、私はなんとか彼につぐなうつもりでいる。

引っ越しの日はよく晴れた火曜日で、丘の上に、ガラス張りのロビーを持つ白いマンションがくっきりと見えた。

二章　化石の街

1.

私の書斎の窓から、暗い庭のヒマラヤ杉が見える。その枝がさっきから揺れている。揺れ続けている。ピエロが揺すっているのだ。

ヒマラヤ杉の棘々《とげとげ》しい葉の間から、白い顔が見え隠れする。夜目《よめ》にも、それが白く毒々しい厚化粧をしたピエロの顔だと解る。

満月の光が庭一面に射している。春になり、ようやく花開いたパンジーの上や、ヒマラヤ杉の足もとのひとむらの雑草の上に、月光が蒼白《あおじろ》い、冷えた光を落としている。そして私の家の庭すべてを、冷たい肌ざわりの、金属質の物質に変えている。

その上に、ピエロがおりてくる。ヒマラヤ杉の幹をするすると、まるで大きな猿のように身軽に伝い、鎮《しず》まり返った蒼白い世界のただ中に、おりてくる。

そして踊りはじめた。フリルのついたズボンや、だぶだぶの袖を夜風にはためかせ、音のない世界の中で一人、狂ったように踊る。その激しい、憑《つ》かれたような動き。

いや、事実彼は狂っているのだ。彼はさっきからああして踊っている。私がここにいて、見ているのを知っているから、ヒマラヤ杉を登ったりおりたり、そして庭で逆立《さかだ》ちをしたり、跳んだりはねたりを繰り返して踊るのだ。そして踊りに疲れるとしゃがみ込み、私に向かって手招きをする。手招きをはじめると、いつまでもやっている。いつまでも、いつまでも、辛抱《しんぼう》強く私を手で招き続けている。狂人独特の執拗《しつよう》さ。その情熱に、まったく頭が下がる。

女房が気味悪がり、警察を呼んだ。するとピエロは脱兎《だつと》のごとく逃げ出し、低い塀《へい》を飛び越えてどこへともなく姿を消してしまう。そうしてどうするのかと思っていると、電話をかけてくるのだ。妻が出ると、ご主人をと言う。私が出ると、決まってこう言う。

「旦那、宝の話を教えて下さいよ」

取り合わず私が切ると、何度でもかけてくる。警察がいようがいまいがおかまいなしだった。

警察も、いつまでも私の家の庭にばかりいるわけにはいかない。小一時間もして引き揚げていくと、ピエロはまた姿を現わすのだった。まるでお手あげである。戻ってくると、ああして夜っぴて踊っている。警察が来れば、素早くまた姿を消すのだ。

厚化粧で解らないが、中年男のようでもあり、案外若い男のようでもあった。身のこなしが素早いし、電話の声は意外に若い。

私の家のある一画は、相当家が建て込んだ住宅街で、周囲の家々も興味津々《しんしん》で、細くカーテンを持ちあげ、私の家の庭をこっそり観察しているらしい。しかし、当然みな知らん顔を決め込んでいる。

「いったいどういうこと？」

妻が言う。

「あれは誰なの？　知ってる人なの？」

「知るわけがないだろう、俺が」

私は答えた。

「だってあなたについてきたのよ」

そうなのだ。それは自分でも解っている。あのピエロは、どこの誰かは知らないが、新宿駅西口地下の名物なのだ。

私は彼と（彼だと思うが）、親しかったわけでもなんでもない。ただ私が通勤のたびに通る新宿駅の構内で、時々見かけてはいた。彼は午後になると新宿駅の構内に決まって出没し、駅構内のゴミ箱や床の上から、読み捨てられた週刊誌を拾い集めて歩くのである。その足どりや腰つきはいつも軽やかで、踊りを踊るようである。時には駈けだすこともあるが、たいていはスキップをしたり、ダンスのステップを踏むような歩き方である。あんなに週刊誌を拾っていったいどうするのだろう、と私は常々思っていた。自分が読むつもりなのだろうかと思っていたが、どうもそうとは違うようだ。見ていると、同じ週刊誌を何冊でも拾っていく。週刊誌の発売日に当たる日など、あちこちのゴミ箱、地下道の入口の手すりの上などに、同じ週刊誌がいくらも落ちている。そんな日、ピエロは同じ週刊誌を何冊も束にして抱《かか》え、例の踊るような足どりで地下の構内を歩いている。

道行く人はまるで知らん顔である。私もそうだった。最初このピエロを見かけた時はさすがにギョッとしたが、じき飽《あ》きてしまい、少々ふう変わりなネオン広告でも眺めるような気分になってしまった。

ひと口にピエロといっても、このピエロの扮装はちょっと変わっている。まず頭が変わっている。例のとんがり帽子は、一応被《かぶ》っていることは被っているが小さめで、帽子よりむしろ下のアフロヘアの方がずっと目立つ。この髪の毛も、単なるアフロヘアでなく、あちこちをいろんな色に染めている。ピンクやブルーや、赤や緑といった調子である。

しかしこんな派手な身なりの彼だが、新宿の地下構内を往きかう人々は誰も注意を払わない。すっかり馴れっこになり、無関心になっているのだ。あたかもこの毒々しい身なりの彼は、その毒々しさのゆえに、まるで透明人間のようである。

ただ人々が彼に、一種の親しみを抱いていることはあきらかだ。私もそうだ。別に彼を気に入っているわけでもないが、地下構内を歩いていて、遠目にでもその派手な姿を見つけるといつも、ああいるな、といった、何となく懐かしいような、安心するような気分になった。

しかし、彼に声をかける者はない。時には読み終った週刊誌を丸めて持ち、ゴミ箱を探して歩いている人の姿を見かける。そして例のピエロが、捨てられたら拾おうと、すぐうしろをついて歩いているのを見ることがある。週刊誌を持つ彼は、うしろのピエロに気がついている。だから振り返り、彼に手渡してやればよさそうなものだが、彼はそうしない。ゴミ箱を見つけ、その中に捨てる。大急ぎで拾っているうしろのピエロを、ちらと横目で見たりする。

なるほどこれが東京というものかと、私は時に感慨を持った。ここには派手なもの、地味なものの区別がないのだ。派手なものが、地味なものより人の関心をひくということはない。都会の連中は、日々の極限的な刺激に神経がすっかり麻痺《まひ》している。極彩色《ごくさいしき》のピエロが一人地下道をうろうろしたくらいでは、別段驚きはしないのだ。

思えば私自身、まさにそうだった。他人のことになどかまってはいられない。特に私は当時――そう、今回語ろうとするこの事件は、もうすでに二、三年前のことになるのだが――成城で私が経営する演劇スクールが不渡りを出す寸前まで行ってしまい、金銭的な悩みを抱えていたので、自分のことで精一杯だった。他人が何をしていようと知ったことではない。自分の利益に結びつかない限り、他人を気にかけている余裕などないのだ。

私と、新宿地下道のピエロとのつき合いは、せいぜいがこんなものだった。言葉を交わしたこともなく、新宿駅地下構内以外では、姿を見かけたこともない。ところが昨日、私は地下構内以外ではじめて彼を見かけたのである。

その日、ウィークデイだったが、私は連日の金集めで疲れを感じ、仕事を二時で終え、家に向かっていた。小田急線の改札口を出ていつも通り国鉄の改札口へ向かいながら、時間が早いのでちょっと紀伊國屋《きのくにや》書店でも覗《のぞ》いていこうかと考え、改札を入らず、東口の地下道に向かった。この時西口の地下構内に、例のピエロの姿は見あたらなかった。

東京という街は、実に不思議なところだと思う。私が、まだラッシュアワーにはほど遠い時刻だというのに、地下道をぎっしりと埋めた人の群れをかき分けかき分け階段をおりていると、また不思議なものを目にした。

それは子供だった。いや、最初は子供だとは思わなかった。妙に頭が大きく見えたので、おとなの、小柄な男かと思った。それが、例によって薄汚れた浮浪者たちが酔っ払って長々と寝そべっている地下道を、彼らをよけながらちょこまかと走り廻って、なんだか小さな白い紙を拾い集めているのである。

感心に、紙くずを拾い集めているのかと思った。誰か年長者の指導で、ヴォランティア活動でもやっているのかと考えた。ところがそうではないらしい。少年が集めているのは、ごく小さな白い紙きればかりで、もっと大きなごみ、たとえば丸められた新聞紙とか、汚れた週刊誌とか、スーパーマーケットの紙袋の類いには少しも関心がない。ひたすら白い小さな紙きればかりを集めている。

地下道を一人、目を皿のようにして歩き、この小さな紙きれを見つけると、宝物でも見つけたように大あわてでとんでいく。そして汚れを丹念に手で払い、大事そうにポケットにしまう。見ていても、ゴミ箱へ捨てる気配がない。

私は少年が何をしているのか不思議でならず、よほどそばへ寄ってわけを訊《き》こうかと考えたが、少年のきびきびした真剣な様子にやや気圧《けお》されて、黙ってついて行った。

少年はマイシティの入口あたりをすぎ、紀伊國屋書店の方角に向かって地下道を歩いていく。その時だった。私は前方をひょこひょこと、例の踊るような足どりで行く、アフロヘアのピエロを見かけたのである。

思いがけない場所で彼を見たので、私は当初ずいぶん意外な気がしたが、こんな早い時間に新宿地下道を歩くことが私自身まれだったので、あるいはこれが普通なのかもしれんと考え直した。彼は今から、どこかの新装開店の店の宣伝のために向かうところかもしれない。そう考えればあの奇抜ないでたちにも納得がいく。昼間彼はチンドン屋の仕事をやっているのだ。それが本職なのであろう。私がいつも見かける地下構内の彼は、私と同様勤め帰りか、いずれにしても勤めを終えたのちの姿に違いない。私はそこから、ピエロの方についていった。仕事中の彼を見たいという好奇心が湧いたからだ。

ピエロは、相も変わらず自分のペースで、踊りながら地下道を行く。すれ違う人の多くが彼を振り返っていく。しかし彼はいっこうおかまいなしだ。通行人が振り返るという事実が、私には彼が自分のテリトリーを踏み出していることの証明のように思われたが、あるいは考えすぎかもしれない。

男たちは振り返り、女性や子供たちは気味悪がって前方から早々とよけ、すれ違っていく。すぎてから、たいていほっとして振り返っている。

ピエロは、三越《みつこし》の地下入口で立ち停まった。そして少し思案するふうな様子である。さっとこちらを振り返った。あとをつけていた私は、一瞬ぎくりとした。勘づかれたかと思ったが、しかしそうではないようだった。さっさと三越デパートに入っていく。

ピエロは、売り子たちが目を丸くしている中、一階売り場のショーケースの間を踊りながら抜け、左手奥の、人けのない階段の方へ行く。そして階段下で立ち停まると、じっと考え込んでいるふうである。ひと渡り周囲を見渡したが、それからは何をするふうでもなく、じっと大理石の床に立ちつくしている。

付近のショーケースを覗き込むふりをしながら、私は少し離れた場所から、横目でピエロを観察していた。新宿三越にはこれまで何度も来ていたが、いつもエスカレーターやエレヴェーターを利用するので、こんなところに階段があることさえ知らなかった。

ピエロの姿が消えた。階段を昇っていったのだろう。私もショーケースの前を離れ、慎重に跡を追った。

階段には、まったく人影がなかった。こんなところにやってくる客などいないので、踊り場にはまるで倉庫のように段ボールの箱が堆《うずたか》く積まれ、明り採りの窓から午後の陽が薄明るく階段に落ちている。客や売り子たちの話し声、店内放送の音楽などの雑踏が遠のき、自分のたてそうになる靴音がひどく気になる。

そんなひっそりとした階段を、ピエロはゆっくりゆっくり昇っていく。私は音をたてないように慎重に歩を運び、曲がり角にかかるたびに壁や手すりの陰から片目だけを出して、ピエロの背中を探した。

さいわいピエロは、後方にはまるっきり無頓着だった。五階と七階と八階で、それぞれ彼は立ち停まり、ぼんやり立ちつくした。何かを探しているらしく見えた。興味をひかれ、私も彼から少し離れた自分の周囲をきょろきょろと目で探したが、何も変わったものは見出せない。ただ私と、私のいる階段を囲んでいる、薄茶色の石の壁が目に入るばかりだ。

ピエロは八階ではフロアに歩み入り、エレヴェーターの方へ行く。そして二基並んだその扉の前を、さかんに往ったり来たりする。私は階段のところに立ち、片目だけを出してその様子を観察する。

次第に私は首をかしげた。ピエロはいったい何をしているのだろうと思った。ちっとも働きにいく様子がない。デパートの中をうろうろしているばかりだ。

やがて彼はエレヴェーターの前を離れる。高級ソファなどが置かれた八階の家具売り場を横切り、西側のエレヴェーターの前へ、例の踊るような独特の歩き方で向かう。エレヴェーターのドアの前に出ると、下へ向かうエレヴェーターを呼ぶボタンを押した。そして、それはすぐにやってきた。ピエロの目の前でドアが開く。中にいる客やエレヴェーターガールの顔が、いっせいに驚きの表情になるのが、私のところからうかがえた。一緒の箱に駈け込もうかと一瞬私は躊躇《ちゅうちょ》したが見送った。そして、同じように下へ向かうエレヴェーターのボタンを押しておき、ピエロの乗ったエレヴェーターが停まる階を、目で追っていた。四階と一階に停まり、それから地下へおりていった。

次のエレヴェーターはなかなかやってこなかった。私は待ちながら、これはもう見逃したろうと思った。

ところが、そうではなかった。エレヴェーターがやってきて、私が適当に当たりをつけた一階でおりてみると、ピエロはまだ一階エレヴェーター脇にいた。地下へ下っていく階段を数段おりたあたりにじっと立ち、例の思案げな仕草を見せていた。

そこは床も壁も、よく磨《みが》かれたグレーの大理石で囲まれているあたりだった。人通りも多く、みな気味悪そうにピエロをよけ、地下への階段を下っていく。

ピエロは、離れた場所でじっと見ている私の方に顔を向け、階段をあがってきた。私に向かってきたのかと思ったが、そうではなかった。私の数メートル手前で向きを変え、また一階のフロアを横切って地下道の方へと出ていく。

やってきた地下道へ戻ると、ピエロは今度は伊勢丹《いせたん》デパートの方へ向かう。そして近い入口から伊勢丹に入った。

ここでは彼はあまり歩き廻らず、地下道から地階の食料品売り場へ向かう通路の途中に立ち停まっている。立ち停まっている時は、決して踊ったりはしない。じっと、まるで浅草《あさくさ》の歓楽街に立つ道化《どうけ》の人形のように、微動もしないで立ちつくす。大勢の通行人の流れは、彼を大きく左右に迂回《うかい》して流れている。

私も、地下道の伊勢丹入口あたりに立ち、壁の角にぴったりと身を寄せて、ピエロの様子を観察していた。

五分以上、十分近くもそうしていただろうか。ピエロが突然動きだした。私の方へ、すなわち地下道の方へと戻ってくる。私はあわてて身をよけ、通路中央の、丸柱の陰に移動した。

ピエロは、地下道に出てくるとさらに進み、丸ノ内線の新宿三丁目の駅まで来た。自動券売機の前で、薄汚れたダブダブズボンのポケットを探っている。コインを探している。どうやら地下鉄に乗るつもりか。私も急いでジャケットの内ポケットから財布を引き出す。

ピエロが買ったのと同じ自動券売機に、私もコインを放り込んで切符を買った。そして彼を追って改札口を入り、ひょこひょこと踊るように動く彼の背を見失わないように、丸ノ内線の階段をおりていく。

タイミングよく電車が滑《すべ》り込んでくる。目の前で開いたドアに、ピエロはするりと乗り込む。私も駈けだし、ピエロと同じ車両に飛び込んだ。

ピエロは丸ノ内線を銀座《ぎんざ》でおりる。そして改札口を出ると、人混みをかき分けるようにして、例の東銀座から有楽町《ゆうらくちょう》へと抜ける長い地下道を、日比谷《ひびや》の方角へ向かい、歩きはじめた。そしてソニービルの下を左に折れ、西銀座デパートの地下あたりまでやってくると、またじっと立ちつくしている。

ここでもしばらく動かない。五分もそうしていたろうか。突然くるりと体を回転させ、私が柱の陰に立っていた、ソニービルの方向に歩いてやってきはじめた。あわてた私がさらに彼の死角へと移動すると、ピエロは踊るような足どりを早めて私の前を通りすぎ、地上の電通《でんつう》通りへと出る階段を昇っていく。私はますます興味をひかれ、とても離れる気になれず、ゆっくりと後ろをついていく。

地上に出てみると、ピエロはすぐ目の前にある阪急《はんきゅう》デパートの前に立っていた。あわてて私は階段を下へ戻る。壁にぴたりと背をつけ、地上へとせわしなく昇っていく人の群れをやりすごしながら、デパートの前のピエロを観察していた。

彼はしばらく立っていたが、やがて新橋《しんばし》方向へ向かって歩きだした。私も急いで地上へ出ると、デパートの柱の陰に移動する。

新橋方向へ向かうように見えたピエロだが、阪急デパートの南端のあたりで立ち停まり、Uターンしてこちらへ戻ってきた。そうして隠れている私の前をせかせかと通りすぎると、また地下道へおりていく階段に入った。私もむろんついていく。

地下道を今度は晴海《はるみ》方向へと彼は向かっていく。途中、チョコレート色の石でできた柱のあたりで立ちつくす。またしばらく思案している。やがて歩きだす。

銀座通りの下あたりにやってきた。そのあたりの地上は、ちょうど三愛《さんあい》とか、和光《わこう》の下あたりのはずだ。ピエロは、その四丁目交差点の真下でさんざんうろうろしたが、A7と書かれた地上への出口を昇りはじめた。人通りが多いので私も少し大胆になり、ピエロのほんの五メートルばかりの近くにまで接近して尾行した。

出てみると、そこは三越デパートの真ん前である。大理石の台座にすわっているブロンズのライオンのお尻が見えた。

ピエロはすると即座に回れ右をして、私の方へ戻ってきた。内心大あわてにあわてている私のすぐ横をすれ違う。私には少しも関心を払わない。彼は何ごとかに気を取られ、まるで無我夢中だから、周囲のものが全然目に入らないのだ。

地下道に戻ると、ピエロは京橋《きょうばし》方面へと向かっていく。そして今度は、A12と書かれた出口の階段を昇りはじめた。しかし地上までは出ず、階段を数段あがったあたりでじっと立ちつくしている。私ももう失敗はすまいと遠く距離を保ち、その様子を観察する。

彼の放心は短かった。また早足になって階段を昇りはじめ、地上に消えた。私は慎重になり、少し時間をおいてから彼を追う。

地上に出てみると、ピエロは渋滞している銀座通りの車の間を抜け、道路を横断するところだった。小走りになっている。

不思議な眺めだった。見馴れているビル街が、ピエロがたった一人いるだけで全然別の風景になる。銀座全体が、まるで道化芝居のための大がかりなセットのように感じられるのだ。

ピエロは道路を横断し終った。相変わらず彼は、周囲の注目を集め続けている。私も急いで横断した。横断を終ると彼は、和光側の歩道を京橋の方角へ向かう。ずいぶんきょろきょろしながら歩いていたが、一軒の店の前で立ち停まった。

それは、私も一瞬意外に思った店だった。もうすっかり古びた小さな帽子屋だった。

「とらや帽子店」という看板が見えた。

その店が古かったから驚いたわけではない。この東京に、まだ帽子屋という商売があること自体に驚いたのである。

遠くから観察する限りでは、帽子はすべて男もののようだった。チェックの鳥打ち帽や山高帽が、すっかり時代ものとなった感じの古めかしいショーウィンドウに重ねられて並んでいる。

ショーウィンドウの木枠はすっかり古びて、今にも朽《く》ちてしまいそうな骨董品《こっとうひん》である。店の柱は黒い、これも古びた石造りである。つまり店全体が骨董品だった。そんな店頭に立ち、ピエロはまたしばらく思案投げ首を始めた。

それから回れ右をして、もの陰に立っている私の方に、また戻ってきはじめた。そして手近な地下道への入口に、姿を消した。

彼を追って地下へおりると、彼は地下道を銀座四丁目あたりまで戻り、日比谷方面に右折する。もと来た方角へ戻っているのだ。

ピエロの歩みから、次第に踊るような動きが消えた。彼の頭の中をしめた何ごとかが、おそらく彼からあらゆる雑念を奪っているのだろう。

ピエロはまた地下鉄丸ノ内線の自動券売機の前に立った。コインを放り込み、どうやら最短区間の切符を買っている。彼が改札口をくぐるのを待って、私も買った。

彼は丸ノ内線のホームの、荻窪《おぎくぼ》方面行きの側に立った。私はてっきり新宿へ戻るつもりなのだろうと考えた。ところがそうではなかった。丸ノ内線に乗り込むと、彼はそこからわずかにひと駅目の、霞《かすみ》ケ関《せき》でおりたのである。

改札口を出ると、ピエロは長い地下通路を延々と歩いていく。日比谷線の方へ向かう。

日比谷線のホームへおり、これに乗り換えるつもりかと警戒した私は立ち停まりがちになるが、そうではなく、ただ通過するだけらしい。千代田線方面と書かれた案内板の下を、彼はいそいそと階段をあがる。

三つの地下鉄が交差している霞ケ関の地下は、まるで迷路である。地上なら、ひと駅分の距離を歩いたのではと思うほどに、ピエロと私は歩いた。やがて千代田線の改札口もすぎ、地下通路に古く狭い、商店街らしい集落が現われた。私はよく地下鉄を利用するが、霞ケ関の地下に、こんな古びた商店街があるとは知らなかった。

どうやら終点のようだった。地下道は行き止まりになり、前方向と左方向の、二つの地上へ出る階段がわれわれの前に立ちふさがった。彼はその内の、C４と書かれた出口の階段を昇る。

私はこの時、ようやくある小さな発見をした。ピエロは、手に小さなメモを持っているのである。手のひらにすっぽり隠れるほどの小さな紙なので、私はそれまで少しも気づかずにいたのだが、彼はどうやらこのメモにしたがって、これまで行動していたらしい。

ピエロはC４番の、白い、真新しい大理石の壁で囲まれた階段を昇る。私も続こうとして、あわててよした。中途の踊り場で、ピエロがまた立ち停まったからである。私のいる場所から、赤い水玉のダブダブズボンを穿《は》いたピエロの足だけが見えている。私も通路に立ち停まり、彼の派手なズボンや、黒い靴をじっと見つめていた。

ピエロの放心がまた長くなった。私も辛抱強く、ピエロが次の行動を起こすのを待った。

ピエロは、地上へ出ていくものと私は思っていた。この上には、官庁街と日比谷公園があるはずである。

しかし私の予想ははずれた。ピエロはまたくるりと踵《きびす》を返すと、私の立っている地下道に向かい、階段をおりはじめた。私は今度こそうろたえた。見廻しても、周囲の地下道はひっそりとして通行人の姿は見えない。たまたま今人通りが途絶えているのだ。絶体絶命である。階段を下ってくるピエロの靴音が容赦《ようしゃ》なく響く。

私はとっさに、目の前にあった小さな珈琲《コーヒー》屋に飛び込んだ。そしてウェイターの手前、待ち合わせの人を探しているふりをしながらしばらく席の間をぶらぶら歩き、表のピエロをやりすごした。彼が窓の外を通り過ぎると、私は急いでまた地下道に出て、彼の姿を追った。

ピエロは地下鉄日比谷線の自動券売機の前で立ち停まる。そして日比谷線の改札口を入っていく。むろん私も続く。

日比谷線の中で、ピエロは吊り革に摑《つか》まって揺られている。車内はかなり混みはじめているが、彼のすぐ隣りに立つ者はいない。

彼は恵比寿《えびす》で、ステンレスの電車をおりた。改札を抜け、階段をあがって地上へ行く。

彼の足どりに、また例の踊るような仕草が現われはじめた。

地上へ出てみると、もうたそがれ時である。風がいくぶんか冷えている。そんな中を、ピエロは目の前にある国鉄線の改札口に向かっていく。どうやら山手線に乗り換えるつもりか。

切符を買い、ピエロは改札口に消える。私はそろそろ追跡に飽きてきた。この不思議なピエロにひかれはするが、私は刑事ではない。ピエロは電車に乗ってあちこちへ行っては立ち停まり、思案投げ首をしているばかりだ。何ごとが起こる様子もない。これではいったい何を彼はしているのか、あるいは何をしようとしているのか、少しも推理する材料がない。

山手線のホームへ出る。池袋《いけぶくろ》方面である。ほどなく電車がホームに入ってくる。ピエロも私も乗り込む。

渋谷《しぶや》をすぎ、原宿《はらじゅく》をすぎ、新宿が近づいてくる。今度こそ彼は、新宿でおりるものと私は思っていた。何がどうあれ、私はこの追跡旅行を新宿で切りあげるつもりでいた。ところが電車が新宿駅のホームに滑り込み、私がおりようと一歩足をホームに踏み出しても、ピエロがまだ吊り革に摑まったままでいるのが、窓から見えた。

どうしたことか彼は、新宿でおりるつもりがない。一瞬迷い、ええいままよと思って、私はまた電車の中へ引き返した。そして大量に乗ってきた乗客たちに押されるのを利用しながら、ピエロのほんの二、三メートルの近くにまで移動した。ラッシュアワーが近づいて人が増えてきたから、いくらでも彼に近づくことができるのと、そうしないでいると、いくら派手な対象でも、さすがに見失いそうだったからである。

すでにもう乗客たちは、吊り革にぽつねんと一人摑まるこの異様な乗客を、避けてはいなかった。内心ではそうしたいのだろうが、この人数では無理なのである。

彼に身を密着させている人が、わが身の不運を呪《のろ》っていることは確実だった。というのも、少し離れている私にも、この厚化粧の男の異様な体臭が、はっきりと感じられたからだ。脂粉の匂いとは違う。いやむろんそれもあるのだが、それに加えて、汗や汚れや、さまざまに不潔なものの匂いが感じられた。それは私には（たぶん乗り合わせた他の乗客たちにしてもそうだと思うのだが）、この社会からはみ出した者の発する匂い、それとも彼が暮らす、得体の知れぬ暗がりの匂いと感じられた。

この匂いひとつをとっても、私たち平凡で平和な人種には、ああ自分の今のまっとうな生活があって本当によかったと安堵させるに充分だった。私は一瞬、自分の金の悩みを忘れた。

その不幸な匂いとともに、彼は池袋のホームにおりた。大勢の下車客が一緒だった。ラッシュ時間が近づき、果てしなく人間が増えはじめている。人の群れに逆《さか》らわず、彼は東側の改札口へ向かっていく。

一階の改札口を出ると地上である。交差点の信号を待つ。もうかなり陽が傾いた。信号が青になり、横断歩道を渡り、三越前の階段を地下におりていく。慎重に地上から見おろしていると、肌色をした大理石で囲まれた階段の中途で彼は例によって立ちつくしている。

しばらくそうしてから、またとんとんと階段をおりはじめ、地下道を通って駅の方へと戻っていく。それからまた地上に出て駅ビルの中へ入り、西武《せいぶ》デパート下のエレヴェーターの前に行った。私も彼の背後に立つ。

エレヴェーターがやってくると、彼は人の群れに混じって乗り込み、十一階でおりた。

これはありがたい、と私は即座に思った。そこは大きな書店だった。

もともとは新宿の本屋へ行こうと思い、そんな気紛れから始めた今日の冒険である。私はピエロから離れ、見たいと思っていた演劇論のコーナーを目で探した。

だから、その日の私の冒険小旅行はそこで終った。私は二冊ばかりの演劇の本と、株式投資の本を一冊買って、大久保《おおくぼ》の自宅へ帰ったのだった。

2.

翌日は土曜日で、私も他のサラリーマン仲間同様、休日だった。しかし私にはどうしても片づけておきたい個人的な資金繰りの仕事があり、私の学校がある成城ではなく、銀座に出てきていた。

午後の銀座通りを、京橋方面から四丁目交差点に向かって歩いている時だった。一人の身なりのよい老紳士が歩道の端に立ち、一軒の古びた、およそ今ふうでない商店の店頭をじっと見つめているところに出くわした。何気なく通り過ぎようとしたのだが、ふと足が停まった。店先の古びたショーウィンドウや、中の帽子の群れがちらと目に入ったからである。

それは、やはり昨日ピエロが立ち停まって覗き込んでいたとらや帽子店だった。

老紳士は黒い山高帽を被り、白い口ひげをたくわえ、小さな丸い眼鏡をかけていた。そして周囲のものなどほんの少しも目に入らないという様子で、ステッキをつき、熱心に店のショーウィンドウの下部あたりや、入口の柱を眺めているのである。

私は興味をひかれ、立ち停まった。老紳士のあまりに茫然自失とした様子や、一種人を寄せつけないふうの、超然とした風情に声をかけるのもはばかられ、また昨日同様、少し離れた場所から彼を眺めることになった。

仕事はすでに成功裏に終っていたから、私はもう終日閑《ひま》だった。それでももの好きにも私は、銀座通りを歩きだしたその老人を追ってゆっくりと歩きだす気になった。

老人は横断歩道に立ち、悠然《ゆうぜん》と信号が青に変わるのを待っている。私も彼の背後に立って待った。

やがて信号が変わる。彼はゆっくりと歩きだす。私もついていく。反対側の歩道を彼は四丁目の方向へ向かう。そして松屋《まつや》デパートの前の地下道入口を入っていく。私もついておりようとして、愕然《がくぜん》とした。それは、まさに昨日ピエロが思案深げに佇《たたず》んでいた、A12番の階段だったからだ。

老人は、階段の中途にじっと佇んでいる。そして黒い石と白い石とを組み合わせて作られた壁の継《つ》ぎ目《め》を、興味深げに覗き込んでいるふうである。

老人は、昨日のピエロより十倍も時間をかけていた。十分以上そうしたまま彼は壁を見つめていた。それからようやく歩きだし、地下道におりた。

私は、頭がくらくらとするような気分に襲われた。いったいどうしてこんな不可解な出来事が続くのだろう。昨日から連続して起こっている出来事は、私の理解力、想像力を超えている。

私は、今まで自分が安心して暮らしてきたこの都会が、ひどく不思議な、自分の見知らぬ世界に変わっていくような不安感と闘いながら、老人について歩いていった。

すると老人は、やはり私がひそかに予想していた通り、A7番出口をあがっていく。そして踊り場で立ち停まり、周囲を囲んでいる肌色の壁を熱心に見つめはじめた。

それが終ると彼はまた地下道に戻り、ステッキをつきながら四丁目下を日比谷方面に右折して、地下鉄日比谷線の改札口付近にあるチョコレート色の石の柱の前に立つ。やや曲がった背で、柱をいつまでもじっと見つめている。

それから彼は、阪急デパートの前にこそ行かなかったが、地下鉄丸ノ内線の改札を入り、霞ケ関方面行きの電車に乗る。

もう疑う余地はない。何故《なぜ》なのか理由は解らないが、この老紳士は、昨日ピエロがやっていたと同じことをやっているのだ。この先彼はおそらく霞ケ関でおり、千代田線のC4番出口へ行くに違いない。

私は声をかけよう、もう声をかけようと喉《のど》まで出かかりながら、ただ黙って痩せた老人を見つめ、吊り革に摑まっていた。彼は瞑想にふけるように目を閉じ、吊り革に右腕をあずけてかすかに体とステッキを揺らせていた。その様子には学者然とした風格があり、周囲の者が容易には声をかけにくい雰囲気があった。

霞ケ関に着く。やはり老人はおり、延々と、例のひと駅分はありそうに思えるほどに長い地下道を行く。歩みが老人のものだから、時間がかかる。日比谷線のホームを経由し、階段をあがり、行く手に、見憶えのある古い、雑然とした商店街が見えてきた頃、昨日と同じように私たちの周囲から人の気配が消えた。このあたりは地下道のはずれだから、やってくる人も少ないのだろう。そして私はこの時を見はからい、思いきって駈けだして、老人と並んだ。

「ちょっとすいません」

私は老人の肩のあたりを目がけ、大声を出した。

老人はすると、少しも驚くふうがなく、特に歩速をゆるめる気配もなく、そのまま歩きながらゆっくりと振り返った。その表情は、異様なほどに落ちついて、何も声は発しなかった。

「申し訳ありません、ちょっとお尋ねしたいんですが、今からあのC４番階段へいらっしゃるおつもりでしょう？」

私は前方を指さし、尋ねた。

「そうですよ」

老紳士は、こともなげに低いバリトンで応じる。

「あそこに何があるんですか？　先ほども、銀座の帽子屋や地下道のあちこちで立ち停まっておられたようですが」

私の言い方は、少しぶしつけにすぎたかもしれない。少々気がせいていたのだ。すると老人は、案の定不快そうな表情を見せた。そして、こんな不可解な言葉を口にした。

「宝探しですよ。そう、あれは宝の山でね」

私の頭はまた混乱し、思わず歩速がゆるんだ。すると老紳士は、

「失礼」

とひと言言い置いて私を置き去りにした。宝探し――？


その帰り道、私は新宿西口の地下構内で、またピエロの姿を見かけた。歩きながらふと横を見ると、私の横のゴミ箱に頭を突っ込んで、例によって一心に週刊誌を拾い集めていた。

その日、私は金集めがうまくいって、珍しく多少陽気な気分でいたから、少々茶めっ気を起こした。思えばそれがいけなかったのだが。私はゴミ箱のところにいるピエロのそばに歩み寄り、彼の耳にこうささやいたのである。

「もう宝探しはあきらめたのかい？」

するとピエロはゴミ箱から頭をあげ、きょとんとした様子だった。といっても例の厚化粧だから、表情が見えたわけではない。仕草でそう感じたのだ。

「どういうことで？」

彼はかすれた声で、ほとんどささやくようにそう言った。

「そこの新宿三越や、銀座の地下道のあちこちや、霞ケ関のＣ４番出口なんかは、宝探しのルートなんじゃないのかい？」

私は適当に見当をつけて言った。

ピエロの顔色が変わった――ように見えた。以来、今度は逆に、ピエロが私から離れなくなったのである。

私のあとをずっとついてくる。国電の改札を抜け、大久保駅のホームにおりても、背後の人混みの中にピエロの奇怪な姿が見え隠れした。そして改札口を出て、次第に人けの少なくなる住宅街に歩み込んでからも、私はずっと背中に彼の視線を感じ続けた。

しかしどういうものか、その時は少しも追いつき、声をかけてこないのである。ただ黙って私のうしろを歩いているばかりだ。いうまでもないが私は薄気味が悪くなり、ピエロにあんな軽口を叩いたことを後悔した。

家の玄関を入り、私が一階の書斎に籠《こも》ってしまってからも、ピエロは帰ろうとしなかった。私の家の周囲はブロック塀など巡らしてはいず、低い金網の塀があるばかりだから、乗り越えるのはいたって簡単である。彼は塀を乗り越えて私の家に入ってくると、夜が更けるまで庭で踊ったり、逆立ちをしたり、ヒマラヤ杉によじ登ったりを続けた。私が窓のカーテンを引いてしまうと、すぐ下まで寄ってきてコツコツとガラスを叩く。カーテンを開けると、出てこい出てこいと手招きをするのである。

妻はすっかり怯《おび》えてしまい、私は首をひねって考え込んでしまった。ピエロの意図が少しも解らないからだ。

庭から姿が消えたなと思っていると電話が鳴る。どうやら近くの公衆電話からかけているらしく、少ししわがれた、妙に卑屈そうな声で、

「旦那、宝探しの話って何です？　教えて下さいよ」

と言うのである。

教えて欲しいのはこっちである。私は何も知りはしないのだ。適当に見当をつけてそう言ってみただけなのである。

だがピエロはそうは思っていないらしかった。何も知らないと言っても容易に信じようとせず、私が何か重大なことを故意に隠していると思っている。だからこちらが電話を切っても、何度もかけてきたし、電話のベルが鳴らなくなると、庭に姿を現わすのである。

私自身、また解らなくなった。ということは、ピエロもまた何も知らないのか。ではぜんたい彼は昨日、何をしていたのか。そもそも彼は何者なのか。私が何を知っていると誤解しているのか。

私は閉口し、とうとう妻に警察に電話をさせた。パトカーがやってきてピエロは逃げ出し、それでどうにかその日はおさまった。

3.

その翌日は日曜日だった。妻が怯えるし、また私自身身の危険を感じたこともあって、その日は午前中から二人で外出してしまうことにした。さいわい私たち夫婦には子供がなく、外出に関してはいたって自由気ままにやれるのだった。

どこへ行こうかということになったが、ふいに思いたって外出となると、案外行く場所がないものだ。とにかくどこかで食事をして、映画でも観ようかという話になった。

私たちは有楽町で早めの昼食をとり、あまりに天気がよかったので、すぐに暗い場所へもぐり込んでしまうのはもったいなく思われて、しばらく日比谷公園を散歩することにした。

妻と肩を並べ、ヤップ島の巨大な石の貨幣とか、噴水などを見ながらぶらぶら歩いていると、ふいにここが、例の千代田線霞ケ関駅の、C４番出口のすぐそばであることに気づいた。

続いて「宝探し」という言葉と、「C４番」という数字が、まるで呪文のように私の脳裏をかすめた。

「C４番、C４番……」

と繰り返し口の中でとなえながら公園を歩き、気づけば私の足は、その「Ｃ４番出口」に向かって、地上を歩いているのだった。

そういえば、少し気になる事実がある。地下鉄銀座駅の地下道で、ピエロが最初に地上へ出た阪急デパートへの出口、あれは確か「Ｃ３番出口」だった。かすかにだが、私はその数字を憶えている。

それから彼は、銀座四丁目の交差点から、銀座三越デパート正面玄関まで移動して、ライオン像の足もとにあがった。あの出口は「Ａ７番」だった。

次に彼は松屋の出口をあがろうとした。すぐに思い直し、地下道へ戻ったが、あの階段は「Ａ12番」だった。

それから霞ケ関の「Ｃ４番」へと続く。ここに、暗号のように数字が四つ並ぶ。Ｃ－３、Ａ－７、Ａ－12、Ｃ－４。これに何か意味が隠れていないだろうか——？

そう考えていけば、ピエロが最初に入った新宿三越、彼が昇ったのは四号階段で、立ち停まったのはそれぞれ確か、一階、五階、七階、八階だったと思う。

次に彼が入った伊勢丹では一階だったし、それから銀座へと向かうのだが、銀座、霞ケ関の後、ピエロは池袋へ廻った。ここでは彼は、西武デパートの十一階の本屋へ行った。

考えすぎだろうか。この数字の羅列《られつ》に、どうも何かあるように思えてならない。私は昔からこういう暗号の類いが好きなのだ。

妻をうしろにしたがえ、私は野外音楽堂をすぎ、いつか日比谷公園を抜けていた。信号を待って、道路を横断する。すると目の前に、飯野《いいの》ビルと書かれたビルが立ちふさがった。

どこへ行くの？　と妻が訊いてくる。

「ちょっとこの下の地下へ入ってみたい。いいだろう？」

私は応《こた》えた。飯野ビル入口の手前に、地下道入口がある。これが例の「C４番階段」のはずだ。以前来た時、「C４番」と書かれた横に、「飯野ビル出口」とも書かれていたのを私は憶えている。

階段をおりていくと、妻も黙ってついてくる。この階段の周囲の壁には、白い、正確には緑灰色の、透き通るような大理石が使われている。表面に細かい模様が見えるその大理石を、見るともなく眺めながら、私は下っていった。すると、ここでもまた一人、宝探しの人物を見つけたのである。

若く美しい婦人だった。いや小柄のために一瞬若く見えたが、見ようによっては四十代にも見えた。

私は階段をすっかり下り、例の古い商店が並んだ地下道におり立ってからも、この婦人から少しも目が離せなくなった。地下道からほんの数段ばかり階段をあがったところに一人ぽつねんと立ちつくし、じっと石の壁に向き合っている婦人は、それほどに私の関心をひいた。というのも彼女は、周囲の人目を忍ぶようにしながら、あきらかに泣いていたからだ。

じっと立ち、やがてこぼれるほどに涙が湧くと、手に隠し持ったハンカチでさっと素早く瞼《まぶた》を拭う。私が見ている間にも、そんな仕草が二、三度あった。

それから婦人は、私たち夫婦が立つ地下道の方へ向き直り、階段をおりはじめた。そして揃ってショーウィンドウを覗き込むふりをしている私たちのすぐ背後を通り、地下鉄千代田線の方向へ向かっていく。思わず歩きだし、私はあとを追った。

「知ってる人？」

妻が訊いてくる。彼女のその言葉にはあきらかに不平の響きがある。

「いや」

私は応え、あとでゆっくり説明する、とだけ妻には言った。

夫婦でつけていくと、婦人はやはり千代田線の改札を入り、千代田線のホームを通り抜けて丸ノ内線に向かうふうだ。銀座へ行くのか。

丸ノ内線のホームに出る。銀座方面行きの電車が入ってくる。婦人は乗り込む。もう泣いてはいない。私たちも同じ車両に乗り込む。

私の横で吊り革にぶら下がりながら、妻は不満の極に達している。こんな馬鹿馬鹿しいことはやめて、早く映画へ行きましょうと言いだすタイミングをはかっているのだ。妻は私の仕事上の悩みになど、少しも理解がない。

　やがて電車は銀座に着く。案の定婦人はおりる。私も不満顔の妻の手を引き、ホームにおりる。しかしここなら妻にも悪くはないはずだ。私たちの観ようとしている映画は、銀座でもやっている。

　婦人は丸ノ内線の改札口を出ると、やはり阪急デパートへの階段を昇っていく。私たちもついていく。すると、地上に出た彼女はデパートの前を、つまり電通通りの歩道を、さかんに往ったり来たりする。しばらくそうしていたが、やがてひどく名残惜しそうな様子で、また地下道への階段へと引き返していく。私たちも続く。

　婦人はやはり地下鉄日比谷線の改札口付近のチョコレート色の柱を、次に見入っている。もう間違いはない。この婦人も、ピエロや昨日の老紳士と、まったく同じルートを歩き、まったく同じ場所で立ち停まることを繰り返しているのだ。いったい何のために？何故？彼女は何をしているのだろう。

　予想通り、歩きだすと彼女は、次に四丁目交差点の方向へ行き、Ａ７番出口の階段を昇っていく。

　私は続かなかった。地下道に立ったまま、Ａ７番の出口を見つめていた。じきに彼女が引き返してくることが解っていたからだ。そして引き返してきたら、今度こそ私は、彼女にこの不可解な行動の理由を訊こうと決心していた。私は彼女を含む三人の人物の一連の行動に、私なりの推測を持っていた。それはこうだ。

どういうふうにか具体的なことは解らないが、彼らが決まって立ち停まる一連の場所に、なんらかの謎が隠されているのではないか、そしてその謎をひとつひとつたどり、謎解きをすることによって、彼らはみな一攫千金《いっかくせんきん》を夢見ているのではないか、そうでなくては、大勢がこれほど熱中する理由が解らない。ピエロなど、私の家の庭までついてきて、夜っぴてあれほどの熱の入れようだった。

彼女が再び姿を現わしたら、今度こそそのことを確かめてやる。そしていったいどういう事情なのか、事訳《ことわけ》を質《ただ》してやろう。どんな宝が手に入るものか知らないが、できることなら自分も仲間に入りたいものだ。

その時だった。目つきの悪い、黒いスーツ姿の男の一団がおりてきた。五、六人はいる。みな立派な体格をして、髪はたいていの者が五分刈りである。階段をおりきると、みな一様に油断のない目つきで左右を確認する。

私は気圧された。思わず一歩退いたほどである。彼らのもの腰は、まさしくただ者ではなかった。動きは素早く、そして状況によってはいつでも戦闘態勢に入れるぞと言っているような威圧感を、体中から発散させていた。

黒服の一団は、地下道を京橋の方向へ向かう。あらがいがたい興味をおぼえ、おそるおそる私もついていく。すると、なんと彼らは、全員揃ってA12番階段をあがりはじめた。

私はびっくり仰天《ぎょうてん》した。こんなに大勢が宝探しをやっているのか？　いったい何人参加しているのか？　大変な騒動ではないか。いったい何ごとが始まったのだろう。

彼ら全員がA12番出口に姿を消すのを待ち、慎重に時間をあけてから妻をうながして、私はA12番の階段をあがりはじめた。

地上に出てみると、やはりそうだった。彼らは足並みを揃え、とらや帽子店を目ざして今道路を横切っていくところだった。

「ねえもういい加減にして！」

妻の不満がとうとう爆発した。それで私は、そこで追跡をあきらめるほかはなかった。妻に手を引かれ、有楽町マリオンへと、しぶしぶ向きを変えたのである。

4.

その日映画が終ってから、ひょっとすると例のピエロに会えるかもしれないと思い、銀座で食事をしたいという妻をなだめたりすかしたりしながら、私は新宿まで連れ戻った。しかしいつもの西口の地下構内を歩いてみても、ピエロの姿は見あたらなかった。

大久保の家に帰ってからも、私は昨夜とは違って、むしろピエロを心待ちにしていた。もしやってきたら手招きに応じて出ていき、彼との話し合いに応じて、私の知っていることは全部教えてやり、できることなら宝探しに加わりたいという気分だった。私は自分の「サトミ演劇スクール」の資金繰りに、心底困っていたからである。

ところがそうなるとうまくいかぬもので、その晩ピエロはとうとう姿を現わさなかった。私はがっかりして眠りについた。


翌月曜朝の出勤途中、私は例の新宿西口地下の雑踏で、ふと「ピエロ」という言葉を聞き、足を停めた。

朝の新宿西口地下には、出勤途上のサラリーマンたちの靴音が、怒濤《どとう》のように充《み》ちている。その中からかすかに、男二人の話し声が間近の柱の陰から聞こえた。私はその柱に右肩でもたれかかり、柱の裏側のわずかな声を聞こうと耳をそばだてた。

「あのピエロよォ」

と男が言う。

「金廻りがよくなったって噂《うわさ》だろう?」

「本当か?」

もう一人が応じる。

「ああ、だってよォ、あの金原《かねはら》って不動産屋とさア、土地買う相談してたもんな」

「土地? 買う? おい、本当かよ!」

「ああ、俺見たもん」

「だいぶ蓄《た》め込んでるってことか？」

「バーカ、アサリちゃんやったってよォ、入る金知れてるじゃんかよォ、何かあったんだぜ」

「何が」

「いやそりゃ解んないけどさ、何んかで当てたんじゃねえの？」

「競馬か？」

「そんなんじゃねえよ、宝の山掘り出したとかさァ」

聞いていて私は焦《あせ》った。どうやらピエロはもう宝を探り当てたか、その寸前まで行っているらしい。

私の演劇学校は当時、不渡りを出す寸前まで追い詰められていた。映画が勢いのあった頃、金にあかせて買い占めていた広大な学校の敷地を、私はテレビ用のスタジオに造り、貸していたのだが、これを取りつぶし、次々とマンションにしてどうにかしのいできていた。が、もう限界だった。大久保の親代々の家も、とうの昔に抵当に入っている。そしてもう、これを手放さざるを得ないところまできている。私は連日あちこちを歩き、人に頭を下げて金集めをやっていた。もういい加減疲れた。

まだ若いらしい男二人の会話に、聞き馴れない言葉があった。アサリちゃん――？アサリちゃんとは何のことだろう、そう考えながら私は柱のそばを離れた。そして成城へ向かうために小田急線の改札へと急いだ。

その日も私は、学校でゆっくりしていることなどできなかった。スタッフを集め、朝礼だけをすませると、私はまた資金繰りの相談のため、銀座へ出て人に会うことになった。そして新宿へ出た際、西口地下の例の場所で、私は三たび、ピエロの姿を見かけたのである。

私はもう少しも躊躇しなかった。そんな余裕はなかった。私は喉から手が出るほど金が欲しく、少々の危ない橋なら渡る覚悟だった。溺《おぼ》れる者藁《わら》をも摑むの心境である。

相変わらずゴミ箱の底に首を突っ込もうとしているふうのピエロの背後に寄り、私は単刀直入にこうささやいた。

「どうだい、うまくやったな、宝探しのメドがついたらしいね」

ピエロはぴくりと背中を痙攣《けいれん》させ、さっと私を振り返った。わずかに臭気を感じた。

「私のこと、憶えているだろう？　昨日、私の家に来なかったじゃないか。私はずっと庭で待っていたんだぜ」

ピエロはじっと、無言で私を見た。私もまた、ピエロの厚化粧の頰に、ふつふつとうぶ毛が浮いている様子を眺めていた。

「君、私とずっと話したがっていたふうじゃないか。かまわんよ私は。私も少し君と話したいんだ。よければ少し、あの柱の陰ででも話そうじゃないか」

ピエロは黙って私についてきた。私は先に立ち、柱の陰まで行くと、抜け目のない経営者の顔になってこう切り出した。

「どうだね？　どんなお宝か知らんが、一人占めはちとずるいんじゃないかね。私はもうだいたいは知っているんだよ、東京中からいろんなやつがやってきて、例の場所をさんざん歩き廻っているじゃないか。

例の場所というのは、もちろん言うまでもないだろう？　新宿三越、伊勢丹、銀座の地下道のCの3番、Aの7番、A12番の各出口、それにとらや帽子店、そして池袋の西武デパートの十一階、池袋三越、私が知っているのはそのくらいだが、ほかにもあるのかな。こういうルートが、宝探しの、何かの謎かけになっているんだろう？　違うのかい？　で、もう謎は解いたのかね？　もしまだなら、よければ相談に乗ろうじゃないか。これでも私は、そういう謎解きは得意なんだよ。何かの役に、きっとたてると思うね」

むろん私は、うまく行けば儲《もう》けものくらいの気分だった。そんなうまい儲け話に、簡単に他人を乗せるはずもない。案の定、私がそう言っても、ピエロは私を値踏みするように無言だった。

「旦那、どんな連中が歩いているのを見たんです？」

やがてピエロがそう訊いてきた。そこで私は、黒服を着た、体格がよく、目つきの悪い男の一団とか、身なりのよさそうな老紳士とか、そして四十代に見える品のよい美しい婦人とかの話をしてやった。ピエロはじっと聞いていた。

「どうかね、ちょっと私にも話してくれんかね？　いったいどういう話なんだ？　宝探しって、いったい誰の、どういうお宝なんだ？」

私は欲に目がくらみ、涎《よだれ》を垂らさんばかりの顔をしていたかもしれない。金に結びつくと思えば、これからピエロが口にするであろうどんな言葉も、決して聞き洩らさない覚悟だった。そして、なんとかして儲けに割り込んでやる方法はないものかと思案を巡らせていた。

「まだ間に合うな……」

するとピエロは、何故なのか、そんな言葉をぽつんとつぶやいた。

「え？」

私は聞き咎《とが》めた。意味が解らなかったからだ。

「いやなんでもないです。さすがに旦那は目が高い。実は確かに旦那のおっしゃる通りなんだ。この前は隠していたんですがね、あっしらは東京中歩いてあるお宝を探してる。ある筋から情報を聞き込んでね」

「ある筋とは？」

「おっとと！　それだけは勘弁して下さい。首が飛んじまう。旦那、私に協力して下さるんで？」

「もちろんだとも。私にできることなら何でもやろうじゃないか。是非仲間に加えてくれ。今、順を追って事情を話してくれるかね？」

「今は勘弁して下さい。あっしは今から少々仕事がありますんでね」

「アサリちゃんかね？」

意味も解らず、私は当て推量を言った。すると一瞬ピエロの顔色が変わったらしく見え、それから苦笑いになった。

「よくご存知で。旦那は何でもご存知だ」

私は少々いい気分になり、二度ばかり大きくうなずいてやった。

「知りたければ今日の夕方、ここへ来て下さいませんか」

「ここへ？」

「そう、この柱の陰へ。同じ場所へ」

「時間は？」

「時間……、そう、六時くらいかな」

私は承知した。何故夕方でなくてはいけないのかと多少不安を感じたが、必ず来ると約束して、その時はピエロと別れた。

きっかり六時に、私はまた同じ場所にやってきてピエロを待った。身の危険を感じないでもなかったが、こんなに人目が多い場所のことでもあり、大丈夫だろうと楽観した。しかしなかなか姿を現わさないので、私はだまされたのかと次第に不安になった。しかし十分ばかり遅れて、彼は約束通りやってきた。

「遅かったじゃないかね。さあ、話を聞かせてくれ」

私は彼にいきなりせっついた。彼は手で制するような仕草をして、

「旦那、旦那は金が欲しいんだね？」

と言った。私は自分の足もとを見透《みす》かされたような気がして、少し不快になった。それで、

「金の要らないやつはいない」

と一般論を言った。

「このお宝ってのはね、金なんだ」

とピエロは始めた。私は、思わずごくりと自分の喉が鳴るのを意識した。やはり！と内心で叫ぶ。

「五千万とも一億ともいわれているが、はっきりした金額は解らない」

心臓がみるみる早鐘《はやがね》を打つ。

「土建屋あがりのある若いチンピラが、組の金を持ち逃げした。そうして外国へ高跳びし

ようとしたんだが、身につけていては危険だってんで、成田から飛ぶ前に、いったん東京のどこかへ隠したんです」

「その現金を、かね」

「そうです」

「そんな場所がこの東京にあるのかね」

「さあね、だがこの若い者は金を隠した直後、組の者に殺されました」

「殺された？」

「そうです」

「で、金は？」

「出ずじまいです」

「そりゃ、いつ頃の話だね？」

「つい先月ですよ」

「殺された場所は？」

「晴海です」

「ふうん」

ひと月の間、そんな大金が露見しないような隠し場所というものが、この都会にあるのだろうか、と早くも私は考えはじめている。しかもそれは、人目につかず、安全でもある必要がある。

　コインロッカーか、銀行の貸し金庫か、しかし預け主が死んで一ヵ月も放っておかれたのだから、これらなら、何らかの不都合が起こっているはずだ。したがってそういう場所は考えにくい。つまり、第三者によって管理されている場所はむずかしい。

「東京であることは確かなのかね？　その隠し場所は」

「そいつは絶対確かです。だって殺されたチンピラは、殺された時、まだ金を隠してから一時間と経ってはいなかったんですから」

「なるほど。じゃあ晴海かもしらんね。だが、みんなが新宿や銀座を、足並み揃えて歩き廻っているのはどういうわけだね？」

「ええ、そりゃあね……」

　そう言ってピエロは、ダブダブのズボンのポケットを探り、一枚の紙きれを取り出した。いつか歩き廻っていた時、しきりに立ち停まっては眺めていたメモらしかった。

「殺された男のポケットから、こんなメモが見つかったからなんです。もっともこれは写しなんですがね」

　私はピエロが差し出した紙片を、引ったくるようにして取った。そのもうよれよれになった紙には、次のようなおよそ謎めいた言葉が書き連ねられていた。

宿　１　新宿三越、四号階段、一、五、七、八階。
　　　　一号階段、一階。
新　２　新宿伊勢丹、一階。
　　３　銀座地下道、丸ノ内線付近、西銀座デパート地下。
座　４　電通通り、数寄屋橋阪急デパート前。
　　５　銀座地下道、日比谷線銀座駅入口付近。
　　６　銀座地下道、Ａ７階段。
　　７　銀座地下道、Ａ12階段。
銀　８　銀座通り、とらや帽子店。
　　９　地下鉄千代田線霞ケ関駅、Ｃ４番出口。
袋　10　池袋、三越デパート駅側階段。
池　11　池袋、西武デパート十一階、西武ブックセンター。

　これはあきらかに、私がいつかピエロの跡をつけた時、彼がたどっていたルートであった。そして彼ばかりでなく、大勢の人が歩き、立ち停まっていた場所である。

「これは何かね？」

「それが解らないんでさあね、たぶんお宝の隠し場所に関係している何かなんでしょうがね」

なるほど、みなこれを見て思案していたのか、と私はこの時になってようやく合点がいった。

「で、これらの場所には、どこにも金は隠されていなかったのかね？」

「どこにも。そんな場所じゃあないですよ、これらは。人通りも多いし、つるっつるの石がぴったり塡まったような場所ばっかりだしね」

「じゃあ何を意味する場所なんだ？　これは」

「それを旦那に考えてもらいたいんでね。それともうひとつ、こんな紙もポケットから出てきた」

ピエロはもう一枚の紙片を続いて取り出した。そちらはまだ新しい紙だった。

〈五月二十二日、午前零時、この三角形を完成させた頂点に――〉

とたったこれだけの文句が、下手な字で走り書きされていた。

「何のことかね？　これは。三角形とは」

「それを考えて欲しいんですよ。あっしにはまるで学ってもんがないんでね、まるっきりちんぷんかんぷんだ」

だがそれは私も同様であった。大学なら出ているが、ちんぷんかんぷんさは同じだった。

「五月二十二日、午前零時……、今日は何日だ？」

「二十一日です」

「二十二日の午前零時……、今夜じゃないか！」

私は思わず大声を出した。時計を見る。もう六時半が近い。あと数時間しかない。

「もう時間がない、どうする気だね？」

「あっしはもう手をあげてまさあね、何のことだかちっとも解らねえ。だから、その二枚の紙は旦那にさしあげますよ、旦那の方があっしよりずっと頭がよさそうだ」

ピエロは気前のよいことを言った。

「くれるのかね？」

私はあっけにとられた。ではうまくやれば金は全額私のものか——?!　私は思いもかけぬ幸運に頭がぼうっとなった。

「さしあげますよ。それじゃああっしはこれで」

彼は私に手を振ると、あっさりと人波にまぎれてしまった。

5.

それから私は家に帰り、死にもの狂いで知恵を絞《しぼ》った。だがどうにも解らない。最初の紙に書かれている十一の場所は、私も実際に歩き、行ってみた場所である。特に変哲《へんてつ》はない場所だった。何ら特徴的な要素はない。

次に三角形が解らない。いきなり三角形とはまたずいぶん唐突《とうとつ》である。どこに三角形があるというのか。

そうしているうちにも時間は経ち、たちまち夜の十時が迫った。あと二時間。私は紙の文字を何重にもなぞっていた鉛筆をデスクに放り出し、椅子の背もたれにそり返って大きく溜め息をついた。

何分間か、空しくそのままの姿勢でいた時だった。ふと壁の東京都の地図が目に入った。

天啓が訪れた。一瞬、体が痺《しび》れるような感じがあった。もしかして——?!

背もたれにはじかれたように、私はたった今放り出したばかりの鉛筆に取りつき、立ちあがると、壁の地図の前に行く。

ためしに十一箇所のしるしを、地図の上につけてみる。しかし新宿グループの二つ、銀座グループの七つ、池袋グループの二つは、距離が接近しているため、東京全体を示す地図ではほとんど重なってしまう。

そしてここには、「新宿のグループ」、「銀座のグループ」、「池袋のグループ」、そして「霞ケ関」と、大きく四つのポイントがあるのだった。すなわち四つの点が、壁の東京都の地図の上に現われた。

しかしこれではまだ何のことか解らない。しばらくこの四つの点を眺めていたが、四つの位置関係をよりはっきりさせるため、私は定規《じょうぎ》を持ち出して、この四点を直線で結んでみた。

するといびつな四辺形が現われた。ひどく細く、背の高い四辺形だった。底辺は池袋―新宿間だが、この「底辺」が、東の端の銀座まで届く「背」と較べてずいぶん狭いため、先の尖《とが》った四辺形となった。

まるでガラスのかけらのようだな、と私は思った。尖った三角形のガラスのかけらの、先っぽのあたりをポキリと折ったようだ。これが銀座―霞ケ関間の線分あたりになる――。

おおそうか！　と私はついに声をあげた。それが三角形だ！　このいびつな四辺形を延ばし、三角形にするのだ。解った！

あわてて定規を地図にあてがい、池袋―銀座間の線分をずっと東に延ばし、新宿―霞ケ

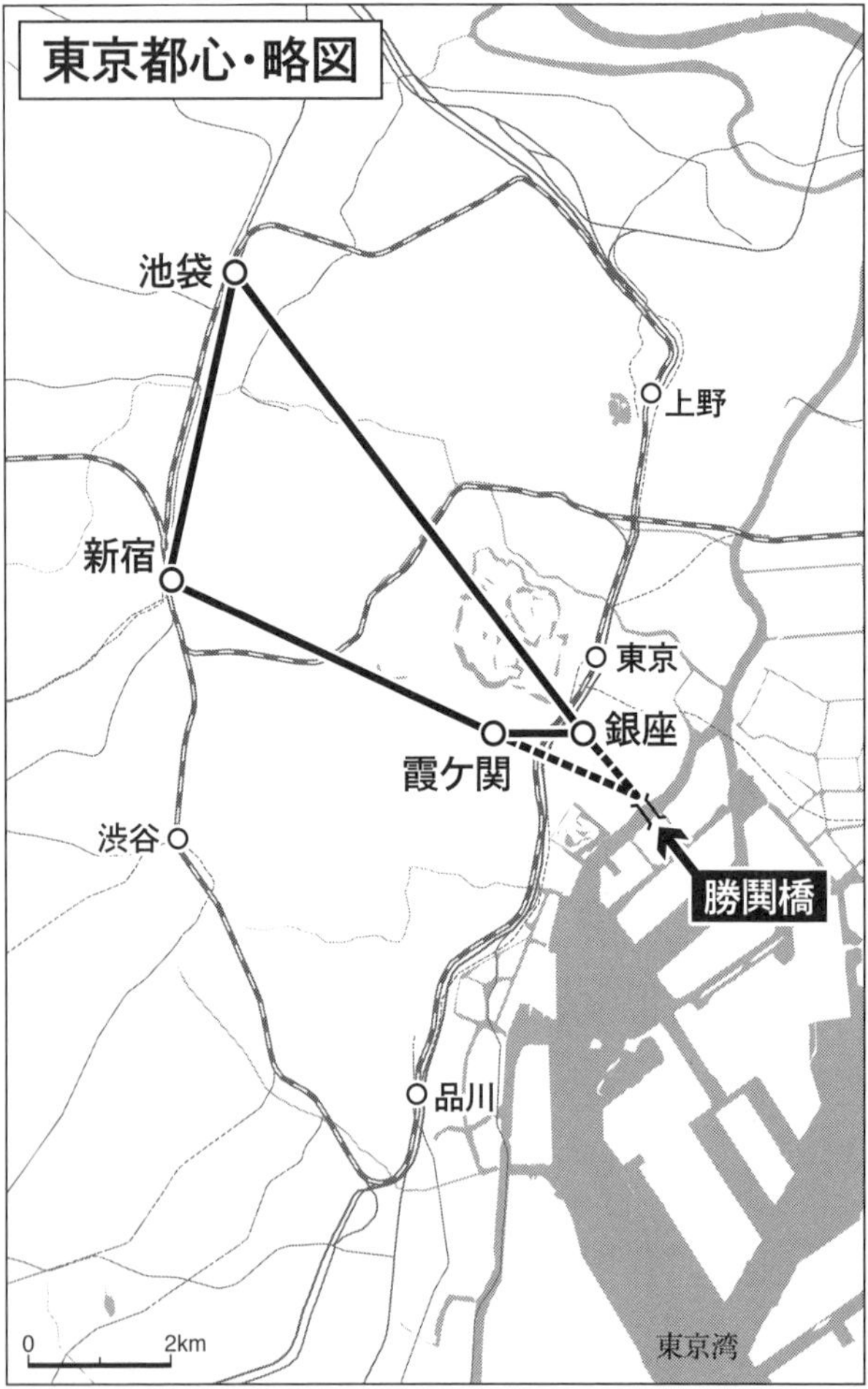
東京都心・略図
池袋
上野
新宿
東京
銀座
霞ケ関
渋谷
勝鬨橋
品川
0
2km
東京湾

関間の線分も同様にずっと延ばしてみた。するとこの二つの直線は、勝鬨橋《かちどきばし》の真上でぴたりと合流したのである。

完成させた三角形の、それが頂点だった。つまり頂点とは、勝鬨橋を示していたのである。

勝鬨橋、しかし何故午前の零時でなければいけないのか。それも二十二日の零時――。

しかしもう、そんなことを考えている余裕はなかった。時間がない。時計を見た。もう十時半だ。あと一時間半しかない。渋滞がある昼間なら、車をとばしてもぎりぎり勝鬨橋に着けるかどうかといった頃合いである。

私は急いで玄関へ向かい、ジョギングに出る時の運動靴を履き、それからガレージへ行って、車のエンジンをかけた。手袋を塡め、念のためサングラスまでかけた。それから冒険に向かって車をスタートさせる。

時間に余裕はあったのだが、私は念のため高速を利用した。そのため、勝鬨橋に着いたのは、十一時半少し前だった。銀座方向から晴海に向け、まず車で勝鬨橋を一度渡ってしまう。走りながら見渡すと、橋の上はひっそりとして、人影はなかった。

人影はおろか、車の姿もない。空にはまた満月が出た。月島《つきしま》側の、橋から少し離れた路上に車を止め、エンジンを切ると、私は大きく身震いした。強い緊張と、一種の恐怖のためである。

この勝鬨橋上で午前零時になると何千万かの宝が手に入る？　考えてみれば妙な話だ。何故零時まで待たなければいけないのか。今すぐではまずいのか？

勝鬨橋の鉄骨が、夜の中に黒々と見える。あの橋のどこかに、本当に宝があるのだろうか？　はやる気分の底で、そして少々狂った頭で考えた。今すぐ歩いていって調べてみるか——。いやいや待て、どうせあと三十分だ、私は懸命に自分を制した。

辛抱強く車の中で待った。零時一分前になるとカー・ラジオのスウィッチを入れ、零時の時報を待ち受けた。そして時報と同時に私はラジオのスウィッチを切り、ドアを開けた。

月光が冴え冴えと足もとの石に落ち、人けがないから私のたてる靴音が、深夜の歩道にこだました。はやる気分をおさえ、私は強いてゆっくりと歩を運んだ。勝鬨橋の鉄骨がゆっくりと近づいてくる。遙か天までそびえるような鉄骨が、巨大な怪物のように感じられる。

歩みが橋にかかった時、心臓は極限まで高鳴った。橋の上の歩道にも相変わらず人けはなく、橋から見おろせば、遙か眼下にあるはずの水面は、闇に沈んで定かではない。しかしかすかに水の匂いがする。

おそるおそるの私の歩みも、いつか橋を渡りきってしまった。変事には行き当たらなかった。少し拍子抜けがしたが、そんなはずはない、とも考えた。

反対側の歩道へ渡った。ではこちら側に何かあるのかと考え、そこからもう一度晴海側の端まで戻ってみた。ところが、何も異常は発見できない。

この時になってようやく、自分が見当違いをやったかもしれないと私は考えた。午前零時に勝鬨橋の真上で、いったいどんな宝物が手に入るというのか。常識で考えれば馬鹿馬鹿しい。

金に困り、欲にわれを忘れたのだ。そんな夢のような話があるはずもない。もう家へ帰って眠ろう、そう思い、車の方へ戻りかけたのだが、気をとり直し、機械室の建物のあたりをもう一度調べてからでもよかろう、と考え直した。それを確かめてから家へ戻っても遅くはない。信じるわけではないが、もし万一金を隠すとしたら、そのあたりしか考えられないからだ。

ゆっくりと、機械室の建物の方へ戻っていった。鉄と石とガラスでできた巨大な箱が近づいてくる。手前で立ち停まって眺める。別段異常はない。使われなくなってからの何十年分もの埃《ほこり》をかぶり、汚れきっている。そして死んだように、しんと押し黙っている。

緑のペンキを塗られた鉄柵を跨《また》ぎ越え、ドアの前に立ってみる。それから、ほんの悪戯心を起こして、ドアのノブに手をかけてみた。試しに力を加えてみる。すると――、

なんと不思議なこともあるものだろう、開くはずもないと思ったドアが、深夜の静寂を引き裂くような激しいきしみ音をたてながら、ゆっくりと開いたのだ。

そして、私は目を疑った。夢を見ているに違いないと思った。頭の芯は、終始痺れたようになっていた。起きて動きながら、私の精神はまるで夢見心地だったのである。

ドアが開くほどに、蒼い月光が、一面に埃が覆《おお》ったコンクリートの床に射し込み、領域を広げる。その淡い光の中に、小型の黒いボストンバッグが浮かびあがった。そのチャックはいっぱいに開き、開いた口のすきまから、無数の札束がのぞいている！

月光が、まるで痺れ薬のように私の精神を溶かした。私は頭がくらくらとして、立っているのがむずかしいほどになった。機械室の汚れたドアに背中でもたれかかり、かろうじて体を支えた。しばらくそうして、荒い呼吸を整えた。

それから、ゆっくりと体を動かしていった。まるで催眠術にかかったように、ちっとも自分の意志でなく、体が動くのである。

一歩室内に歩み込み、上体を屈《かが》め、右腕をそろそろとバッグに向かって伸ばした。その時だった！

まるで万力のような力で、私の首は前方にうつむけられた。私の上体が、あらん限りの狂暴な力で、背後からはがいじめにされたのだ。

狂ったような力の込め方だった。私にはまるっきり抵抗する気などないのに、私の上体は背中から押さえ込まれ、両腕も、左右から一人ずつの屈強な男たちによって押さえつけられた。

彼らは無言だった。もの言わぬ巨大な怪物の出現のように、私は感じた。私は低く、弱々しく悲鳴をあげ続けた。私にはわけが解らなかったのだ。やがて私の両の手が左右から一人ずつの男によって中央に差し出され、冷たい金属が、音をたてて手首に喰い込んだ。手錠のよく磨かれた表面が、月光を映じて白く光った。

彼らはそれでもなお安心できないらしく、私の自由を奪った両手の肘《ひじ》のあたりから腕を通し、さらに強引に私の首を前方にうつむけ続けた。その苦痛から、私はついに大声をあげた。あげながら、不自由な姿勢で、私にこんな狼藉《ろうぜき》を加え続ける人間たちの姿を見ようとした。

それは無数のピエロたちだった。橋の上で、彼らは白々とした月光を浴び、踊っていた。踊りながら、私に向かってぱらぱらと駈け寄ってきた。

その瞬間、私は苦痛よりも恐怖で悲鳴をあげた。助けてくれ！　と叫んでいた。すると次の瞬間、すべては私の錯覚であることが解った。ピエロと見えたのは私の幻視で、彼らは黒い服を着て、ネクタイをしめた逞《たくま》しい男たちだった。私はほとんど本能的、直感的に、彼らがいつか私が銀座の地下道で見かけた、目つきの鋭い男たちと解った。どうやら刑事たちだったということか。

しかし、解らない。私が何故こんな目に遭《あ》うのか、彼ら数人に引き立てられながら、私はぼんやりとそう考えた。

これは悪い夢だ。なんて嫌な夢なんだろう！　そう考えていたのだ。

6.

「子供はどこへやったんだ?!」

取調室へ連れ込むと、刑事は私に向かってそんなふうに大声を出した。

「子供って？」

私はけげんな声を出した。

「何のことです？」

「とぼけるんじゃない！　ここまできて、さらに罪を重くしたいのか？」

するともう一人が横あいからこう言った。

「営利誘拐の罪がどのくらい重いか解ってないのか？」

「営利誘拐ですって?!」

私はまた悲鳴をあげた。なにかの間違いだ。それも、とんでもない勘違いだ。

「まだしらを切る気か?!」

「ちょ、ちょっと待ってください！　ぼくはなんにも知らない。あそこに、勝鬨橋に宝があるって、そう聞いてそれで行っただけで……」

「宝？　これか？」

　横の刑事が、鼻先で笑いながら例の小型のボストンバッグを床から取りあげて見せた。チャックの口が開いていたあれだ。

　口を私の方に広げて見せ、中の札束を一つ、手に取った。中央部をぐいと折り曲げ、ぱらぱらとはじくと、一万円札は上の一枚だけで、あとは新聞紙だった。

　私はあっけにとられ、口をぽかんとあけた。すると刑事たちが揃って、皮肉な忍び笑いを洩らした。

「どういうことだ……？」

　私はつぶやいた。

「どうやらおまえも知らなかったらしいな、もっともこっちもだまされた口だけどな」

　謎のような言葉を口にした。

「あんた、だまされたんだよ。悪賢いやつに、いいように使われたんだ、利用されてたんだよ」

　すると、別の一人がこう言った。

「そう、こりゃ陽動作戦ってやつだな。だが警察をナメちゃいかんよ、こっちにも頭のいいやつはいるんだからな」

　その時ドアがノックされ、こちらの返事を待たず開かれた。若い小柄な男が立っていて、こんなひと言を言った。

「捕らえたそうです」

「お！　そうか、よかった」

刑事たちの顔に、一様に安堵《あんど》の表情が浮いた。すると、その場の空気がみるみる和《なご》やかなものに変った。

「さて、一件落着だ。さああんた、話してみなさい。どうしてあんなとんでもないところにのこのこ出ていく気になった？」

私は狐《きつね》につままれたような面持ちで、とにかく自分が遭遇した奇妙な出来事を最初から順を追って話していった。新宿でよく見かけるピエロのこと、それがある日不可解な行動をするのを目撃したこと、さらに身なりのよい老紳士や、婦人、刑事然とした男たちまでが同じ場所を巡って歩くのを見たこと、などなど——。

語るにつれ、刑事たちの顔に、一様に同情めいた表情が浮かんだ。

「なるほど。で、あんたそのピエロがくれた暗号を解いて、あの橋にやってきたわけか、なるほどね、考えやがったな！」

刑事が感心して言った。

「なんとも頭のいいやつですね。それで勝鬨橋か、どうもおかしな受け渡し場所を指定してくると思ったら、そういうことか。とっさに変更しやがったんじゃないか？　ホシのやつは」

「ああ、こういう人のよいおじさんが出てきたもんで、とっさに陽動作戦に利用できると踏んだんだろう。だがちょっとやりすぎたな、策士策に溺れるというやつだ。勝鬨橋の機械室を開けて金を中に入れておけとなるとな、当然何かあるとこっちも思うじゃないか、なあ？　警察が動いているのを読んでるなと、こっちもまた読めるじゃないか。しかしまあ話を聞けば、そういうことなら勝鬨橋の上に、バッグをポンと置いとくわけにもいかなかったろうな。

　だがあんたもおかしいとは思わなかったのか？　勝鬨橋の上に、午前零時なんていう時間指定まであって」

「思いました。でも、私は頭がちょっとおかしくなっていて……」

「まあちょっと、常識じゃあ考えられんね」

「はあ」

「まあいい、ことがもつれなくてなによりだった。あんたは大した罪にはならんだろうが、今後これに懲《こ》りて、おかしなことには首を突っ込まんようにすることです。いいですか？」

「はい、もう決して！」

　私は素直に詫《わ》びた。

しかし、このまま帰るのはあまりに釈然としないので、ことのわけを教えてくれと一生懸命頼んだら、一人の刑事が私を別室に呼んで、裏の事情をすべて話してくれた。それにより、私はようやくすべてを知ることができ、いろいろな謎が一度に解けた。ただし、たったひとつの事柄を除いてだが。

新宿西口地下の名物ピエロは、実は一流大学出で、もとは名のある商社のエリート・サラリーマンだったという。もう五十もすぎているのかと私は考えていたが、意外にまだ若く、三十代のなかばだという。

近頃よく聞く脱サラ組だったのだが、始めた商売が一風変わっていた。どこをどう狂ったか、アサリちゃんを始めたというのだ。このアサリちゃんというものが何なのか、私はようやく知ったのだが、東京にはまことに珍商売があるもので、読み捨てられた週刊誌を拾って売る商売なのだという。

日本人は金持ちだから、買ったばかりの週刊誌や週刊漫画雑誌を、その日のうちにゴミ箱に捨ててしまう。こういうものを拾い集めて持っていくと、一冊三十円程度で買ってくれる業者がいるのだそうだ。彼ら業者が待つのが、新宿では「五十番柱」と浮浪者たちが呼ぶ柱の前なのだそうだ。

週刊誌は、その日のうちに路上や、裏街にある古書店などで一冊百円程度で売られる。

これがなかなかよく売れるのだそうである。

　アサリちゃんという名は、彼らがあちこちのゴミ箱の中をあさって歩く姿からついた。朝から晩までこのアサリちゃんをやると、結構いい収入になるという。人気週刊誌の発売日など、一日数百冊以上拾えるという。このため新宿や渋谷には、脱サラをして人づてにこの商売を始める独身男がじわじわと増えはじめている。まさに都会ならでは、田舎では考えられない世界だ。人間、何をやっても食べていけるということか。

　ただエリート・サラリーマンで、しかも新宿を通って通勤していたなどという者なら、仕事中いつ、もと同僚と会うか知れたものではない。そこで彼が考えたのがあのピエロの扮装だった。新宿まで通勤してくると、彼はトイレであの扮装になる。言葉遣いも変える。あの厚いメイクをすると、他人の目からは誰であるのか解らなくなる。別の人格ができあがるのだ。これはまさしく演劇の感覚である。

　彼は学生時代、演劇をやった経験があり、踊りやパントマイムは得意であったらしい。内心、それを人に披露《ひろう》したいという心理も大いに働いた。もと役者で、演劇学校をやっている私には、その気持ちが痛いほどに解る。

　そんな生活を続けていたある日――それは私がいろいろな場所を巡り歩くピエロをはじめて見た日なのだが――彼は、地下道でレシートを拾い集める小学生くらいの少年が、病気で倒れるのを助けた。警察はこの少年の名前を教えてくれなかったので、名を仮りにA

とする。

レシートを拾い集める少年というものも、東京ならではの不可解な光景である。ピエロに出会う寸前、私も別の少年の仕事を見たが、これもアルバイトなのである。汚れていないレシートを拾い集めて持っていくと、税金対策で困っている人が、総額の一割程度でこれを買ってくれるのだという。

ピエロはA少年を助け、自分の塒《ねぐら》に連れ帰った。ところが少年はひどい熱だったらしい。時間が経つにつれ、ますます熱は高くなる。ついには高熱のため、ひと言も言葉をしゃべれないまでになってしまった。

しゃべれていた最初のうちの少年の話から、父親に頼まれてレシートを集めていたこと、それだけは解った。その事実や、少年のお金のかかった身なりから、相当な金持ちの息子らしいことは解った。だがそれだけで、家に連絡してやろうにも、名前も住所も、少年の素性は何ひとつ解らない。そして彼のズボンのポケットから、ただ一枚だけ、あの十一箇所の場所を書いた紙が出てきたというのだ。手がかりは、これがたったひとつきりだった。

ピエロは、まず少年を治療してやらなくてはと考えた。ところが医者へ行ってみても、ピエロの日頃の行状が近所の医者の耳にも入っていて、往診はむろん、相談にもとり合ってくれない。かといって高熱の少年を医者まで動かすことなど論外だ。やむを得ず彼は薬局へ行き、薬を買い求めて少年に与えた。

当初ピエロは、その薬代を請求する目的で、A少年の住所を知ろうとした。そこで何かの手がかりになるかもしれないと思い、少年のメモにあった十一箇所の場所を、次々に巡り歩いてみたのであった。しかし、何の手がかりもない。途方に暮れていたら、タイミングよく私が現われて宝探しだろう？　とささやいたのである。

ピエロはそれで、藁にもすがるような思いで私にまとわりついた。家にまできた。何か知っているのだろうと考えたのである。しかし実は私も、何も知ってはいなかったのだ。

そして翌日、それはつまり日曜だが、彼はもう私の家に押しかけてくる必要などなくなった。というのも少年の熱が下がり、A家の名や所在、電話番号などが聞けたからである。

日曜日に霞ケ関のC４番出口で私が見かけた婦人は、少年の母親だった。行方不明の少年の行方を探していたのである。母親も息子が書いていたあのメモ紙のことは知っていた。少年が巡ったあと、何かの手がかりでも残していないかと思い、メモの場所を歩いていた。

銀座の地下道で見かけた男の一群はやはり刑事で、捜索願いが出されたA少年は、営利誘拐の疑いもあると考えて、彼らは捜索していたのである。

ひょんなことから面倒を見るようになったA少年の家に、ピエロがいつ身代金を請求する気になったのか、それは想像するばかりだが、ただ薬代を請求するだけのつもりで電話をした最初の時、A家の父親に、まるで誘拐犯と決めてかかったような応対をされた時だと述べている。

いずれにしても彼はその瞬間、発作的に五千万の身代金を要求した。受け渡しの場所や方法などは、また追って電話をする、とそう言って最初の電話は切った。しかし彼はたちまち後悔したそうだ。もう当然警察が動いているだろう。少年が失踪して日にちが経つ。そうなら安全に金を受け取る方法などあるはずもない。

ところが、そこへまたしても私が現われたのである。そしてどこでどう勘違いしたのか、宝探しをしているのだろう、仲間に入れろと言う。私はあの老紳士の言ったおそらくは軽口を、真に受けていたのだ。

ピエロは私の言うことを聞いているうち、この男は自分の計画に利用できるととっさに踏んだのだ。まったく頭の切れる男である。そこで考えを練る時間を作るため、夕方の六時にまたあらためて会おうと私に言ったのだ。

その間に彼が思いついたものは陽動作戦である。私を犯人に仕立て、身代金を受け取りに行かせる。しかしそっちはニセ金だ。そして警察がそっちに気をとられているすきに、A家の裏口からでも、本物の金を素早く受け取る――、こういう計画である。

しかし、むろんここに大問題があった。新聞紙であることは警察にも黙って、ニセ金入りのバッグをどこかに置いておけとA家に要求することは可能でも、それを私に取りに行かせることは不可能であろう。

ところがここで彼に名案がひらめく。それがあの暗号である。あの十一箇所を地図の上に書き出してみると、いびつな四辺形を形造り、いかにも三角形にしたくなる。そしてこれを三角形に延ばしてみると、偶然にもその頂点が、勝鬨橋の真上にかかるということをピエロは発見したのである。そこで彼は、もう一枚のあの紙片を作った。とっさに暗号と、あのヤクザの金、持ち逃げの話をでっちあげたのだ。

その二枚の紙を私に渡す。この暗号はきわめて簡単なものなので、私の意気込みからして当然解くであろう。時間まで指定しておいてやれば、私はまず間違いなくその時刻に勝鬨橋に行くことになる。この時の私を誘拐犯に見せかければ、警察は当然こっちに気をとられる。そのすきに、自分はA家の近くででも金を受け取ろう、六時までの間に彼は素早くそう計画をたて、A家に対し、手を打ったのである。

見事な計画だった。私はうまうまと彼の計略の一部に塡まり、いいように動かされた。たったひとつの彼の失敗さえなければ、計画は成功したかもしれない。その失敗というのは、機械室のドアを開けさせたことだ。これは素人にはできない。警察がすでに裏で動いているということを読んでの要求である。そこで、これは何かある、と警察の側も用心した。そしてピエロの計画は失敗し、彼はA家の裏口で捕らえられたというわけである。

7.

私は赤恥をかき、すっかり懲りてしまった。ひどく打ちひしがれたので、サトミ演劇スクールを手放すことも本気で考えはじめた。ところがそうなるとよくしたもので、突然救いの神が現われ、全額資金繰りの目処が立ったのだった。

それはある演劇好きの貸しビル業者を紹介されたからなのだが、それを紹介してくれたのが、なんといつか銀座の地下道で会った身なりのよい老紳士であった。私はまた銀座で、彼とばったり再会したのである。

天気のよい、ある昼下がりだった。私が気に入って時々行く銀座のカフェテラスに一人入っていくと、ステッキをかたわらの椅子に立てかけて、例の老紳士もコーヒーを飲んでいたのだった。

彼が一人だったので、思わず私は近寄っていき、挨拶をした。彼は一瞬きょとんとしたが、すぐに私を思い出してくれた。彼がかたわらの椅子からステッキをどけ、勧めてくれるので、私は腰をおろした。

「先日はどうも」

私は言った。

「よくお会いしますな」

老紳士も応えた。

それからしばらく他愛のない世間話をして、私は本題を切り出した。私は気になってたまらなかった。それというのも大半の謎は解けたのだが、たったひとつだけ解らないことが残っていたからだ。それはA少年のポケットから出たというあのメモである。例の十一箇所の場所の記述、あれは何を示しているのか。この老紳士もあの場所を巡りながら、あれを宝の山と称したのだ。彼のこの言葉が、私の誤解の出発点になった。この老人からあの言葉の意味を、そしてあの東京の十一箇所が何なのかを、決して聞かずにすませるものか、と私は決心した。

　この点を教えて欲しいと私は単刀直入に言い、それだけではぶしつけにすぎるかと思って、私が遭遇し、不快な思いをした事件を、すべて順を追って説明した。そうしておいて老人の返答を待った。

　彼はうなずきながら私の説明に聞き入り、終るとしばらく沈黙していた。それからつと立ちあがった。そして私をうながす。直接現場へ行って解説しようというのである。

　私たちは店を出ると、連れだって銀座通りを歩き、四丁目から地下道へおりた。老紳士は私を地下鉄日比谷線の銀座駅改札口付近に案内し、立ち停まる。ステッキを掲《かか》げ、チョコレート色の石の柱をステッキの先でコツコツと叩いた。

「ごらんなさい、この褐色《かっしょく》の柱、これは石灰岩です。なんと見事だろう、この石、これは化石の宝庫なんです。

ここを歩く人は誰もこの石の貴重さに気づいていない。ほらこれが腕足《わんそく》類、四射サンゴ、こっちのコップみたいなものが、古代のコップと呼ばれる古盃《こはい》類です」

老人は、私には石の模様としか見えない部分をいちいちステッキで示した。

「この柱を作った人は、この石がこれほどに貴重な化石を多く含んでいるとはちっとも知らずにこの柱に使用したんでしょう。古盃類というのは、海綿動物や、腔腸《こうちょう》動物に近いもので、古生代前期の海にだけ生きていた動物です。こういうことから見てこの石は、おそらく古生代オルドビス紀、今から約五億年前のものと思われます。日本で一番古い地層は、今のところ四億年前のものですので、この石はおそらく輸入品でしょう。さあ、ちょっと霞ケ関へ行ってみませんか」

私たちは丸ノ内線に乗り、例のC４番出口へ行った。

「ほらこの白い大理石、私は特にここが気に入っております。何と豊富に化石を含んでいることだろう、これが六射サンゴ、この美しく、また可愛らしいかたちのもの、これはネリネアです。ネリネアというのは中生代ジュラ紀のものですから、この石はジュラ紀の熱帯の浅い海に堆積《たいせき》した貝たち、あるいは層孔虫《そうこうちゅう》――サンゴの仲間ですが――たちによってできたものです。ヨーロッパ産です。こういうふうに、時代を推定できる化石を『示準化石』といいます。

　どうです？　こうしてこの階段の中途の踊り場に立っていると、遙か遠い古代の、海の底にいるような気がしませんか？　私はいつもここに立ち、こうして目を閉じてみるんです。すると古代の海の底の様子が見えてきます」

「なるほど、そうすると……」

　私は言った。そして私のこのぶしつけな言葉が、老人の瞑想を破ってしまったことに気づいて、かすかにうろたえた。

「あの少年は……」

「そう、東京で、化石を見ることができる場所をメモしていたのでしょうな。東京には、実はこうした場所は案外多いんです。東京に暮らす人間は気づいていないが、それと知られず、あちこちの階段に、地下道の壁に、さりげなく貴重な化石は浮き出しておるんです。例のとらや帽子店には、見事なウミユリの化石が見られる。

　東京は化石の街なんですよ。その少年はおそらく学校の理科の先生にでも教えられて、あとで歩いてみる心づもりでいたんじゃないかな、それでメモをポケットに入れていた」

「なるほど……」

「さあ、次はちょっと新宿三越へ行ってみましょう。あそこには、非常に珍しいことに、大型のアンモナイトが縦の断面を見せておるんです」

老人のゆったりした歩みに合わせ、時間をかけてたどり着いてみると、まさに老紳士の言葉通りだった。ひっそりした四号階段の薄茶色の壁に、巨大なかたつむりのような、大きな巻き貝のかたちが浮き出している。

「これは花崗岩《かこうがん》です。こういうふうに立ちあがって断面を見せているアンモナイトは珍しい。というのも、こういう平たい貝は、ぺたんと横倒しになってしまうのが普通だからです」

「ああ！」

「それからほら、この矢尻か、槍《やり》の穂先のように見えるもの、これはベレムナイトです。イカの仲間です。これらの化石から見て、この石は一億八千万年から一億三千五百万年くらい前の石と思われます」

私は感心して老人の話に聞き入っていた。

「するとこれも化石が入っているのを知らずに……」

「そう、知らずに裁断し、表面を磨いたものです。そして知らずに壁石としてここに使用した」

「ほう……」

私は感心し、老紳士のことをもう少し知りたくなった。

「あの、失礼ですが、お名前は」

するると老人は、やや迷惑そうな顔をした。

「名前ですか、笠井と申します」

「ご職業は……」

「職業などありはしません、隠居の身です。昔は学習塾をやっていましたがね」

「はあ塾を、道理でお詳しいはずだ」

「あなたは？」

「あ、申し遅れました。里美太一《たいち》と申します。成城で演劇学校を経営しております」

「ほう。さあて、こんどは池袋に行きましょうか、これもとっておきでしてね」

老人は先にたって歩きだす。

山手線に乗って池袋に着くと、笠井老人は西武デパートのエレヴェーターの方へ私を導いていく。人をかき分け私たちがたどり着くと、ちょうどエレヴェーターがやってきて、ドアが開いた。

「今から行く場所はかなり徹底していましてね、店内中に同じ石をふんだんに使ってあるのです。さあここだ」

上部のランプが十一で停まり、エレヴェーターのドアが、まるで舞台の幕が開くように左右に開いて、私たちはエレヴェーター嬢の会釈に送られて店内に歩み込んだ。

「ほう……」

と私は思わず嘆息を洩らしていた。十一階は、フロア全部が書店になっている。なんと不思議な光景だろう、ここへ来るのは二度目なのだが、この前は本にばかり気をとられ、少しも気づかなかった。店内の壁、床の一部、柱、新刊書の並べられた平台、そしてレジカウンターにいたるまで、石の使える場所にはすべて、同じあずき色の石が使われていた。そのため、店内はあずき色一色に沈んだような印象である。

「どうです？　見事なものでしょう。これはコレニア石灰岩です。さあ、もっと近くへ寄ってご覧なさい、一面に、この丸い化石が見えるでしょう？　これがコレニアといって、海藻の仲間です。これらの石は、先カンブリア時代、約六億年前のものです。今までご覧に入れたものでは、いやそうじゃない、おそらく東京で目にすることのできる、化石を含む石の中では、これが最古のものでしょう。

六億年の昔、気が遠くなるような過去ですな、このコレニアは、現在の造礁性《ぞうしょう》サンゴのように海中に群生していたのでしょう。それが海底に堆積し、長い時間を経てこうした石になった。

私はここも大好きでね、こうして店の中央に立っていると、六億年昔の海の底にいるような気がしてきませんか？　六億年の彼方の夜だ。われわれはその夜に浮かぶ一艘《そう》の笹舟です。

東京はまさしく化石の街でね、言い古されたことだが、人情もなにも、この石のように硬化している気がします。ここは東京を象徴しています。他人がどうなろうと知ったことじゃない、自分が儲かればいいいんです。自分の生活を守ることに汲々《きゅうきゅう》としてね、そうして貝のように個人の殻の内に閉じこもる」

もと塾の教師は、そんなふうに私に語った。その言葉は、私の頬を赤らめさせるに充分なほど、見事に教訓的だった。

「いやおっしゃる通りです。ごもっともです」

私はそう言うほかなく、恥ずかしさに顔を伏せた。それから、人それぞれによって「宝もの」は違うのだな、ということを考えた。

老人は目を閉じていた。そのままで手を伸ばし、壁の化石に手のひらを押しあてた。

「大理石の意志を感じる。時空を封じ込めた、時の回廊とでも言うべき、永遠のパースペクティヴ、その内なる意志だ。こうして目を閉じると、私はまるで向き合った鏡に生じる、永遠の彼方にまで続く回廊にも似た、時空の永遠を見るのです」

老人は目を開く。

「この時空の回廊から見れば、われわれの姑息《こそく》な生の営みなど、なんと些細《ささい》なものでしょうな。瞬《まばた》きの、ほんの瞬時でさえないか……」

老人は、そして嘆息するように沈黙した。目は永遠の夜を見るように、宙にあった。自分の思いつける言葉などとてもさしはさめぬ気がして、私はじっと黙っていた。

老人の視界が、つと現実に戻ってきた。

「さて、久し振りに講義をして腹が減りましたな、この近くにうまい懐石を食わせる店があるんです。よろしければご一緒しませんか」

「是非」

即座に答え、私は老紳士にしたがって地上に下るエレヴェーターに乗った。

「あやうく化石になるところだったな」

思わず私はつぶやいた。

「なんです？」

老人が耳に手をあて、訊き返してきた。少し耳が遠いのだろう。

「あ、いや、なんでもありません」

私はそう言って、軽く手を振った。

三章　乱歩の幻影

1.

遠い子供の頃の、夢のような記憶である。写真館の店先で一人遊んでいた私をかき分けるようにして、一人の背の高い女の人が店に入っていった。

和服を着て、白っぽい陽傘《ひがさ》をくるくる回してやってきたような印象だから、あれは夏だったのだろう。その陽傘を、私の横でつと畳んだ。

見あげると、花のように美しい顔をしていた。そう、まさにそれ以外の言葉が浮かんでこない。思い起こすたび、その女《ひと》は白い大輪の花のイメージなのである。

身を屈《かが》めるようにして私の家に入り、店先で新聞を読んでいた父に、フィルムを差し出した。父がはじかれたように顔をあげ、ぽかんと口を開けたのをよく憶えている。私は店先の柱にすがって立ち、店内のその様子を見ていた。

私が小学校へあがったばかりの頃だったと思うので、おそらくあれは昭和三十年頃ではないだろうか。四谷《よつや》で代々写真館を経営していた私の家に、いつまでたっても依頼主が取りにこない写真が一組あって、ちょっとした騒ぎになったことがあった。

お客さんからネガを預かって紙焼きにすると、ひとつひとつ袋に入れて店頭の箱の中へ置いておくようになっていた。ところがその箱の中に、いつまで待ってもひとつだけ、写真とフィルムが入ったまま残っている袋があった。箱の中の袋は、夕方になると全部きれいになくなるのだが、いつもその袋だけが一つ、ポツンと残っていた。昭和寫眞館と名前の入った白い小さな袋はいつの間にかわずかに黄ばんで、たくさんの中にあってもひとつだけ他と区別がつくようになった。

半年もそのままで置かれていたのではないだろうか。ある日、奥の座敷で遊んでいた私のところへ、父がその紙袋を持ってやってきてどっかりとあぐらをかくと、袋の中の写真を手のひらに取り出して、一枚一枚眺めはじめたことがあった。私も寄っていって父の肩にすがり、父の膝の上のその数十枚の写真を覗《のぞ》き込んだ記憶がある。

それは、一軒の鉄筋コンクリートの建物を写した写真の群れだった。

厳《いか》めしいその建物の正面からの全景とか、下から見あげたショット、それに屋上の風景らしい不思議なデザインの柱の群れや、妙に薄暗い螺旋《らせん》階段の写真などである。この階段の写真は何十枚もあったという印象だ。それとも思い違いかもしれない。暗い写真で、あまりに気味が悪かったから、印象が強くてそういう記憶になったものかもしれない。

父の手のうちのそれらの写真を眺めながら、私は無意識のうちにあの美しい陽傘の女性の姿を探していた。しかし、彼女の姿はなかった。

正面玄関らしいあたりを見据《みす》えた建物の全景の写真は、なんとなく建て直す以前の、桜《さくら》田門《だもん》の警視庁を連想させた。その当時、私はどこかで警視庁の写真を見せられていたのだと思う。だから私は、しばらくこの写真が桜田門の警視庁だと思っていた。

「こりゃ警視庁かな」

少しお酒が入り、ちょっと赤い顔をしていた父も、この時こんなふうに言ったような記憶だ。

「こりゃ古いカメラだな、弓子《ゆみこ》」

フィルムを表の明りの方にかざして見ながら、父が私に言った。

「どうして？」

私は問い返した。

「四十枚写ってるからさ、最近のカメラはみんな三十六枚撮りだろ？」

父は私をあまり子供扱いせず、いつもきちんと説明してくれた。私は父のそんなところが気に入っていた。もっとも父のその説明がちゃんと解ったのは、ずっとのちになってからなのだが。

父はそれから一枚写真を選《よ》り出した。その一枚にだけ人物が写っていたからである。し

かしそれはあの陽傘の女性ではなく、男性だった。父はそれをためつすがめつしながら、

「何だかこの爺《じい》さん、どっかで見たことある顔してるなあ……」

と言った。

父が右手に持ち、精一杯遠ざけているその写真を、私も父と並んで見入った。すると、どうしたことか私も同感なのであった。どこかで見た顔なのである。

その時、母が部屋に入ってきた。

「あなた、その写真、まだ取りにこないの？」

母は言った。

「ああ……」

父は写真に気をとられ、うわの空のような様子で応《こた》えた。母は父の横に正座した。

「どうしたの？　それ」

「うん、この中の一枚だ、おまえこの顔、どこかで見たことないか？」

母はちらと一瞥《いちべつ》しただけで、

「知らないわよ」

と言った。

「どうするの？　この写真」

「そうだなあ……、こんなことははじめてだからなあ……」

父は思案しながら言った。

「住所は聞いてないの？」

「聞いてある。ここ、袋に書いてある」

「どれ？　見せて」

母は袋を手に持ち、眺めていたが、声に出して読みあげた。しかし残念ながらその住所がどこだったか、もう憶えてはいない。母はこの時、依頼人の姓名も読みあげたのだが、こちらの記憶も、すでに曖昧《あいまい》である。ただ、どうしたわけか、下の名前の方だけを今も鮮明に憶えている。

「アヤコ」、と確かそう言ったと思う。綺麗《きれい》な名前だと思い、それで憶えているのである。

「どんな人だったの？　このフィルム置いていった人」

母が重ねて尋ねた。

「女の人だったよ」

「それは解ってるわよ、どんな女の人？」

「えらい美人だった。もう若くはなかったが、三十すぎくらいの、こう色っぽい、和服を着た痩せ型の、背の高い、えらくいい女だったなあ」

父が言い、母はふんと言って立ちあがり、薄暗い奥の台所へ消えた。三十年前のそんなわが家の光景を、私はよく憶えている。

それから、後日の記憶がもうひとつある。私が表から戻ってくると、店先で父と母が喧嘩をしていた。理由は、父が店番を放り出して半日いなくなってしまったからのようだった。そしてその理由というのが、どうもあの半年取りにこられない写真と関係があるらしいのである。のちに分別がついてからの私の想像も加えて推察するに、どうやら父は、店を放り出してあの写真の依頼者の住所を訪ねていったらしいのであった。

訪ねていって写真を渡し、料金を取ってこなきゃいけないだろうが、と父は主張し、母は、ネガを置いていった女が美人だったからなんでしょう？　鼻の下を長くして店を放ったらかしにして、となじっていた。どうもそのため母は大切な用事ができなかったといって、腹をたてていたのである。

そして——、その後はどうしたのだろう？　奥座敷で茶碗が飛びかったというような記憶もないから、うまく鎮静化したのであろう。ほかに憶えていることといえば、父が私に、あるいは母にだったかもしれないが、訪ねた先に、もうその人の家はなくなっていたと語ったことだった。

近所の人の話では、その家にそれらしい大変な美人が住んでいたようなのだが、ある日ぷっつりと姿が消えてしまい、まわりの家の人たちは、夜逃げをしたのだろうと噂し合っていたという。昭和二十年代から三十年代にかけてのあの頃、東京ではそんなことは日常茶飯事だった。

それから私は小学校を終え、ついで地もとの中学校へと進み、無事成長していったわけだが、どうしたことか、この取りにこられなかった写真の群れとネガは、私のすぐ手の届く身近に、ずっとあったような記憶がある。で、小学校の三年にあがってすぐだったと思う。私は、まさしく驚天動地《きょうてんどうち》の大発見をしたのである。学校の図書館で借りてきた本であったか、それともその頃読んでいた子供雑誌であったか、もうよく憶えてはいないのだが、作家、江戸川乱歩《えどがわらんぽ》の姿を写真で見たのである。

眼鏡をかけ、やや小肥りのお腹《なか》をした、ずいぶんと背丈のありそうな老人だった。私はそれまで江戸川乱歩という人の、名前はむろん何度も耳にしていたが、作品を読んだことはなかった。だから写真を見たところで別段驚く理由があるはずもないのだが、私はその時、あっと大声をあげてしまったのである。

それはその姿が、あの取りにこられなかった写真の一枚に写っていた老人だったからである。

私は父の書斎や、茶の間の茶だんすの中や、どこをどう探したかもうはっきりはしないが、とにかく例の取りにこられなかった写真の群れを探し出した。そして、ただ一枚だけ人が写っているその写真を選り出した。

間違いなかった。私の家に残っていたその写真の方がずいぶん若い様子だったが、恰幅《かっぷく》のよい体格、眼鏡の奥の、ややぼんやりとした目の光、ずいぶんと背丈のありそうなその感じまで、あの江戸川乱歩その人であることは確実だった。

その頃、確かラジオが「少年探偵団」を連続放送していた。テレビはまだ一般家庭に普及してはいなかったが、少年雑誌には、「少年探偵団」や、その亜流がずいぶんと目についた時代だった。いわば江戸川乱歩という名前は、子供たちにとって一種恐怖を喚起《かんき》させ、しかも尊敬や憧《あこが》れの念をも同時に起こさせる、不思議な、いわば新しいタイプの偉人であった。女の子であった私にはそれほどでもなかったが、もし男の子であったら、きっともっとそうだったろう。

だから私は、クラスの男の子たちに、偶然私の家に残ることになったこのヒーローの写真を、片端から見せて廻り、ふれ廻ったかもしれない。そしておそらくそのせいで、その頃いたるところで発生しつつあった少年探偵団のひとつに私は入る資格を与えられ、あまつさえ女団長の椅子まで提供された。彼らを率《ひき》い、私は四谷の街の隅々まで、陽が暮れるまで歩き廻った記憶がある。怪人二十面相に象徴される悪人を見つけ出すため、いわばパトロールをしたのだった。

そんなことがあって、私は少しずつ乱歩のファンになりはじめた。当時いくらでも出ていた少年少女向け江戸川乱歩全集の類いを、片端から読んだ。そして陽が暮れる前に、連日急いでラジオの前に戻ってくると、連続ラジオドラマ「少年探偵団」を夢中になって聴いた。

だから私の脳裏には、この頃の東京の風景が、黄昏時《たそがれどき》の黄ばんだ光線とともにしっかりとたたみ込まれている。当時を思い起こすたび私の内に湧くのは、常に「乱歩」、「乱歩」であり、それ以外のものはまったくといっていいくらいない。

また逆に、乱歩を思うと決まってあの頃の四谷の街並が、オレンジ色の陽を浴びてぼうとよみがえるのである。さながら乱歩という「光源」から、白壁に向かって照らし出される幻灯のようにである。私の少女時代の感受性は、間違いなくこの時代、あるはっきりとした偏向性を持ったと思う。

私は取りにこられなかった写真の中から、江戸川乱歩と思われる写真と、何かは知らないが、妙に威風堂々とした建物の全景写真、それにいかにも乱歩の世界の舞台になりそうな、螺旋階段を下からあおって撮っている暗い写真の三枚を持ってくると、勉強机の前の壁にピンでとめた。私が中学に入り、やがて高校へあがってからもその写真はずっと私の目の前にあった。他の写真やネガは、いつのまにかどこかへ行ってしまった。そしてその三枚の私だけの乱歩の世界も、いつかほかの私の乱歩体験と歩調を合わせるようにして、黄昏の色に黄ばんでいった。

2.

こんな私だったから、やがて成人し、適齢期を迎えても、いっこうに世間並みの結婚というものに興味が湧かなかった。人前でおしゃべりしたり、華やかなものが苦手で、いつも自分の世界に閉じこもり、一人読書をしたがっていた。他人からみれば、箸《はし》にも棒にもかからない、暗い、引っ込み思案の女になっていた。

これが乱歩のせいだとばかりはいくら私でも言わないが、やはり正直に書けば、そのせいも多分にある。乱歩と、そして明智小五郎《あけちこごろう》という人物、いや男性に、私は自分の存在の大半を奪われていたのではないか——、三十をすぎてようやく人並みの結婚をし、子供もでき、対人赤面症もどうやらとれた現在の私は、そんなふうに自分の若い頃を分析している。そんな余裕も、ようやくできたらしい。

ところで乱歩マニアが嵩《こう》じて結婚をあきらめていた私が、成城でマンションとレストランを経営している今の夫のところへ嫁いでくる気になったのには、やはり特殊な理由がある。ここでもまた乱歩なのである。彼が持っていた「続 有楽町」という名の一冊の本に、私が強く惹《ひ》かれたのが、きっかけであった。

そんなことを言うとあるいは夫に失礼かもしれないのだが、母方の親戚の紹介で知り合った現在の夫、里美新造《しんぞう》との恋愛時代、彼の自室で見せられたこの本ほど、私を興奮させたものはなかった。子供の頃出会った多くの乱歩の本も私を夢中にさせ、中学の時伯母がくれた河出書房版、「探偵小説名作全集1・江戸川乱歩集」も、私を眠れないほどに興奮させたが、この「続 有楽町」は、ある意味でそれ以上に、私を夢中にさせた。

といっても、別に血湧き肉躍る活劇本であるとか、多くの読者が乱歩の小説に内心期待するような、煽情的《せんじょうてき》な内容を持った本だったというわけでもない。私は乱歩の本はほとんどすべて読んでいたし、小説に限らず彼の遺《のこ》したエッセイや評論の類いまで読みつくしていたから、今さら彼の創作に関して、そんな胸躍る楽しみが残っているはずもなかった。

そもそもその本は小説ではなかった。福島萍人《ふくしまひょうじん》という、在野の随筆家の自費出版の作品集であった。

自費出版の本であるから、世に存在する冊数も数えるほどのはずだし、したがってこれを読んだ人の数もまた少ないはずである。この随筆作品集の中に、「江戸川乱歩の友人」と題する一文があったのだ。

私は江戸川乱歩の大ファンであるというより、もはやマニアの域に達していると自分のことを思っていたが、こんな本があるのはむろんのこと、このエッセイに書かれているような内容についても、まったく知らなかった。聞いたこともなかった。私は当時恋人であった夫からこの本を借りて家に帰ると、夢中でこの「江戸川乱歩の友人」を読んだ。繰り返し、繰り返し読んだ。もうほとんど文章を暗記してしまっているくらいである。

次に、この貴重なエッセイの全文をご紹介しておこう。

〔江戸川乱歩の友人〕

永井荷風《ながいかふう》が逝《ゆ》き、その作品は依然近代日本文学に一光彩を失わないものとしても、生前の奇言奇行がジャーナリズムに異様なブームを巻き起こし、「人とその芸術」という接点において、われわれに考えさせる何かがないであろうか。

一世に残るような文学作品と、同時にその作者の心理状態からくる卑劣な行為とは自ら別個とする見方も成り立つかも知れない。真実を探り、それを表現するのが芸術であり、芸術は作者自身の人格の反映であるということが嘘の論理であるならば私の芸術観は根底から覆《くつがえ》らなければならない。

然《しか》し若《も》し医学か心理学の上からでも次のようなことが立証されるか、或はある種の判断が下されるとしたら、私もまだ救われる。例えば人間の頭脳の中の情操を司る神経が異常に発達を遂げて素晴しい芸術を生む力を持つ。その男は本来ケチで薄情で下劣であるにもかかわらず、その神経のお陰で大芸術家になれた——。

私は一応そんな自説をたてて芸術への懐疑からくる動揺を防いでいるが、実はこれには理由がある。というのはある一人の男――、江戸川乱歩の友人と自称し、頭脳の回転は驚くべき優秀さがありながら、その日々の振舞いたるや荷風に伝わるある半面に似通った男、二川至《にかわいたる》が過去三十年に亘《わた》って私の周囲から離れないからである。彼に従う経歴というのは京大の電気専攻で、その知識の外に数学を基調とした天文学、はては考古学、文学、法律、政治経済とあますところがない。私の近代文学についての知識の大半はこの二川によってたたき込まれたと云っていいほどだし、更に相対性原理を説き、四次元の世界を私に開眼せしめたのも彼であった。

こうした泉のような知識もつまりは彼の卓絶した記憶力のせいだと私は思っている。彼は議論をすれば文字通り口角泡をとばし、詭弁《きべん》と独善で忽《たちま》ち相手を煙に巻くので大抵の者は辟易《へきえき》して逃げてしまう。だから彼はいつも孤立していて友人というものがなかった。その彼にとって唯一の心の支えは「乱歩の友人である」という一事であったかも知れない。

折にふれて彼に聞き知ったところによると、彼が大学を出て鳥羽《とば》造船所に技師として奉職したとき、そこに平井太郎《ひらいたろう》という白面の青年がいた、それが後年の乱歩であった。乱歩は当時月給十八円の身でありながら家賃十八円の家に住み、毎日酒を呑んでは文学を談じ、芸術至上主義を奉じて暇さえあれば寝ころんで「カラマゾフの兄弟」に読み耽《ふけ》っていた。また飽くなき青春の夢を満すためにお伽《とぎ》会というのを作って街の子供に童話などを聞かせているうちにそれが意外な反響を呼んで、全県下の小学校に招かれるまでになった。

現夫人と結ばれたのもそうした頃の機縁により、二川が月下氷人の役を買ったのだそうである。

その後乱歩は上京。五、六年の間に雑多の職業を転々し、大阪の実家と東京との間を繁《しげ》く往復しながら書いた「二銭銅貨」が新青年の森下雨村《もりしたうそん》に認められて文壇に出るまでのいきさつは乱歩の随筆「二十代の私」に詳しい。乱歩が作家として立つための背水の陣に傍ら下宿屋経営に踏み切らしたのも彼二川であり、続いて「一枚の切符」「D坂の殺人事件」「屋根裏の散歩者」「人間椅子」等を新青年、苦楽、婦人公論等にのせ始めた。乱歩の文名大いに高まるにつれて、雑用で仕事を妨げられるのを防ぐためにもう一人の鳥羽の残党井上勝喜と二川が乱歩夫人経営の旅館緑館に籠《こも》って秘書の役を務め、井上が原稿整理と材料集め、二川が新聞雑誌社の折衝《せっしょう》に当った。然し、大正十五年頃には流石《さすが》の乱歩も乱作の結果スランプに陥り、筆を折る決意に至り一切の依頼原稿を二川が断わる役目を引受けた。その方法として当時七円の乱歩の原稿料を二川は一躍十五円に吊上げた。ところがまさかと思った講談社にそれを受諾されてしまい乱歩は厭々《いやいや》ながら執筆をつづけたが結果としては乱歩の名声を更に高からしめることになった。

やがて昭和初頭の円本時代を迎え思わぬ大金を握った乱歩は、かえって自己嫌悪に落ち込み、何も書きたくなったのを幸いに二川を誘って関東一円の温泉地を半年も巡り歩き、終には豪遊疲れがしたということである。

このような二川の話が丸で根も葉もない作り話とみるには余りに材料が整いすぎているが、乱歩の随筆を読んでも井上勝喜の名前はでてくるが二川の名の一向に見えない点から推していささか不審の念を抱かぬわけにはいかなかった。そこで、何故乱歩のもとに顔を出さないかと云う私の問に対しては、ただ義絶していると答えるだけでそれ以上は語ろうとしない二川に、私は鍵のかかったトランクを渡されたような一種の苛立《いらだち》を感じていた。そして狂人すれすれともいうべき彼の数々のアブノーマルな行為に接しながら私は乱歩との関係の信憑性《しんぴょうせい》に内心疑念をもたざるを得なかったし、若しそれが真実であったとしても彼の側に何か大変な不都合があって相手にされないのだと思わない方がむしろ不思議な位なものであろう。

一言に云って私は彼の人生観を嫌悪した。彼によれば自分は二十五歳の時にもう一生働かない、と宣言したと云うのだ。身なりは夏冬通してボロ服一着の着づめに、垢《あか》じみたシャツはかつて水を通したことはない。このいでたちでボロ靴を引きずってぶらりと朝現れると、その儘《まま》昼食にあずかるまで梃子《てこ》でも動こうとはしない。あまつさえ、場合によっては――そして実に場合によるのだが――所かまわず寝そべって時を稼ぎ、十時、十一時と夜中他人の迷惑など歯牙《しが》にもかけず論を吹きかけ、やがて風の如く去るといった風である。戦前までの日本の風習では食事時に他家を訪れるのは非礼とされ、同時にたまたま食事時に居合わせた客に対しては食事を供することを礼としていたが、二川はこの風習の前者に頰かぶりし、専《もっぱ》ら後者を利用して顔見知りの家を転々と渡り歩くことで生活の設計を立てていた。寝ぐらの方は二階の間借り住まいであるが、これとて彼の哲学からすれば一切間代を払う必要はなかった。それというのは故意に滞納して家主の方から立退きの口火を切らすことで借家法を逆用し、六ヵ月無代居据りの秘法を心得ていたからである。こうした彼の習癖はしぜん世間から畏《い》恢《かい》敬遠される結果を招き、「二川の財布を見た人がない」と蔭で笑われていたが、しかし私はこれ位のことでは彼を遠ざける気にはなれなかった。

ところがあるとき、彼は大金の所有者であるという事実が明るみに晒《さら》されてしまった。それが彼の例の手口で間借りをしていた家の主人が、三ヵ月滞納された頃彼の手段を伝え聞き強硬に督促したところ彼は荷物をおいたまま家に寄りつかなくなったので、手を焼いた主人が交番の巡査立会いで彼の荷物をほどいてみると、古い鞄《かばん》の中から何と二千円（今の百万円にもあたるであろうか）の預金通帳が現れたのである。巡査は後で何食わぬ顔で帰ってきた彼を本署に呼び、その金の出所を追及した揚句《あげく》、別に不正も働いていないことが判ったので、しからばその金で間代を支払うよう促したところ、彼は何の根拠もなく、しかも捜査令状なしで無断で他人の荷物を開けるのは職権の乱用であると逆襲した。

当時の治安維持法という幅の広い網のような法律のしかれている封建社会にあって、これだけのことをいえる人間はそうざらにはない。その上彼は間代の問題は貸借関係であるから警察の嘴《くちばし》はいれて貰《もら》いたくないと拒否してしまった。

驚いたのは大金を眼の前にして、警察の力で正当な債権がものをいわない訳がないと安心し切っていた家主よりも、当時の仕きたりでつい貸借関係に介入し強い腰を見せて盲点を突かれた警察当局であったろう。彼は住居を引き揚げた代り滞納金は一銭も払わなかった。彼の論法で行けば借金は借金として存在し得るし、私有財産とは別個のものであるというのであるらしい。

この事件は忽ちひろがって彼の怪奇性はさまざまな反響を呼んで当分話題は尽きなかったが、彼に食事を提供する者はなくなった。吾々の方が彼より貧乏人ではないかというのである。私も彼を軽蔑した。そしてこのような男が乱歩の友人である訳がないと決めることで、彼をしたたか打ちのめしてやったつもりであった。

人は一旦《いったん》信を失ったらひびの入った茶碗と同じである。後年彼が日蓮《にちれん》を信じたと云って高邁な法華経の仏典を講じはじめた時も私は腹で笑っていた。案の定、彼がある家に招かれざる客となって説教をし、お経をあげると称し仏壇に向って珠数《じゆず》をつまぐるうち、眼前のお供物の誘惑に負けてそっと手をのばしたのである。彼の説く人間の墜《お》ちてはならない五欲のうち飢餓道こそは最も卑しむべきものであったのに、こうも脆《もろ》くも彼自身が破戒したことは、彼が大金を抱きながら腹はいつもひもじかったことを意味すると私はとっていた。

このありさまを見てしまったその家の主人が呆れ返って放逐したのは無理からぬことである。まさかそういうことまで私の耳に入っているとは知る由《よし》もない彼の尤《もっと》もらしい仏教講座はまさしく一つのカルカチュアであった。しかし彼は倦《う》むことを知らず道を説き人に嫌がられていることすら知らぬ風だった。

こうして戦争を迎えたが意外なことが起こったのである。太平洋戦争一年目辺《あた》りから彼は日本の戦費が第一次世界大戦の独乙《ドイツ》の戦費の率に近づきつつあるのを指摘してこの戦争の勝ち味のないことを「今に宮城に白旗じゃ」と断言した。日々若い者が召集されて人手が不足してきた頃、彼が選挙に関係した議員の手蔓《てづる》で、ある食用油の会社の事務員になって働きはじめたのである。そして時々ゴマ油の一罐を担いできて預ってくれといい、たまにはかます入りの塩を預け、いずれもその後で別の男が引き取りにきたりした。そのようにして私の家は彼の闇取引のアジトのようになってしまったが、彼から一滴の油も一握りの塩も貰ったことはない。

戦況は彼の予言通りになりつつあったが、敗戦で彼の摑《つか》んだインフレの紙幣がどのような価値を生むことになるか計算にさとい彼の知らない訳もあるまい。二十五歳にして労働を否定して今日までできた彼のこの心境の変化との間に横たわる矛盾に私は啞然とした。これこそは彼の彼たる所以《ゆえん》であろうと考えない訳にはいかなかった。

戦争は終り、何もかも焼かれたという彼がケロリとして再び私の前に現れた。そして彼は仏法の修行を積んで物欲は離れたと云った。これこそ日蓮の心境であり釈尊の悟りである。日蓮は末法に於《おい》て日蓮の再来があると予言しているが、自分をおいて外にはないというようなことを云った。

こうして私は相不変《あいかわらず》被害者の立場に置かれたのである。どうしてそうなっているのか人に聞かれても実は私自身ハッキリは答えられない。ただ明らかに解っていることは、二人の間には三十年という時間だけがあって相互の友情というものが一かけらもないことである。彼の方も私の結婚当時からの知り合いでありながら、私の家に長女が生まれてもその名前すら知ろうとしないばかりか、三歳になった長女のお菓子をとって食べさえしたと長女の告げ口で知って私は驚き呆れ、且《か》つ悲しんだ記憶がある。成長したその長女が最近結婚し、そして一児を生んだのを見ても彼は一瞥もくれなかった。

人生のスタートを切った一人の男の滑り出しから、その最も盛んな一時期を傍観し、やがて黄昏に入ろうとするさまを見届ける立場にありながら、なお一片の感慨さえ洩らし得ないということは、一体どうしたことであろうか。

彼にとって本当に用のある者といえば、仏法を聞いてくれる相手たる私ではなく、私の妻であり、それは彼女が食事提供係であるからだと思わない訳には行かない。私に提供の意志があったかどうか、そのことは彼にとっては問題ではないのだ。

私はそれら様々なことを考えれば考えるほど、この奇妙な男と乱歩との関係を知りたく思うようになり、むしろそれは私の権利でさえある気がしてきた。それからまたどの位月日が経ったであろうか。私はある日思い切って乱歩宛てに手紙を出したのである。

おそらく返事はあるまいと半ば諦めていた乱歩先生から折返して返事がきた。それによると、二川が永年自分の探している旧友に間違いがないとある。その上自分の外に鳥羽時代のHという男も探しているから、三人で一夕何処《どこ》かで会えるよう、どうかその斡旋《あっせん》を願いたいとしたためてある。私はむしろ驚いた。三十年来の宿望が叶《かな》えられるにはもっと屈曲がほしいという物足りなさがあった。それは私が臍《へそ》曲《まが》りの劇作家みたいな魂をもっているせいであろうなどと思ってみたりした。

そして私はこの話を当の二川に伝えるのに当惑した。第一に私の出しゃばりを余計なおせっかいだとして食いつかれる恐れがある。第二にそうなっては乱歩に責任が果たせなくなるからである。私は彼と乱歩の関係の信憑性を突くに急で、その反響がどんなものであるかを計算にいれていなかったことを悔いていた。しかしこの儘《まま》すてておく訳には行かなかった。そうかと云って手紙などで下手に理由などのべたら、糸の切れた凧《たこ》のように再び手元に戻すことができなくなることは判っていた。そこで私は用件をのべずに彼に至急来意を促す手紙を書いた。

彼は私のもとに現れ、かいつまんでこれまでの経過を話し、「会うか」と訊くと、「厭《いや》だ」とはっきり拒絶した。このことはかねて予期したことでもあり、また意外でもあった。こうなると事情は全く一変したからである。もし二川が自分の現在の貧困を多少でも軽くする意志があるなら、旧友乱歩のさし招く手につかまりさえすれば忽ち解消できることである。私は彼に明らさまには口にしなかったが、私は乱歩の意のあることを何度かの電話のやりとりの間に聞かされていた。

しかしこうして彼が乱歩との再会を肯《がえん》じない事実を目のあたりにして、彼に対する私の認識の中で、実にこのことだけが彼の生涯でたった一つの美しい行為と見えたのである。或はかつてのように何等かの手段で大金を手にし、表面は貧困を装って世間を欺瞞《ぎまん》しているとしても、今はそう思いたくなかった。

この時はじめて私は彼から義絶の理由を聞かされたのである。乱歩が新進作家としてデビューし、彼がその手足となって色々な意味で蔭の力持ちをしたということも或る程度は真実であったと思われる節がある。そして家庭内のこと、たとえば乱歩が二人の弟に対して甘すぎることに第三者の冷たい眼で批判し、喙《くちばし》をいれるといったことが乱歩の母の逆《げき》鱗《りん》に触れた。

「居候のくせに」この言葉を面と向かって云われたのか或は間接に聞いたかして彼は憤然として乱歩の家を去った。乱歩は何のために彼が突然去ったのか判らないので、伝手《つて》を求めて行方を探し、その時まで毎月八十円払っていた手当を引続いて為替《かわせ》で送ったが二川は封も切らず、三月目にそっくり返送したきり乱歩との縁は全く切れたと云ったのを前に聞いていたが、彼の平素の言動に呆れ果てていた私はそれがどこまで真実であったか信ずる訳には行かなかったのだ。それがいま私にはこれも嘘ではなかったかも知れないと思うようになっていた。

乱歩夫人は二川が仲介の役をとり、日頃「お隆さん、お隆さん」と口にのせるところから、これも事実かも知れないと、今度のことが契機となって過去が巻返しのフィルムのように蘇ってくるにつれ、乱歩夫人が主婦の立場としてどのような感情を二川に抱いているであろうかと思うことは、私の妻の慨《なげ》きを知っているだけに又別の興味があった。電話口に出た夫人の「今大学の助教授をやっている倅《せがれ》は、二川さんに数学でずい分世話になりました」という短い言葉の中からは何も嗅《か》ぎ出せなかった。

とに角彼はあれ以来三十年に亘って彼なりの魂を持ちつづけてきたのである。乱歩がその原因を知っているのか、何も知らないでいるのか私には判らないが、彼の口から謎をとかれはじめたことから、今は彼を傍観する立場を越えてある種の演出を事とするプロデューサーの感興が湧いてきたので、少々トリックを交えて、二川に会いたいのは乱歩ではなく、鳥羽時代のＨ（鳥羽造船所に二川が技術者で入社した時給仕であった男）であるということにし、これに乱歩を同道させようと画策した。こうすれば二川といえども逃げる訳には行くまいと考えたからである。

乱歩も初めＨを引き合いに出したのは、あるいはそういう含みがあったのかも知れないし、また二川は二川で統《すべ》ての裏は読み通していたのかも分からなかった。とに角二川はHとなら会ってもいいが、料理屋などは厭だからここ（私の家）でならという条件をつけた。ここにもこの会見を逃れたい二川の最後の駈引《かけひき》があったのかも知れなかったが、私にとって幸なことに乱歩はそれも承知したのである。日取はその年の九月二十六日の午後六時と乱歩の方から指定した。私は間もなく私の家で行われるであろう乱歩とその旧友との奇《く》しき邂逅《かいこう》に相伴《しょうばん》する期待に胸を躍らせ、演出者の好奇心で待った。

しかし何ということであろう。二、三日前からしきりに台風が次第に本土に接近し二十四日から本土に上陸、関東地方は記録やぶりの大雨に見舞われて各地は浸水した。当日の夕方は一歩も出られぬ大暴風雨となったのである。

私は暴れる窓外の雨脚の激しさを眺めながら乱歩の期待も、そしてそれ以上の私の期待も、二川の執念の前に脆《もろ》くも流れ去って行くのではないかと、自ら好んで入った渦中ながら、いら立たしい思いをしたこの一週間を振り返って憮然としていた。

念のために乱歩に電話してみたが電話線の故障のためか話は通じなかった。二川も現れなかった。すべては風と共に、である。あとで二川の住む地域は床上浸水したと聞いたが、再び会うとは云わなかった。吾々は台風のあおりの中で擦れ違ったのである。

後日乱歩から私を犒《ねぎら》う意味合いからか自著「わが夢と真実」を受取った。二冊のうち一冊は二川へ、とあり、同封の手紙には、折があったら二川を連れてきて貰えまいかとしたためてあった。しかも行間には二川に対する友情が劫々と波うっているのを感じたのだった。私はふと、これほどまでに二川を離さない乱歩の心底を流れているものは何であろうかと思ってみた。それは或は特殊作家としての怪奇性に根ざしており、これこそ乱歩のすべての探偵小説の真髄ともなっているエスプリではなかろうか、そして当事者以外にはっきり理解し得ない二川と乱歩の、或は乱歩の精神だけが求めている何かが二川の人間性の中に存在するのかも知れないと思ってもみた。乱歩の作品の中に明智小五郎と名乗る人物は自分であると、かつて二川がつぶやいたことがあるが、乱歩自身の影であるとしたなら、作家として二川への執念のような追慕は理由のないことではない。

しかし二川自身はまた元のように螺《たにし》の蓋を固く鎖してしまったのである。

附記　乱歩はその後間もなく逝き、二川もまた老人ホームで病死した。

読み終って翌日、私は大変興奮して夫のところへ本を返しに行き、夫に何故こんな貴重な、江戸川乱歩の研究者にとっては涎《よだれ》が出るほどの珍本を、あなたが持っているのかと尋ねた。夫は文学に興味のない男ではない、それどころか今はもう亡くなっているが、戦前は小笠原淳一郎《おがさわらじゆんいちろう》の筆名で一世を風靡《ふうび》した当時の流行作家を父に持っていた。しかし、夫自身には文章家としての才能があまりないようで、もっぱら絵を描いていた。私には、到底彼が江戸川乱歩が趣味とは思えなかったのである。

するとと夫は、笑って私にこんなふうに訊いた。

「それ、そんなに貴重な本なの？」

私はうなずいた。

「貴重よォ、だって、もしもここに書かれていることが事実なら、乱歩の創り出した明智小五郎という名探偵にはモデルがいたことになるじゃない？　しかもその人二川至って、名前まで解ってて、素性もこれでだいたい解るじゃない？　すごく貴重よ。それにこの本、自費出版の本だから誰も知らないんでしょう？　あれだけ有名な乱歩さんの、あれだけ有名な名探偵に関するこんな事実を、まだ世間の人誰も知らないのよ？　知ってるの、私たちだけだもの、興奮するわよ、私」

「あ、そう、それは見せてよかったよ、ぼくも」

夫は言った。

「この福島さんって人も、この二川って人と知り合ったのは本当の偶然よね、それでこの福島さんって人が偶然エッセイを書く人だった。そういう人じゃなきゃ、この話は埋もれたまま、世に知られることはなかったはずでしょ？　そういう人が、またたまたまこの本を自費出版した、それが……」

「たまたま巡り巡ってぼくの手に入ったわけさ」

「そう。どうして手に入ったの？」

「うん、本当に偶然なんだ。ぼくが美大の出身なのは知ってるだろう？」

「うん」

私はうなずく。

「それで以前、演劇をやっている友人に、ポスターを描いてやっていたことがあるんだ。貧乏劇団のことだからね、もちろん大したお金にはならなかった。そして彼らのやはり知り合いでUプリントという、京成《けいせい》線の荒川《あらかわ》の方にある印刷屋があったんだ。このUプリントのUさんが、やはり彼らのために、ポスターを格安で印刷してくれてた。ぼくはこのポスターの仕事で、自分の絵を持ってUプリントに何度も足を運んでいるうちに、このUさんと仲良くなったんだ。

ところでこのUさんというのが面倒見のよい人で、そこから割合近くに住んでいる在野の随筆家に、自費出版の本を安く作ってあげるということもやっていたんだね」

「それがこの人ね？」

「うん、福島萍人さんだった。この人の家とUプリントとは、電車で三駅分くらい離れているらしいんだけど、福島さんは最近まで、荒川の土手沿いによく自転車でやってきてたという話だった」

「今は？」

「今はもう歳とっちゃって、そんな元気はなくなったらしいと言ってたな」

「お年寄りなのね」

「そうなんだね」

「それで、どうしてこの本を？」

「うん、Uさんとの話で、なにかのはずみで本の自費製作の話になって、最近こんな本を作ったんだって見せてくれた」

「そうなの。でもどうしてもらったの？　里美さん、特に江戸川乱歩のファンってわけじゃないでしょ？」

「そりゃこれさ」

その時主人はそう言って、カラー印刷されている表紙カヴァーをはずして私に見せた。

「あら」

と私は声に出した。中身の本の表紙のタイトルが、本文の活字の向きと逆さになっていたからだ。

「これ、失敗作なんだよ。表紙のタイトルが逆さに印刷されてる。それで、ぼくにくれたんだ」

「へえ」

私は表紙カヴァーをはずした本を受け取った。そうなるとこれは、ますます珍本中の珍本ということになる。

それから間もなく、私たちは結婚した。セピア色の例の三枚の写真と、河出版「江戸川乱歩」を持って、私は成城に嫁いできた。やがて冬彦《ふゆひこ》という子供ができてしまったので全然それどころではなくなったが、私は、長くこの福島萍人さんという人が気になっていた。訪ね、会ってみたいと考え続けていた。そして、二川至という人について質《ただ》してみたい。私は乱歩のファンであると同時に、どうやら明智小五郎の大ファンであったから、彼に実在のモデルがいたというのは、大変に胸躍る出来事だった。いわば、長く憧れ、あきらめてもいた妻子ある男性に、思いがけず双子の兄弟がいると知ったような、そんな気分だった。

その息子だが、やがて小学校へあがり、二年生になった。おとなしくて成績もよく、私はこの息子に関しては何も文句はなかったのだが、近頃、妙なことに気づくようになった。息子をじっと見つめている老人がいるのである。

近所の公園で息子が友達と遊んでいる。それを私が迎えにいくと、公園の隅のベンチにすわり、白髪頭のその老人は、じっと息子のことを見つめているのである。

息子たちの集団が近所で遊んでいると、たいてい付近の物陰やベンチに、この老人の姿が見えた。当初私は別の子を見ているのかと思っていた。それとも、子供が遊んでいるのを見るのが好きな人なのかと思っていた。しかしそうではなかった。ある日近所の公園のブランコに、息子が一人揺られているのを迎えにいってみると、やはりその白髪の老人がいた。じっと息子の様子を見ている。それは、眺めているといったような生やさしい雰囲気ではない。息子に、じっと視線を据えて動かないのだ。そして、息子を除く子供たちの集団がその公園で野球をやっているような時、周りをいくら探してもその老人の姿はないのだ。

私は気味が悪くなった。息子をあまり外で遊ばせないようにした。すると、マンションの周囲の路地のあちこちで、老人の姿が見え隠れした。キッチンの小窓から、玄関前のヴェランダから、それは否応《いやおう》なく私の目に入った。

そうしているうち、先日、息子が誘拐されかかったことがあった。冬彦が夜遅くなっても帰ってこず、女の声で電話があり、息子を返して欲しかったら一千万円用意しろというのである。

結果はそれからほどなく冬彦が帰ってきてことなきを得たのだが、いったいあれはどういうことだったのか、未だに不思議でならない。

それからも例の不可解な老人の姿は息子の周囲にちらほらとするので、私は主人と相談して、息子にお祓《はら》いをしてもらうことにした。そこで私は主人と二人、十一月に入った最初の日曜日、冬彦を連れてお茶の水の神田明神《かんだみようじん》に出かけた。

お祓いをすませて境内へ出て、さてどこへ行こうかという話になった。時間を見るとまだお昼前だったので、これから湯島天神《ゆしまてんじん》を抜けてぶらぶらと不忍池《しのばずのいけ》まで歩こう、そして精養軒で食事でもして、時間が許せば上野動物園へ行ってみるのもいいんじゃないか、と夫は言った。

それもいいかな、と私は思ったが、ふとここはかつての「お茶の水アパート」のすぐ近くだなと思い出した。そこで、「お茶の水アパート」へ行ってみたい、と夫に提案した。

「お茶の水アパート」というのは、かつての北大教授、森本厚吉《もりもとこうきち》の企画で、大正十四年に建てられた日本初の「本格的アパート」である。彼は、日本の中流階級の住宅問題解決の一つの模範として、このアパートをW・H・ヴォーリズに設計させた。同時に森本は、「文化生活研究会」を組織し、雑誌「文化生活」を刊行するなどして、日本の中流階級の生活を改善、さらには「文化」性の向上を啓蒙し続けた。

乱歩が「D坂の殺人事件」「心理試験」「屋根裏の散歩者」「人間椅子」など珠玉の代表作をたて続けに発表したあの大正十四年に完成したこの「お茶の水アパート」には、外国生活の長かった森本厚吉の日本文化向上への早すぎた夢を反映し、地下には自動車車庫、洗濯場があり、一階には店舗、社交室、大食堂、公開食堂が入り、住居各室はすべて洋式に作られ、ベッド、机、電話、ガス料理台、ストーヴ、さらにはマントルピースまでしつらえられた。そして一階の社交室や大食堂では、定期的にさまざまなパーティが開かれたという。つまり、日本で最もハイカラなアパートとなったのである。今でいえば億ションだろうか。

森本のいう「文化」は、日本では「上流階級のサロン」と同意語となり、彼の夢はそのまま、やがて東京の各地に現われる同潤会《どうじゅんかい》アパートへとつながっていく。

私はこの頃の東京人たちの、精一杯の背伸びぶり、気どり方に思いをはせると、何か切ないような、それでいて微笑《ほほえ》ましいような気分になる。そのすぐ後に、あの田舎《いなか》びた軍部台頭の暗い時代が控《ひか》えるせいもあり、こんな「文化的」場に鳴り響いたであろうフレッド・アステアふうの音楽を思うと、甘酸《あまず》っぱい感傷が、胸に広がる心地がする。

「お茶の水アパート」は無事戦火をくぐり抜けたが、やがて老朽化し、とてもではないが文化の最先端たる社交場に顔を出せるような色艶《いろつや》は失った。そこで「日本学生会館」として、いつかこの地の主人公となった学生たちに開放されたのである。

さて私が何故この「日本学生会館」、かつての「お茶の水アパート」を訪ねてみたいと思ったかといえば、やはりこれも乱歩趣味からである。

子供時分からの私のアイドルだった明智小五郎は、後年、「魔術師」と「吸血鬼」の中で、お茶の水「開化アパート」と呼ばれるアパートで暮らすようになる。

このアパートがどう見ても「お茶の水アパート」なのである。「開化」は、森本がさかんに言った「文化」からの乱歩の連想であろう。

この二作品はそれぞれ、「魔術師」が「講談倶楽部」に昭和五年七月から六年五月までの連載、「吸血鬼」が「報知新聞」にやはり昭和五年九月より六年三月までの連載なので、わが明智は、昭和五、六年頃、この「お茶の水アパート」に暮らしたと、そう考えられるのである。

次に、「吸血鬼」の一節を引用してみる。

素人探偵明智小五郎は「開化アパート」の二階表側の三室を借り受け、そこを住居なり事務所なりにしていた。

三谷がドアをたたくと、十五、六歳のリンゴのような頰をした、つめえり服の少年が取りつぎに出た。名探偵の小さいお弟子である。

明智小五郎をよく知っている読者諸君にも、この少年は初のお目見えであるが、そのほかに、この探偵事務所にはもう一人、妙な助手がふえていた。文代さんという、美しい娘だ。

この十五、六歳の少年というのは後に「少年探偵団」の団長として活躍する小林少年であり、もう一人の助手文代という女性は、「魔術師」の中に犯罪者の娘として登場し、やがて明智の恋人となる女である。

日本学生会館は、御茶ノ水駅を起点にして説明すれば、明治《めいじ》大学や主婦の友社が面した駅前通りを北上し、御茶ノ水駅を右に見てお茶の水橋を渡り、東京医科歯科大前で外堀通りと丁字路ふうにぶつかると左折して、三百メートルも行くと右側にある。左側には神田川が流れている。このあたりはお茶の水渓谷とも呼ばれるらしいが、水が土地を削《けず》り、えぐったのか、川は道より遙か眼下を流れている。道より川べりまでのやや急な斜面には、くすんだ色の木々が並び、この木は桜で、春には一面薄桃色の花を咲かせる。

戦前、明智が住んだ昭和五、六年頃このあたりは、今ほどの交通量ではなかったろう。私は冬彦の手を引き、ガードレールの手前に押し込められたような気分で狭い歩道を歩きながら考える。ややカーヴしている外堀通りは、信号が赤に変わらぬうちに駈け抜けようと猛スピードで走るトラックやタクシーで充《み》たされている。五十数年前のこんなやや肌寒い晩秋の日や、それとも桜の頃、明智小五郎も美しい助手の文代を連れて、この歩道を散歩したのだろうか。

順天堂《じゅんてんどう》大のビルを右手に見、そして通りすぎた時、私は驚いて足を停めてしまった。そこに、昭和を丸々生き延びた明智の開化アパートが、古ぼけた石の色をさらして立っているはずだった。ところが、そこには白くペンキを塗った真新しい金属の塀があるばかりだった。塀の上からのぞける内部には、これは薄グリーンに塗ったブリキのパネルが一面に覆《おお》った、巨大な四角い箱が見えるばかりである。

どうやら、取り壊し工事中のようだった。「お茶の水アパート」一面を、この薄グリーンに塗った縦一メートル、横二メートルばかりの無数のブリキのパネルが覆っているらしかった。

　私は驚き、がっかりし、そして悲しくなった。外堀通りからは、明智の体臭を知っているかつての開化アパートは、ほんのわずかでさえ覗けなかった。

　私は早足になり、金属塀に沿って右へ曲がった。その路地は、少し坂になって昇っていた。その坂の中途、金属塀の一番端のあたりに立ち、金属塀の内側を覗き込んでいる人がいた。銀髪の、上品そうな物腰の婦人だった。華奢《きやしゃ》な銀縁の眼鏡をかけ、近寄ると、彼女の銀髪は薄く紫色に染まっているのが解った。辛子《からし》色《いろ》の、その人の年齢からは少し派手に思えるコートを着ていた。

　私も、夫と子供を後ろに置いて、先にたって歩き、その婦人のすぐ横の石段にたどり着くと立って、塀越しに中を見た。婦人はちょっと私に会釈《えしゃく》をして、身をよけてくれた。私も礼の会釈を返して、三段ばかりあるコンクリートの石段の上に立った。そこ以外、塀の中が覗けそうなうまい場所がなかったのである。

　真新しい、白いペンキの金属塀の中で、「開化アパート」は、無残に老いぼれた背中をわずかに見せていた。崩《くず》され残ったその残骸は、六十年余の埃《ほこり》をかぶり、すすけて、みじめな様子だった。私は、胸が痛む思いで、この乱歩の残骸を、じっと眺めていた。

　明智はこの後、結婚して麻布《あざぶ》区《く》龍土町《りゅうどちょう》の白い西洋館に引っ越すのだが、一方でホームズのベイカーストリート・イレギュラーズにも似た少年探偵団を組織することになる。

私が子供の頃、ラジオでこの「少年探偵団」を連続放送していた。街が黄昏色に染まる頃、私は大急ぎでラジオの前に帰ってくると、いつも夢中でこの放送を聴いた。

「ぼ、ぼ、ぼくらは少年探偵団……」という主題歌の旋律が、今も容易に私の脳裏で鳴る。そして、子供たちの声が歌うこの調べを聴くたび、私は言いようもない懐かしさ、失われていくものへの甘美な感傷を、繰り返し、胸のうちに蘇らせることができる。

日曜日で、取り壊し工事はお休みであるらしかった。そのため、かえって塀の中に立ち入ることもできない。入口がかたく閉じられているからだ。廃墟のしんとした静寂の内に、私は久し振りに少年探偵団の歌声を聴いた。

聴き終り、歌声が私の内でかすかになってきたので、

「壊されちゃうのねぇ」

と私は思わずつぶやいていた。すると、

「本当に」

と思いがけない相槌《あいづち》が、すぐ間近でした。見ると、横の銀髪の婦人だった。私は少し驚き、老婦人を見た。彼女も、遠い昔を懐かしむように、私に淋《さび》しげな横顔を見せていた。

「この建物、ご存知だったんですか？」

思わず、私はこう尋ねていた。

しばらく婦人は何も答えず、横顔を見せたままでいたが、ずいぶんゆっくりとうなずいた。それから私の方を見た。華奢な眼鏡のレンズ越しに、その人の目にかすかに涙が浮いているように私は思った。

「私、若い頃、ここに住んだこともあるんですよ」

婦人はいきなり言った。

「まあ!」

私はやや大声をあげた。

「じゃあ、学生会館の頃……」

「いいえ、戦前、お茶の水アパートの頃ですよ」

老婦人は笑って言った。

私は興味をひかれ、婦人としばらく話し込みたいと思った。しかしその時、冬彦がぐずりはじめた。上野動物園が見たいと言うのである。

「よしよし、じゃ下でタクシー拾っていこうな」

と夫があやしている。それから促すように、私に向かって視線をあげた。私はそれで仕方なく、後ろ髪をひかれる思いでその場を離れた。

金属塀に沿って歩きながら、急がなくてはいけないな、と思いはじめていた。急がなければ、乱歩の幻影をとどめるものたちが、次々に壊されていく。失われていく。

それは、あの「江戸川乱歩の友人」の作者も同じではなかろうか。主人の話では、その人はかなりの高齢だという。早くお会いし、お話を聞かなければもう二度と聞けなくなってしまうかもしれない。私の内に、突然焦《あせ》りに似た気分が湧いた。

その時だった。外堀通りから角を曲がり、あの老人が姿を現わしたのである。驚き、私は冬彦の手を引いたまま棒立ちになった。何故——？

金縛りになったように動けない私の横を、杖をついた老人はゆっくりと通りすぎ、坂を昇っていく。

3.

翌日、私は冬彦を学校に送り出すと、本棚の奥の方で埃をかぶっていた「続 有楽町」を探し出し、河出版「江戸川乱歩」と一緒にバッグに入れて、一人著者の福島萍人氏に会いに出かけた。

成城学園前駅に着いてから、いきなり押しかけても失礼だと思いつき、公衆電話から電話を入れた。電話番号も住所も、本の奥付けにあった。住所は足立《あだち》区千住旭町《せんじゅあさひちょう》となっている。

福島氏は在宅だったが、自己紹介と、自分が何故会いたいと思っているのかを伝えるのに苦労をした。Uプリントの U さんの紹介といっても、私はUさんとは何の面識もない。また主人の方も、Uさんに福島さんを紹介されてはいないのである。

とにかく四苦八苦の挙げ句、福島さんは私と会うことを承知して下さった。なんだか詳しい事情はよく解らぬが、自分の本を読んだおかしな女が、会って乱歩と二川の話を聞きたがっていると、それだけを解って下さるなら私は満足だった。

私は駅前の輸入品専門のマーケットで果物を買うと、小田急線で代々木上原へ向かった。そこから千代田線に乗り換えて北千住へ行こうと思った。地図で見ると、千住旭町は北千住の駅からすぐのようである。

北千住の駅前へ歩み出て、人に道を尋ねながら千住旭町を探して歩いていった。ずいぶん迷い、ようやく探し当てた。往来から、少し引っ込んだ位置にあったからだ。

ここが、乱歩も旧友二川を求めてやってくることを承知した家か、と私は戦前戦後を生き抜き、私のような乱歩マニアにとっては、明智のモデルの口を養うという、なかなか価値ある歴史を担《にな》った古びた木の門構えを前にして、しばし感慨にふけった。

意を決し、ごめん下さいと奥へ声をかけると、はい、と明るい声がして、小柄な婦人が玄関まで出てきた。福島夫人らしい。先ほど電話をした里美と申しますがと言うと、お待ちしておりましたと言って、奥の和室へ通された。

その部屋は廊下に面していて、その廊下は中庭に接していた。つまり廊下は、縁側の役目も果していらしい。

中庭には飛び石があり、ぽつんと杭《くい》のように水道の蛇口が立っている。この中庭には玄関をあがらず、木戸をくぐって表の路地から直接入ってこられるようだった。

私が一人ぽつねんと坐って待つ部屋の周囲の柱も、壁や襖《ふすま》も、乱歩の時代から今日までの空気を吸い、古びている。古い写真のようにセピア色に汚れている。この汚れが、私と乱歩とを隔てる長い時間である。

ほどなく福島萍人氏が現われ、私に小声で手短かに挨拶をすると、すわり机をはさんだ反対側へ、ゆっくりと腰をおろした。八十歳くらいにみえた。

笑顔も少なく、やや無愛想な印象である。面と向かい合うと、鼻筋が高く通り、頬がこけて、鋭い顔だちだった。体つきも痩せていて、いかにも厭人癖《えんじんへき》のある孤高の芸術家といった印象で、言葉を発するのにやや気遅れがする。

「あの、先ほどお電話いたしました里美です。突然お邪魔いたしまして、大変恐縮です」

私は言い、持ってきた果物籠を畳の上で押しやった。老人は、ああそう、と言っただけだった。

私はしばらく世間話をし、夫が「続 有楽町」を手に入れてきたいきさつ、そしてそれを自分が読んで大変興奮したことなどを話した。それからしばらく、福島老人の書を褒《ほ》めた。「続 有楽町」といわれるからには、その前に「有楽町」もあるのかと訊くと、お持ちでないかと訊かれる。持っていないと言うと、立ちあがって奥へ行き、一冊持ってきて私にくれた。こちらは焦げ茶の、ソフト表紙である。サインをお願いすると、両方に名前と日付を書いてくれた。

「有楽町」という、本のタイトルについて訊くと、自分はずっと有楽町へ勤めていたから、という意味のことを低い声で言った。そんな話をして、私はそろそろ本題に入ることにした。

「このご本の『江戸川乱歩の友人』なんですが、ここにお書きになられたことはすべて事実なんですか？」

　私は訊いた。

「事実です」

　老人は言って、うなずいた。私は、再び湧いてくる興奮を抑えかねた。それは、懐かしい少女時代の記憶をともなった。

「二川至さんという方、実際にいらしたんですね？」

「もちろんおりましたよ」

「どうして知り合われたんですか？」

「昔ね、私がある代議士の選挙の手伝いをしていた時に、二川もやっぱりその選挙の手伝いをしていてね」

「はあ、それで……、その時は乱歩さんのご友人だということは全然ご存知なくて……」

「知りません」

「福島さんは、乱歩さんの作品は、読んだことはおありだったのですか？」

「ほとんどありません」

「推理小説は、お好きではなかったのですか？」

するとと福島老人は、驚いたことに言葉に力を込め、こんなふうに言った。

「私はね、大っ嫌いだったんだ！」

私は老人のこの迫力に気圧され、ちょっと言葉を失った。

ずいぶん驚いたが、じきに、それほど驚くにもあたらないと思い直した。というのも、かつて乱歩の小説や、それに類する探偵小説の類いは、カヴァーをかけなければ電車の中では恥ずかしくて読めなかったという話を聞いたことがあったからだ。そのくらい人目をはばかる、今でいえばSM小説のようなイメージしか、一般の人々にはなかったようである。

私は気を取り直した。当時乱歩の小説が、たとえそういう立場しか世間で獲得できていなかったにせよ、そこに登場してくる明智までが卑しい人物となるわけでもあるまい。

「私は、乱歩さんの小説に登場してくる明智小五郎という人が、とても好きだったものですから、その二川さんという方が明智のモデルだと聞いて、福島さんに一度お話をうかがってみたくて、こうして、うかがったんです」

私はバッグから、一冊の本を取り出した。もうかなり傷《いた》んだ河出書房版、「探偵小説名作全集1・江戸川乱歩集」である。昭和三十一年出版の初版本だった。私はこの本を、探偵小説好きだった伯母から中学の時に貰い、それが私の乱歩マニアを決定的にした。この本はそのくらいに面白く、私を夢中にさせたのである。

目次を見ると、乱歩の傑作がすべて並んでいる観がある。大変贅沢《ぜいたく》な本である。「二銭銅貨」、「二癈人」、「D坂の殺人事件」、「心理試験」、「屋根裏の散歩者」、「湖畔亭事件」、「陰獣」、「柘榴《ざくろ》」、「月と手袋」、すべて私の大好きな作品である。ほかにもむろん好きな乱歩作品はあるが、これらAランクの作品群を超えるほど好きな作品はない。つまり、私はいきなり中学の頃にこんなふうに厳選された乱歩の名作選を読んでしまったのである。夢中になるのも道理というものだ。

さて、私がここでこの乱歩集を取り出したのには理由がある。実はこのうちの、「D坂の殺人事件」に、明智小五郎の風貌の描写があるからである。若い頃の明智だが、かなり綿密な描写だ。私はこの一節を福島老人に読んでもらい、彼の友人であった二川至と事実似ているものかどうか、確かめてもらおうと思ったのである。

私はしおりをはさんだそのページ、四十二ページを開き、老人に私の考えを説明しながら本を手渡した。老人は眼鏡をかけ、少し顔をしかめるようにして、読みはじめた。その一節も、次に引用しておこう。

年は私と同じくらいで、二十五歳を越してはいまい。どちらかといえば痩せた方で、先にも言った通り、歩く時に変に肩を振る癖がある。といっても、決して豪傑流のそれではなく、妙な男を引き合いに出すが、あの片腕の不自由な講釈師の神田伯龍《かんだはくりゆう》を思い出させるような歩き方なのだ。伯龍といえば、明智は顔つきから声音《こわね》まで、彼にそっくりだ——伯龍を見たことのない読者は、諸君の知っているところの、いわゆる好男子ではないが、どことなく愛嬌のある、そしてもっとも天才的な顔を想像するがよい。

福島老人は最初のあたりを読みながら、

「ああ、ああ、二川のことを書いてるな……」

とうなずきながらそうつぶやいた。私は身を乗り出した。そして、老人が読み終るのを待ち、尋ねた。

「似てますか?」

「そう、まあ、似てるね」

「変に肩を振る癖があったんですか? 二川さんは」

「そういう時もあったが、それほどでもないな」

「この神田伯龍という方を、ご存知ですか？」

「うん、聞いたことはあるが、知らないな」

「じゃあ、この人と二川さんが似ているかどうかは、解りませんね？」

「うん」

私は少し考え込んだ。そして、最も口にしたかった質問を、思いきって発した。

「あのう、二川さんて人は、いい男でしたか？」

少し顔に血が昇った。すると老人は、そっぽを向いた。

「いや、いい男という印象はないな」

「ああ、そうですか……」

私は少しがっかりした。

「どんな、風采《ふうさい》だったんですか？」

「どんなっていってもね、あの頃のことだから、汚い兵隊服みたいなの着てね、おかしな汚いサンダルみたいなものを履《は》いてるから私が靴をやったら、ずっとそれを履いてた」

「髪は長かったですか？」

「いや、坊主頭みたいにしてさ、そこの中庭うろうろしてさ、その水道でよくじゃぶじゃぶと頭を洗ってた。それで汚い、にしめたような手拭いを腰に下げていて、それで頭を拭いてね。だから私らは、二川に飯《めし》出してやる食器も、湯呑《ゆのみ》も、別にしてたよ」

「はあ……」

私は溜め息をつく。それではまるで乞食《こじき》である。それに、そんな様子は、どちらかといえば明智より、金田《きんだ》一耕助《いちこうすけ》に似ている。そちらのイメージではないか。私は金田一耕助も嫌いではないが、少女時代、金田一はあまりハンサムではないとはっきり書かれているのを読んで、ずいぶんと鼻白《はなじろ》んだ記憶がある。それに事件が常に田舎で起こると決まっているので、何となく肌に合わない気がして、つい遠ざかるようになった。以来明智一筋である。

ただ明智といっても、私の場合小説でなされている描写より、ラジオドラマの「少年探偵団」に出てくる指導者明智の声のイメージの方が、ずっと大きいとは思うのだが。

「二川さんは、どこに住んでらしたんです？　まさか福島さんのこの家に寝起きしていたわけでもございませんでしょう？」

「違いますな」

「戦前、アパートを借りてたってのは、福島さんの随筆で読みましたが、戦後は？」

「あっちの、荒川の土手の近くにね、ほったて小屋みたいなのを建てて住んでたな。土間に直接むしろを敷いてさ、一度私も行ってみたことがあるが、土間に七輪《しちりん》置いて、魚なんぞを焼いていた」

「はあ……」

私はますます茫然とし、溜め息をつく。いよいよこの明智は、完全な乞食になっていく。

乱歩の虚構の中での明智は「D坂の殺人事件」での登場こそ浴衣《ゆかた》と日和下駄《ひよりげた》の講釈師然として、二川至と大差はないが、やがて前にも述べた通り、美しくも危険な匂いのする文代と大胆にも結婚し、東京一の設備を持つ豪華アパートに住む。さらに「一寸法師」では、上海から印度《インド》まで旅をして帰ってきたんだと語り、「蜘蛛男《くもおとこ》」の中では、「詰襟《つめえり》の麻の白服に白靴、真っ白なヘルメット帽、見馴れぬ型のステッキ、帽子の下から鼻の高い陽に焼けた顔、指には一寸も幅のある大きな異国風の指輪、それに大豆ほどの石がキラキラと光っている。背が高くて足の恰好《かっこう》がよいので、ちょっと見るとアフリカか印度の植民地で見る英国紳士のようでもあるし、また欧州に住み慣れた印度紳士といった感じ」の伊達《だて》男《おとこ》に変身する。決して坊主頭に兵隊服姿で復員したりはしないのである。明智のモデルと小説の中の明智との、なんという違いであることか。

「そのほったて小屋がね、ある時大水で荒川が氾濫《はんらん》してね、家が水びたしになって流されちゃってね、それでここへきたことがあったたな」

私はもうそれ以上聞きたくなかった。

「乱歩さんと二川さんが、この家で再会するはずになってすれ違って、その後、もう一度乱歩さんとコンタクトをとったりはなさらなかったのですか？」

「しなかったな」

福島老人はにべもなく言った。興味もないと言いたげだった。

そして私が顔をあげた時だった。茶だんすの上に、私は不思議なものを見つけた。小さいから、つい今まで気づかなかった。それは一見、何の変哲もない写真立てだった。ところが、中に入っている写真が、私の興味をひいた。それは、ここ二十年近くも、私の頭の中に心象風景としてあった写真である。

あの写真だった。私が子供の頃、取りにこられない写真があり、その中から三枚だけ写真を選んで勉強机の前に貼っていたが、そのうちの一枚、桜田門の旧警視庁とよく似ていると私が思った鉄筋造りの建物の全景である。あの建物の写真が、ここにもあった！

「あ、あれ」

私は思わずつぶやき、腰を浮かせていた。

「あの建物の写真は、あれは何ですか？」

私は言って、写真立てに手を伸ばさんばかりにした。いきなりそれは無遠慮にすぎると思い、思いとどまった。

「ああ、こりゃあ、どっかのアパートじゃないかな」

福島老人は、こともなげに言った。

「どこのアパートなんですか？　どうしてこんな写真を、お持ちなんですか？」

私は詰め寄りたい思いだった。その写真は、どう見ても私のものと同じネガから焼いたものとしか見えなかったからである。

「二川が持っていたんだよ」

やっぱり！　と私は思った。

「あいつが死んだ時、これしか持ってなくて、この一枚の写真が形見になったたっていうからね、まあこうして額にでも入れておいてやろうかと思ってさ」

「どこのアパートです？　どうして二川さんがこれを持ってらしたんです？」

「私は知らんよ、何も聞いてない。どこのアパートかも知らない」

「乱歩さんと関係が……」

「乱歩と関係があるかどうかも知らんよ、二川は何も言わなかったから」

「いえ、関係あるんです。きっと関係があります」

私は言いきった。老人が驚いて私を見るので、私は事訳《ことわけ》を説明した。子供の頃、私の家は四谷で割合大きな写真屋をやっていたこと、そこに、もう三十年も前になるが、一度だけ、取りにこられずじまいになった写真があること、その写真に、乱歩自身と思われる姿や、この建物の写真が混じっていたことなどを、かいつまんで話した。老人は多少興味をひかれたらしく見えたが、特には何も言わなかった。

4.

福島家を出て路地を抜け、表通りに歩み出した時だった。背後からもしもしと声をかけられて私は立ち停まった。振り返ると、先ほど玄関先で会った福島夫人だった。買物の帰りとみえて、小柄な体に紙袋を抱きかかえるようにして立っている。

私は銀髪の小柄な夫人に向き直り、礼をすると、突然の訪問を詫びた。

「もうお帰りなんですか？　そこで、大福もちを買ってきたんですよ」

夫人は笑顔を浮かべ、気さくに言った。

「とんでもありません、突然お邪魔してしまいまして、失礼しました」

「あのう、お役にたちましたでしょうか……」

夫人はすまなそうに言う。

「ええとっても」

「主人はああいう性格ですので、本当につっけんどんで、気分を害されたのではありませんか？」

「そんなことありません、どうかよろしくお伝え下さい」

「二川さんのことがお知りになりたかったのではありませんか？」

「はい、あの……」

「もしよろしければ、私も何かお話しいたしましょうか？」

夫人は言い、私は歓声をあげたい気分になった。そうできれば願ったりである。

「あの、よろしいんでしょうか？　そうお願いできますなら、是非」

「お役にたてるかどうか解りませんけれども……」

「もしそうお願いできるなら、本当に幸せです、私。わあよかったわ、来てよかった、本当に嬉しいです」

福島さんの文章によれば、福島さんよりむしろ奥さんの方が二川と親しかったようなニュアンスである。二川至も、奥さんにだけ打ち明けているような何ごとかがあったかもしれない。私は胸が躍った。そして――、これは何とも不思議な感覚だが、妙な胸騒ぎも同時に覚えた。悪い予感、とでも言いたくなるようなかすかな何ものかを、私はその時感じたのである。私には昔からこういう癖がある。第六感、とでもいうべきものだった。

すぐ手近な喫茶店に落ちつくと、夫人は紙袋を横の椅子に置いて、私に向き直った。銀髪の下には皺《しわ》が勝った小ぶりな顔がある。眼鏡はかけていない。もう老婆と表現すべき年齢の人だが、少し耳が遠いとみえるくらいで、ほかはずいぶんかくしゃくとしている。私の母よりずっと歳がいっているように見えるが、母よりずっと元気そうである。

紅茶を彼女は注文し、同じものを、と私も言った。

「どんなことをお聞きになりたいのですか？」

夫人は言った。

「二川さんのことです」

私は即座に言ったが、明智のモデルを乞食にする言葉をまた聞くのもつまらないと思い直した。

「いえ、それより今は、あの茶の間の茶だんすの上にあった、写真立ての中の建物の写真です。あれは、福島さんのお話では二川さんの形見なんですって？」

「ええ、あの人が老人ホームで死んだ時、あの人は何も持っていなくて、ですね、彼の所持品といったら、あの写真だけだったんだそうです。あの写真、よくご覧になりましたか？」

「いいえ」

「ぼろぼろに破れているんですよ。一生懸命糊《のり》で貼り合わせたんです」

「はあ……」

戦前、大金の預金通帳を持っていた彼だが、死を前にした時は無一文だったということらしい。死んだ彼に残ったのは、あの写真がたった一枚だけだった。

「あの写真の建物については何かご存知ですか？　二川さんから何かお聞きになりまし

た？」

「ええ、今にして思えば、きっとあのアパートのことなんだなと解るんですけれどね、同潤会アパートという言葉を何度も……」

「同潤会？　あれ、同潤会アパートなんですか？」

私は思わず大声を出した。同潤会なら、私は乱歩研究から、その名をよく知っている。まだ一度もその実物を訪ねてはいなかったのだが。

同潤会というのは、あの関東大震災の後、帝都復興という大義名分のために、時の内務大臣水野《みずの》錬太郎《れんたろう》を初代会長として大正十三年に発足した組織である。震災の教訓を生かすという意味合いから、耐震効果があり、不燃性の強いＲＣ（鉄筋コンクリート）造りのアパートを東京に数多く残している。

ただ、震災によって罹災《りさい》した世帯は六十九万世帯を越えていたのに対し、同潤会の造ったＲＣ造りのアパートはわずかに二千八百戸にすぎず、同じ予算をＲＣ造りにこだわらず、木造アパートに流用すれば、より多くの人を救えたはずという批判が最近起こっている。

大正末から昭和初期にかけてのこの当時、政府は、この同潤会による住宅建設に国の威信をかけていた形跡があきらかにある。木造でなく、威風堂々たるＲＣ造りのアパートを東京のいたるところに現出せしめるという効果を計算していただけでなく、このＲＣ造りの近代的構築物は、もうひとつの役割を担わされていた。それは、言ってみれば都市の恥部の浄化とでもいった意味合いである。

すなわち、根岸《ねぎし》三《み》ノ輪《わ》アパート、谷中《やなか》鶯谷《うぐいすだに》アパート、本所柳島《ほんじょやなぎしま》アパート、向島中之郷《むこうじまなかのごう》アパート、西巣鴨《にしすがも》アパート、猿江《さるえ》アパート、三河島《みかわしま》アパート、江戸川アパート、これら同潤会アパートの建設場所は、すべていわゆるスラム地区である。同潤会はあえてこういう地区に、いわばゴミ集積場に花を植えるようにして、強引に近代的ＲＣ造りのアパートを建てることをしている。

最近、乱歩の昭和三年の傑作「陰獣」の中で、あえて品の悪い場所を選んで住む趣味のある登場人物、大江春泥《おおえしゅんでい》の転々とする場所が、大正十四年から昭和七年頃にかけて同潤会の建設したアパートの場所とぴったり重なっていることが、乱歩研究家によって指摘されている。それも以上のようなわけで、理由のないことではない。大江春泥も同潤会も、双方ともに品のない場所をあえて選んでいるのである。

乱歩と戦前の同潤会アパート、これは妙にイメージの相通じるところがあると私は考えていたのだが、福島夫人の口からこの名が出るに及び、ここで見事につながったと感じた。

「あれ、同潤会アパートだったんですね……」

私はもう一度言った。

あの写真は、私が子供の時見た記憶では、比較的新しい建物を写しているという印象があった。同潤会の活動は戦前までだから、私が写真を目にした昭和三十年前後頃、もう建物が新しいはずはない。とすればあれは、あの時点でもすでにだいぶ前に撮影されたフィルムだったということだろう。

そして乱歩という人も、やはり同潤会アパートに興味を持っていたのだなと思った。

「あれ、どこの同潤会アパートなんでしょうか」

私は尋ねる。同潤会は、東京の各地にアパートを建てている。そのうちのいくつかは、あるいは多くは、もう取り壊されて残っていない。お茶の水アパートと同じ運命をたどったのである。あの写真の建物は、まだ残っているのだろうか。

「聞いたと思うんだけどね、もう昔になっちゃったからね、正確なところは忘れちゃったわねぇ。でも、確か……、錦糸町《きんしちょう》の方だって、聞いた記憶があるのよね、私は」

「それは、奥さんにだけおっしゃったんですか？　二川さんは」

「そうだと思うわねぇ、主人はああいう人だからね、あんまり話し込んでもいなかったんじゃないかしら。とにかく、このあいだ川俣軍司って人の事件あったでしょう？　覚醒剤の通り魔殺人。それから中華料理屋にたてこもったの。あの事件のニュース聞いた時、あこれ、二川さんの言ってたあのアパートの近くだって思った記憶があるからね、あれ江《こう》東《とう》区の深川《ふかがわ》だったか、森下町《もりしたちょう》だったかの近くでしょう？」

「ああそうなんですか」

川俣軍司の事件を、私は憶えてはいたが、どのあたりで起こったものかは全然記憶にならなかった。

「それで、あのアパートが何だっておっしゃってました？ 二川さんは。なにか、いわくがありそうに言っておいででしたか？」

私が問うと、福島夫人は少し言い淀んだ。何となく口にしにくい事柄のように思われた。

「あの、実は私……」

何としても聞き出したかったので、私は自分の方からそう始めた。子供の頃実家が写真館をやっていて、取りにこられなかった写真があり、その中の一枚にあれとまったく同じ写真があって、ほかにも、建物内部と思われる階段の写真とか、驚いたことに、乱歩さん自身の写真まで一枚混じっていたという話をした。

もしかしてあの写真は、江戸川乱歩自身が撮ったのだろうか、と私は思いはじめていた。仕事に必要があって撮影したものかもしれない。何かの拍子にそれを二川さんも手に入れ、持っていた。

しかし、すると私の家に紙焼きを頼みにきたあの美女は何者なのだろう――？

「ですから私、あの写真が子供の頃からずうっと気になっていまして、どうしてもこの謎を解きたいんです。あの写真は何なのか。いえ、それはアパートだってもう解ったんですけど、どこにあるアパートなのか。何故撮られたのか。私のところへ写真を頼みにきたあの女性は誰なのか。またどうして結局写真を受け取りにこずじまいになったのか。だってこんなことは、私の家は長く写真館をやってますけど、後にも先にも一度きりなんですから。

それに乱歩さんです。このことに、乱歩さん自身かかわっているのか。もしかかわっていらっしゃるのなら、どうかかわっているのか。これは私の三十年来の懸案ですから、どうしても知りたいんです」

私は言いつのった。

私の熱心さが、夫人に少しは通じたようだった。夫人は、私に話そうとしてくれているようだった。口が、開かれそうになってはすぐに閉じられた。よほど話しづらい事柄のようであった。

「このことは、本当は、お話ししない方がよいことだと思うんです。私ももう、永久にお話ししない心づもりでおりました。二川さんから聞いたことを、生涯心に秘めて、あの世にまいるつもりでおりましたのです。

でも一方では、誰かに話したいと、そう思ってもおりましたのでしょう。さっきこうして、あなたをお呼びとめしましたのも、心のどこかでは、あなたにお話ししたいと、そう思ったからではないかと思うのです」

「はあ……」

もしかすると私は、眉《まゆ》をひそめ、けげんな顔をしていたかもしれない。息をひそめて、夫人の次の言葉を待った。

「私がこれからお話しいたしますことは、にわかには信じがたい、少々異常なお話です。ですから、かく言う私自身、信じてはおりません。あの、乱歩さんご自身に関するお話なのですから」

夫人はそこまで言って言葉を停め、まるで覚悟はよいかとでもいうように、私の方をちらと見た。

「はい……」

私はほかに言葉を思いつかず、そう応じた。そうしてじっと待った。私の月並みな反応に、夫人が言葉を続ける気が失せないだろうかと心配した。

「二川さんのことなのです。二川さんは、私には何でもよく話してくれました。私には本当にいろんなことを、よく話してくれたんです……」

夫人はまた言葉を停める。すると、ガラス窓の外を通る車のエンジンの音が、かすかに感じられる。

「二川さんが、怖ろしいことを私に話したんです。それは、乱歩さんが、仕事に行き詰まって、書けないとおっしゃって、ずいぶん悩んでらしたようなんです。

その頃、乱歩さんが、ある若い女性を大層気に入って、可愛がってらしたようなんです。まだ十代といったように記憶してますけれど、もしかしたら記憶違いかもしれませんが、浅草で、玉乗りや奇術の芸人をやっている娘さんだというお話でした。乱歩さんは浅草がお好きで、毎日のようにかよってその出し物を見物しているうち、いつかその娘さんと親しくなったというお話でした。

その娘さんは、あの頃はよくそういうことがあったようですが、親兄弟や身寄りがなく、天涯孤独な身の上だったようで、それでも浅草の芸人の収入はよろしいのか、同潤会アパートに住んで、毎日浅草の木馬座だかに仕事に通っているらしかったです。

この同潤会アパートが乱歩さんの世話だったのか、それともそうでなかったのか、それは解りません。また乱歩先生との関係がどの程度のものだったのかも、私は存じません。この娘さんが住んでいた同潤会アパートというのが、あの建物なのだそうなのです。

二川さんのお話では、この女性がやがて明智小五郎と結婚する文代という女の人のモデルなのだそうですが、それは乱歩さんと袂《たもと》を分かってから気づいたことで、二川さんがおつき合いのあった頃は、別の小説のモデルとして具体的に考えていらしたようなのです。

それは、その娘さんが浅草の演芸場でやっている奇術が、そのまま娘さんのアパートの部屋で起こるという筋だてだったようなのです。それはどんな奇術かといいますと、舞台の上で、長行李の中にその娘さんが入れられ、頭だけを出して、体が入っている行李にぶすぶすと刀を刺し込まれてしまうのです。それとも、手足をバラバラに切り離されてしまうのだったかもしれません、よく憶えていないのです。

舞台の上では娘さんは、奇術のことですから、無事生き返ってお客さんに挨拶するのだそうですが、乱歩さんの小説では、実際に殺されて体をバラバラにされてしまうようなのです。同潤会のこのアパートの娘さんの自室でです」

聞きながら私は、「魔術師」の筋と似ている、と思った。

「殺してしまって、それからどうするのですか？　バラバラ死体を」

私は尋ねた。

「部屋にそのまま置いておくのですか？」

「いえそうではなく、四階の部屋のドアの脇の、螺旋階段の踊り場のコンクリート壁に塗り込めてしまうというのです」

「ええっ……」

私は息を呑んだ。

「そのアパートの、階段の壁はとても厚いのだそうで、しかもその娘さんが住んでいた四階の部屋のドアの脇の壁が、どうしたわけか大きく崩れていたのだそうです。それで乱歩さんはそんなことを思いつかれたというお話でした」

「はあ……」

「それで二川さんは乱歩さんと二人、その同潤会アパートを見にいって、乱歩さんが小説を書く時のために、たくさん写真を撮ったのだそうです」

二川さんが――？　二川至があの写真を撮ったのか。では、あの女性は？　あの女性は誰なのか？

「乱歩先生は、その女の人を大変気に入って、あれこれと面倒をみていたそうなんですけれど……」

「その方、その女性なんですが」

私はほとんど叫ぶようにして口をはさんだ。

「お名前は何とおっしゃいましたか？」

「さあ……、お名前までは……」

福島夫人は考え込んだ。

「確かに、二川さんからお名前も聞いたと思うのですが、もう、お名前まではちょっと……、ずいぶん昔のことになりますのでねぇ……」

「もしかして……」

私は心臓が激しく高鳴るのを感じた。

「『アヤコ』、というお名前ではありませんでしたか？」

するとと、福島夫人の目がぱっと見開かれた。

「そう！　そうです。そんな名前でした！　『アヤコ』、そうそう！　その名前でした。苗《みよう》字《じ》までは思い出せませんが」

やはり！

「『アヤコ』、そう、『アヤコ』といったわね、苗字は何ていったかしらねぇ……」

私が小学校へあがったばかりの頃、私の家にフィルムを持ってきたのがその乱歩さんが可愛がっていた女性だった。あの写真の、暗い螺旋階段のある建物、場所は不明だが、その同潤会アパートに住み、浅草の芝居小屋に通っていた当の女性だったのである。

「そう、では二川さんがあの写真をお撮りになったのですねぇ……」

福島夫人が考え込んでしまったふうなので、私は先をうながしたくてそう言った。

「ええ、あの当時二川さんは、何でもやったようですよ。乱歩さんの仕事の手伝いならですね、資料集めとか、取材というんですか、いろんな人に会って話を聞いてきたり、人を乱歩先生にひき合わせたり、出版社の人との折衝や、お金の計算まで、ですね。だから、写真も撮ったようですね。昔は、あの人いい写真機を持っていましたよ。はっきり憶えてます。ずいぶん古いんだけど、いい写真機なんだって言ってました」

「四十枚撮りではなかったですか？　それ」

「そうだったかもしれません。でもいつの間にか処分したみたいでしたけどね」

やはり二川至が、自分の自慢の写真機であの暗い螺旋階段の写真を撮った。暗いのも道理だ。あのアパートは、文字通り殺人現場だったのである。

だが、それがどうしたのか。そこに、もしかして二川に乱歩と袂を分かたせるような何ごとかがあったとでもいうのだろうか。

福島夫人はまた黙りがちになった。どうやら問題はこの先らしい。

「ある時、二川さんと二人でお酒を飲んでいたら、乱歩さんがこう言ったというのです。赤い顔を近づけ、声をひそめて、

『おい二川、君は殺人淫楽症という言葉を知っているだろう』」

瞬間、私は何故とも説明のできない不安で震えた。何かものすごいことが今から始まるという予感がした。思えば乱歩の小説の魅力は、すべてこれである。

「二川さんがうなずくと、乱歩さんは、

『ぼくはあの女を殺したくなった』

とこうおっしゃったそうなのです。

二川さんが驚き、周囲を気にすると、乱歩さんはさすがに声だけはひそめていたそうですが、酔いにまかせていたのか、すらすらと、まるで犯罪者がすでに犯した罪を告白するように、その奇術師の女性、『アヤコ』さんですか、アヤコさん殺しの計画を語りはじめたそうなんです」

私は目を見開き、ぞくぞくする気分と闘いながら、呼吸も忘れて聞き入った。

「その計画というのは、さすがに乱歩さんで、実によく考えられ、調べられていたのだそうです。そのアヤコさんが上海の出身で、どうも日本人ではないらしいこと、子供の頃両親と別れてしまい、天涯孤独の身の上であるらしいこと、現在旅芸人一座の看板スターというところなんですが、彼女自身のわがままもあって、仲間と今ひとつしっくりいってなくて、彼女が独立したがっていることなどが、すべて調べあげられていたそうです。

だから今彼女が姿を消してしまっても、それは座長をはじめ一同、大騒ぎになるには決まっているけれども、以前にもそういう失踪事件を何度か彼女は起こしているようで、あまたかということになるだろう。そのまま仲間のところへ戻らなくても、いつかはみんなあきらめることになると、そう乱歩さんは言われたそうです。

そして乱歩さんは、自分は本当の作家になりたいんだと、そう言ったそうです。

『戦争の小説を書くなら戦争に行って、実際に銃を撃った者が一番いい。漁師の話を書くなら、実際に漁船に乗り込む方がいい。魚屋の話を書くなら、実際に魚を売った方がいいに決まっているんだ。経験こそ至上のものだ、それなのに、人を殺す小説を書く者に限って、実際に経験してから書けと誰も言わないんだ、これは不思議だと思わないか？』

またこうもおっしゃったそうです。

『ぼくは今、非常に行き詰まっている。もしかしたら、ぼくは、小説なんか書ける人間じゃないのかもしれない、それがどこかで間違って、小説家になってしまった。だから今、ぼくは非常につらいんだ。つらくて、つらくてたまらないんだよ。書けないのに、書くことなんて何もないのに、出版社が書け書けと言ってくる。読者も、早く次のを読ませろと、矢の催促だ。こんなつらさから逃れるためなら、ぼくは何だってやる。犯罪者になった方がよっぽど楽だって、いつも思うんだよ。

ぼくが今殺人を経験したら、これはなんて素晴らしいんだろうと思うね、書くことが、きっといっぱいできるだろうね、書いても書いても、書ききれないんじゃないかと思うよ。殺人者の心理はどうなんだろう、死の時、死体はどんな反応を示すんだろう、死んでから、人の体はどう変わっていくんだろう、こんな疑問で、あれこれ悩む必要はちっともなくなる。見た通りを書けばいいんだ。もし今ぼくがこれを経験してしまったら、きっとぼくは、今までなんて子供っぽいことばかり書いてきたんだろうって、自分が恥ずかしくなると思うな。

これは当然の帰結だと思うんだ。ぼくは今まで仕事をやってきて、ただの一度も人を殺していない。小説の中では何十回も殺してるのにね。実際には一度も経験していないんだ。本当に可笑《おか》しいね。

この計画を実行すれば、ぼくはこれから本当の作家になれる気がする。人間の心理の、暗い奥底を目のあたりに覗けるんだもの。ばりばりいい仕事ができる。永久に文学史に名が遺るよ。だって今までそんなことした作家はいないんだもの。

でも計画を実行しなければ、ぼくはもう終りだ。今後、ただの一編も本当の意味でよい小説は書けないと思う。つまらない、今までの焼き直しを繰り返し書き続けて、芸術家としてはどんどん駄目になっていく。君もそれでは忍びないと思うだろう?』」

私は息を呑んだ。あり得る。乱歩さんなら、あの人なら、きっとそんなふうに言うだろうと思う。

「乱歩先生は、こうも言ったそうです。

『ぼくには、目的というものがない。思いつきがあるだけなんだ。だからこの人生の意味がよく解らない。自分が生まれてきた理由が納得できない。そういう人間だから神様ってものが信じられない。恋愛ってものが理解できない。死ぬまで退屈しのぎの連続だ』って、そうおっしゃったそうです」

それも解る。だからあの人の作品には、短編に傑作が多い。思いつき人間だから、長編にまで興味が持続できなかったのではないか。

「自分の書きたいものは、大正のうちにほとんど出しつくしてしまって、あとは乾いた雑《ぞう》巾《きん》を無理矢理絞るような辛苦の連続だって、そうもおっしゃったようです」

それも、私にはとてもよく解る。

「『だからぼくは、殺人淫楽症の愉悦を味わってみたい、その気持ちがなんとはなしに理解できそうで、今ぼくに残っている、純粋に芸術的興味はそれだけなんだ』と、『だから二川、君も手伝ってくれ』、そう真顔《まがお》で言われたそうです」

私はひとつ大きく呼吸した。久しく忘れていた思いで、その呼吸が、私には周囲の静寂を破るほどの大きな音に感じられた。

「それで？　それで二川さんは……？」

「怖くなったそうです。怖くなって、乱歩さんのところを逃げ出したそうです」

「ああ、それで……」

「そう、それもあったそうです」

私ははたと、ついさっきの福島萍人氏の言葉を思い出した。

「私はね、大っ嫌いだったんだ！」

吐き出すように、彼はそう言った。あれは探偵小説そのものに向けられたもののようでも、また江戸川乱歩自身に対して向けられたもののようでもあったが、こういうエピソードを、彼もどこかで二川から聞いていたのではないか。それが、彼のあんな言葉になったものかもしれない。

「それで、実際にはどうしたんでしょう？　その後、どうなったんでしょうか」

私は尋ねた。自分の声がすっかりかすれている。

「乱歩さんのところを出てから、二川さんはたびたび一人で浅草へ、その木馬座だったたかへ行ってみたそうです」

「はい、そうしたら？」

「アヤコさんというその女の人は、舞台からいなくなっていたそうです」

「いなくなっていた？」

冷えた手で心臓を摑まれた心地がした。

「ええ、楽屋へ行って一座の人に尋ねたら、ぷいとどこかへいなくなってしまった。アパートにもいないし、本当に困ってるんだって、そう言ったそうです。

二川さんは、それであの写真のアパートにも訪ねていってみたら、もう引っ越していて、別の人が入っていたと、そう言っていました。それから崩れていたコンクリートの壁も綺麗に直っていたと。自分が乱歩さんと別れるのとほとんど時を同じくして、ぷっつりと姿を消してしまっていたのだそうです」

福島夫人はそう言って言葉を停め、私は宙を見据えたまま放心した。

いったいそれは、どういうこと――？

5.

それからどこをどうやって帰ってきたのか、福島夫人にきちんとお礼を言い、お別れの挨拶をしたのか、喫茶店の料金をちゃんと自分が払ったのかどうかさえ、私は記憶にない。すっかり放心し、夢遊病者のように、私は歩き、電車に乗り、また乗り換えてきたのだろう。

道中、私はずっと考えていた。むろんたった今聞いた話についてである。

信じがたい話だった。だがそれで解る、納得できることがいくつもある。まず、二川至があれほど貧乏しながらも、二度と乱歩と交際を復活しようとしなかったこと。そんなことがあったのなら、これはもう二度と会いたいとは思わないであろう。江戸川乱歩、その名は全国に有名でも、彼は狂える天才である。そんな男とは距離を置くにしくはない。

それから「虫」だ。この作品は、一人の憧れていた女を殺し、誰にも邪魔されぬ場所に持ち込んで愛玩する話だが、美しかった女の体はやがて腐敗し、相撲《すもう》取りのように膨張し、全体に蛆《うじ》が湧く。乱歩はそんな過程を克明に描いている。私は以前よりこの描写のあまりのリアルさに、一種疑念を抱いていたのだ。乱歩は、こんな行為の実体験があるのではないか。いくら作家が空像力のプロだといっても、これはまたあまりにもリアルにすぎるではないか。

だが今日の話を聞けば――。

私はあっ！　と声をあげた。それは地下鉄千代田線から小田急線に乗り継ぎ、成城学園前駅のホームにおり立った時だったから、私の周囲の人たちが、みんないっせいに私の方を見た。だが私は、しばらくの間そんなことにも思いがいたらないほどにわれを忘れていた。

どうして気づかなかったのか。どうして今の今まで気づかなかったのだろう。それで、それで三十年来の私の疑問がきれいに解けるではないか。

つまり、三十年前、私の実家の写真館に、何故写真が取りにこられなかったかがである。

本当に信じがたいことだが、彼女は殺されたのだ！　江戸川乱歩によって。だからフィルムの紙焼きを私の家に頼みながら、それを取りにくることができなかったのだ。殺されたからである。

そうだ、それ以外に考えられないではないか。父は長く写真館をやっているが、あんなことはあとにも先にもはじめてだと言っていた。そのくらい、あれは異常な出来事だったのである。殺されたと考えてはじめて納得がいく。でなければ、いずれは取りにきただろう。写真を取りにくることくらい、どれほどの手間でもないのだ。

「アヤコ」は殺されていたのだ。三十年前に。私は成城学園前駅のホームに立ちつくし、放心した。そうだ、そうに違いない。何故今までそんなふうに考えなかったのだろう。不思議だ。どうして気づかなかったのか。

では彼女は、殺されてからどうなったのか――？

壁に塗り込められたのだ！　写真のあの同潤会アパートの螺旋階段のコンクリート壁は、「アヤコ」が住んでいた部屋の入口ドアの脇がくずれていたのに、二川至が行ってみると、塗り直されていたというではないか。

乱歩が、アヤコの死体を共に塗り込めたのではないのか——。

そうだ、そうに違いない。写真のあの同潤会アパートの螺旋階段の壁には、アヤコの死体が何十年を隔てた今も、塗り込められているのだ。

何ということだろう！　何という怖ろしい、しかも信じがたい出来事であることか。あんな有名作家が、実際に人殺しを——？

行ってみたい！　反射的に私はそう思った。怖いが、同時に、行って調べたい！　たちまちその思いは、強烈な欲求にかたちを変えた。膝が震えそうなほどに怖いのに、同時に、行って確かめてもみたいのである。

それにはまず、あの写真の同潤会アパートの位置を突きとめることだ。そして、そのアパートがまだ存在しているものか否か、この点を調べる必要がある。

父にその住所を聞きたかった。父は、取りにこられない写真を「アヤコ」に手渡すべく、袋に書かれている住所を訪ねていった。その住所が、あの写真の同潤会アパートである可能性は高い。しかし、父はもうとうに他界していたし、母は健在でも、あれから何度か二人でその時の話をしたことがあるが、全然憶えていないと言っている。こんなことなら、父ともそんな話をしておくのだったと悔やんだ。だが父は、私が中学生の時に死んだ。小学生や中学生では、なかなかそんな話ができるものではない。

とにかく、独力であの写真のアパートの所在をつきとめるほかはなかった。同潤会アパートの位置は、私は資料を持っているのですべて解っている。福島夫人は錦糸町の方だと言い、川俣軍司の通り魔殺人の起こった場所のすぐ近くだとも言った。すべての同潤会アパートの中から、こういった場所に近いものを選び出せばよいと思った。

私の手持ちの資料には、住所は書いてあっても建物の写真がない。それで、問題の写真が同潤会アパートと解っても、それだけではすぐには場所を特定できない。

私は夕食を終え、洗い物もすませてから、食卓で同潤会アパートの資料と東京区分地図を突き合わせてみた。

福島夫人は、あの写真の同潤会アパートを、江東区だと言った。江東区には同潤会アパートは二つしかない。大正十四年に建った清砂《きよすな》通りアパートと、大正十五年の猿江アパート、この二つである。正確な住所が書いてないので、呼び名で判断するばかりだが、地図で探すと猿江という地名はあり、総武線の錦糸町駅から近そうである。さっそく明日出かけてみよう、と私は考える。

黄ばんだ例の建物の写真をバッグに入れ、私は翌日の午後錦糸町へと出かけていった。

清砂通りという町名は地図にない。まず猿江へ行き、猿江アパートを探してみようと思った。清砂通りアパートも、そこからならたぶんそれほど離れてはいないだろうと見当をつけた。

錦糸町駅を出て、駅前からタクシーに乗ろうかとも考えたが、地図で見ると比較的近いようなので、歩いていった。十分ばかり歩くと、電信柱の地名表示が「猿江」になった。曇り空の、寒い日だった。風が吹くと、思わず首をすくめたくなる。そのせいか、すれ違う人もほとんどなく、人に尋ねることもできない。

大通り沿いに中華そば屋があった。古びた木造の店で、表からガラス戸越しに店内を覗くと、中は薄暗く、客の姿も少なくて、一瞬入るのがためらわれたが、昼食もまだだったので、思いきってガラス戸を横に滑らせた。

油汚れが染み込んだ様子の椅子に、公園の雨ざらしのベンチにでもかけるような気分で腰をおろすと、テーブルの上の汚れをティッシュで拭った。天井近くに置かれたテレビに競馬中継が映っていて、二人の中年男がそれを眺めながら、東北訛《なま》りで会話していた。中華そばを注文し、私も見るともなくそのテレビを見た。私の住む街では見あたらないような店だった。

お腹はそれほどすいていなかったし、中華そばは半分ほどでやめ、私はお勘定に立ってお札を出し、それから、この辺に同潤会猿江アパートというものはないかと尋ねた。

「同潤会アパート？　知らんなあ」

と五十歳くらいにみえる主人は応えた。奥で洗いものをしていた夫人も出てきて話に加わったが、やはり知らなかった。

「この前壊してたやつじゃないか？」

主人が妻に言い、私はぎくりとした。お茶の水アパートが思い出された。

「壊されたんですか？」

「うん、この前一軒壊されてたと思ったが、あれじゃないかなあ……」

「猿江アパートというのはそれしかありませんかしら」

「うーん、ほかに聞いたことないし、私は知らんなあ」

「それ、どのあたりなんですかしら」

「この先の、ガス会社のところ、右に入ったあたりなんだけどね」

私はバッグから、例の黄ばんだ写真を取り出した。

「この建物なんだけど、これですかしら」

私は訊いた。

「うーん、どうかなあ、ちょっと解らんな」

店の主人は応じる。どうやら地もとでもあまり知られていないらしい。

「どれですか？」

という声がテーブルの方からして、振り返ると、三十すぎくらいにみえる男がこちらを向いて、私たちを見ていた。寄っていき、私は写真を見せた。

「ああ、これ」

男がこともなげに言ったので、私の胸は急激に期待で高鳴った。子供時代、自分の目の前にずっとピンでとめられ、気になってたまらなかった謎の建物が、今ようやく明るみに出ようとしている。

「こりゃ白河《しらかわ》三丁目のアパートだ」

彼は言う。

「というと、まだあるんですか?!　今でも！」

思わず大声になった。男は驚いて私を見た。

「まだありますよ、ぼくはこの前まで住んでいたもの。でももうかなり前になるけど」

「本当ですか?!　これ、猿江アパートなんですね？」

「いや、これは清砂通りですね」

ああそうかと思った。これは猿江の方ではないらしい。清砂通りアパートなのだ。

「どう行くんでしょう、ここから。道は解りにくいですか？」

「いや、簡単ですよ。この前の道をずっと真っすぐ行って、そしたら橋を渡りますから、渡ったら一本目の十字路をずっと右へ行くんです。そしたらこの建物の前へ出ますよ。見えます。白河三丁目の交差点のところで、その交差点に沿っていますから。まだありますよ、この建物」

「そうですか！」

私は厚く礼を言った。男の手を握りたいくらい嬉しかった。三十年来の懸案のひとつが、こうも簡単に解けるとは、思ってもみなかった。

「歩いてもいけますかしら？」

バッグを持ち、店を出ながら私は訊いた。

「いや、歩くとかなりありますね」

彼は答えた。それで私はタクシーを拾うことにした。

流しのタクシーを逃がさないように背後を注意しながら歩いていき、もうずいぶん歩いてしまって橋を渡り終えた頃、ようやく一台空車を摑まえた。

一本目の広い交差点を右折してくれるように言い、清洲橋《きよすばし》通りだと運転手が教えてくれた広い道路を、十分ほども走っただろうか、

「あっ、あった！」

と私は、突然大声をあげてしまった。運転手が急ブレーキを踏んだので、私は彼の背もたれに両手をついた。

「びっくりするじゃないですか」

彼は私をなじり、私は、

「ごめんなさい、ここでけっこうです、停めて下さい」

と言った。

叫び声が出るのも無理はないのだ。清洲橋通り沿いの左側に、私が子供時代をともにすごしたといってもいい例の写真の建物が、突然、何の前ぶれもなく姿を現わしたのだ。

タクシーの料金を払い、走り去るのを待つと、道がすくのを待って、清洲橋通りを走って横切った。建物の全体が見える位置まで遠ざかろうと思ったのである。それで、あの写真と同じ構図になるはずであった。同潤会のアパートが面した交差点には信号も横断歩道もあったのだが、とても青になるまで待つ気にはなれなかった。

大通りを隔てると、大正十四年生まれの建造物は、六十余年の風雪に堪えて私の前に立ちふさがった。かつて超近代的な風貌と、警視庁に似た威容を誇ったこのアパートも、今は古ぼけ、黒ずんで、コンクリートの断崖のごとき憐《あわ》れを誘う風情に変わった。

私は大通りを隔てた反対側の歩道に立ち、しばし見とれた。子供時代をともにすごした同潤会清砂通りアパートが、今まぎれもなく私の目の前にある。ようやく、ようやく、たどり着くことができた。

そして間に合った、と思った。お茶の水アパートのように壊される前に、私はどうにかたどり着いたのだ。

思いつき、私はもどかしくバッグの止め金をまさぐり、中から黄ばんだ写真を取り出した。目の前に掲げ、その向こうの実物と見並べた。

まぎれもなかった。窓という窓がすべてアルミサッシに変わっているほかは、建物のすべてのものが、まぎれもなく同一だった。螺旋《らせん》階段がおさまっているらしい彎曲《わんきょく》した正面部分、その屋上の、ギリシア神殿のような大袈裟《おおげさ》な塔飾り。三十年という時空を越え、私の頭の中の風景と、現実の風景とがひとつに重なった。

実のところ私は、内心疑っていたのだ。私の中にはこの黄ばんだ構築物が心象風景として心に焼きつきながら、それが実際にこの地球上に存在すると言われても、今ひとつピンとこなかった。今私の目前で、この二つの建物が、旧式のカメラのピントを合わせるようにして、左右からひとつになった。

飽かず眺めてから私は、ゆっくりと交差点まで移動し、歩行者用の信号が青に変わるのを待った。その間もずっと、同潤会清砂通りアパートに目を据えたままでいた。

信号が青に変わり、私は建物のいかめしい正面玄関部に向かい、歩きだす。確かに、桜田門の旧警視庁に似ている。六十年の昔、この周囲に貧しい平屋が延々と立ち並ぶ中にあっては、この堂々たる建造物は、さぞ周囲を睥睨《へいげい》する様子でそびえたことだろう。

しかし今は、いかめしさゆえに、かえって老い方が目立つ。精一杯肩をいからせてはいるものの、ようやく立っている老兵のごときありさまである。真新しいアルミの窓枠ばかりが妙に白々しく、黒々としたコンクリートの残骸という印象はまぬがれない。

正面玄関前に立つ。周囲に人の姿はないので、しげしげと見廻す。玄関口にも、二本の円柱が立っている。扉はなく、その奥から、すぐに螺旋状の階段がはじまる。

左側に、一階住人の玄関がある。純日本ふうの、横にすべらせて開ける形式の扉である。建物全体は洋ふうだが、一階の家の玄関は和ふうだ。縦方向にたくさんの木製の桟が入り、向こう側に曇りガラスが塡まった扉であるが、それも、もう使用に堪えないのではないかと思うほどに歪み、老朽化している。

壁も黒ずみ、六十年分の雨水を吸って、じっとりと湿っている様子だ。あちこちで色が変わり、そのうえ、ひび割れが走っている。すべてがもう、耐用年数の限界にきているという印象。その壁に、紙にマジックインクで無造作に書かれた表札が貼られている。

私は知らず足音を忍ばせる気分になっていて、ゆっくりと螺旋階段に足をかけた。ぎし、と音がした。

それは、階段が鳴ったのではない。階段の床はコンクリートだった。私が摑んだ手摺りが音をたてたのだ。手摺りだけは、これまたひどく古びた木製だった。かつての栄光を物語るように、精一杯優雅で、凝《こ》った造りである。ところどころ、彫刻の装飾がある。

まるで、長年の懸案だったその螺旋階段に、私が足をかけるのが合図だったかのように、表通りで、不思議な音がしはじめた。さわさわと、大勢の人間がささやくようでもあり、水が跳ねる音のようでもあった。

螺旋階段の一段目に足をかけたまま、時間が停まったように私は静止した。それから、そろそろと顔をあげ、天井を見た。

巨大な巻き貝の殻の中にいるように、螺旋階段が渦《うず》を巻きながら昇っているのが見えた。明らかに、見憶えのある光景だった。古び、木製の手すりはあちこちが朽《く》ちている。コンクリート壁の暗い灰色は、まるで老婆の肌に浮き出した染みのように、いたるところが白く変色している。

そう、人っ子一人いないその巻き貝の中は、一枚の写真のように、実際時間が停止していた。三十年もの間時を停め、私が来るのをじっと待っていたかのように、私には感じられた。そして私はといえば、ただこの螺旋階段に足をかけるためだけに、子供時分から今までの長い時間をすごしてきたような気がした。

表通りの音は、次第に大きくなる。私を立ちすくませ、怯えさせるに充分なほどになった。

雨だった。雨が降りはじめた。

その音を聞きながら、私はその廃墟のような螺旋階段を、一段一段昇った。踊り場に達すると、大きな窓ガラスの向こうに、白い糸を引き、さかんに雨が降る表が見えた。そして、雨独特の湿った気配が、私の周囲に充満しはじめた。雨と、埃の匂いに似た、古さの匂いがした。

二階には、学習塾が入っているらしかった。人が住んでいるとは信じられないような古びたドアに、塾という文字が書かれている。そして三階へ向かう階段の中途に、「塾の生徒さんはここから上へあがらないで下さい」と書いた立て札が立っていた。子供が階段を駈け廻って住人が迷惑するのだろう。

しかし、螺旋階段は死んだようにひっそりとして、子供の姿はおろか、猫の子一匹見あたらない。その様子が、私に絶えず、ある幻想をもたらした。ここは長く廃墟であって、人など住んではいないという気分が、繰り返し私に起こるのである。

まだ昼すぎなのに中が薄暗いせいだろう。三階の踊り場の奥まったあたりには、小型の裸電球がぽつんとひとつ、下っていた。その横に、朽ちかかったようなドアがまたひとつあり、裸電球の黄ばんだ光線に照らされていた。そのためにその奥まったコーナーが、かえって暗く、ものすごく思えた。

各階にはまったく廊下がなく、各室のドアが、いきなり階段の空間に面している。そしてそれらのドアは、ただひとつの例外もなく、数十年の時間に朽ちかかっていた。

不思議なことだ、と思う。かつて同潤会アパートというものは、東京人のうちのわずか二パーセントの高所得者のためのものだった。お茶の水アパートを企画した森本厚吉は、この層を中流階級と呼び、彼らにこれら「本格的アパート」を与えて、その暮らしを「文化」と呼ぼうとした。しかし当時の水準ではこれは、まごうことなき「上流階級」であったわけだが、現在の同潤会アパートには、どうひいきめに見ても貧しい暮らししかないように思える。現在ここに暮らす人々は、ドアを直す気もないらしく、まるで石橋の下の暗がりと同じ解釈で住みついているようにさえ、私には思える。それは、まさしくこの建物がもう「廃墟」だからではないか、そう私に考えさせるのだ。

胸の痛むような気分が起こる。この建造物は、もうすでにその本来の機能を失い、死にかかっているのだ。いや、すでに死んでいるのだ。ちょうど、中の住人を失って砂浜に転がる貝殻のように、たまたまあちこちに人が住みやすい穴ぼこがあいた、ただの巨大な石くれにすぎない。

雨の音が大きくなる。表は激しい雨になったようだ。その音に刺激されて、私の脳裏にめくるめくような幻覚が入り乱れる。

目の前の汚れたコンクリート壁に、突如赤い光が映え、明滅する。遠く、近く、爆弾の破裂する音がする。空襲警報が鳴る。

窓に寄る。窓枠はいつのまにか木製に変わっていて、そこから見おろす地上は、一面が火の海だ。炎を逃れ、蜘蛛《くも》の子のように地上を逃げまどう人々が見える。

その上を、私のいるアパートをかすめるようにして、巨大なB29が行く。まるで闇の魔王のように轟音《ごうおん》で地上を威圧し、海底から見上げる船の底のように見えて、ゆっくりと前方へ進む。空を覆いつくすほどに大きな機体、ジュラルミンのその機体の下腹《したはら》に、地上の劫火《ごうか》がちろちろと映じている。

どこからか泣き声がする。子供の泣き声のようでもあり、女の声のようでもある。地獄からのようなその声も、爆音でかき消される。すると、突然私の耳に、乱歩の声がする。

「火事はひとつの悪に違いない。だが、火事は美しいね。『江戸の華』というあれだよ。雄大な焔《ほのお》というものは、美的感情に訴える。

一軒の家が燃えたてば美しいに決まっている。ひとつの市街全体が燃えれば、もっと美しいだろう。国土全体が灰燼《かいじん》に帰するほどの大火焔ともなれば、更に更に美しいだろう。ここではもう死と壊滅につながる超絶的な美しさだ」

はっ、と私はわれに返る。昼間だ。外に、雨のしぶく音がする。窓を見る。アルミサッシに戻っている。ガラスを雨が叩きはじめている。つるつると、水滴がガラスを滑る。

窓へ寄ってみる。下を見おろすと、信号のある交差点が見える。無数の傘が、別に逃げまどう様子もなく、青信号の横断歩道をゆっくりと歩いている。アスファルトは一面に黒く濡れ、ところどころ車がともしているスモールランプの色を、路面に滲ませている。

私はまたよろよろと、螺旋階段を昇りはじめた。この上だ。この上が「アヤコ」の住んでいた四階である。この四階の壁に――?

階段の中途に、白い洗濯物が干されている。それが、人がまだ住んでいることを私に教える。洗濯物をよけ、下をくぐりながら、まるで怖る怖るのように、私は四階に首を出す。四階の踊り場へたどり着く。

そこは、ひときわ汚れた場所だった。がらんとしていたが、床のあちこちに、古い鍋《なべ》や、空のガラス瓶が置かれていた。

そこにも、奥まった一隅には裸電球が下がっている。そして、私を異様な気分で凍りつかせたのは、裸電球が照らすあたりの壁に、一面に黒いペンキが塗られていたことである。そのため、そのあたりの壁は、まるで洞窟《どうくつ》内の岩肌のように、わずかに濡れて見えた。これもまた古びた四階のドアは、その岩肌をくり抜いて取りつけられているかのようだ。黒ペンキを塗ったのもだいぶ以前になるのだろう。よく見れば表面には白く、大量の埃が付着している。何もかもが古びている。そしてその古さが、あやまたず貧しさに変わっていくところに、私は「日本」を見た。

黒く塗られたその壁に寄っていき、顔を近づけてみる。すると奥のドアの脇に一箇所、明らかにあとからセメントを塗り直された場所があった。幅一メートル、高さは一・五メートルばかりの、楕円形をしたスペースだった。そこだけは明らかに素人仕事といった感じで荒い。鏝《こて》の跡がはっきりと壁に波打っている。その上に、黒ペンキが塗られている。

ここだ！　と私は思った。ここに——？

とたんに、私の目の前で白い陽傘がくるくると回った。子供の頃の私の視点だから、遙かな高みから私を見おろす、花のような美しい微笑みも見た。

微笑みが次第に消えていく。かたちのよい唇が、次第に真一文字に結ばれて、やがて「へ」の字になり、瞳がいっぱいに開かれた。何故だろう？　と私は思った。それが恐怖の故なのだと、ずいぶん経ってから気づいた。

唇がかっと開かれ、悲鳴をあげる前ぶれとして、瞼《まぶた》がきつく閉じられる。次の瞬間、私は両耳を押さえ、われに返っていた。

6.

その晩、私は夢を見た。黒く塗られたあの岩肌のような壁から、女の裸の手足が、にょきにょきと突き出してくる夢だった。夢の中で、私は何度も悲鳴をあげたはずだが、目は覚めなかった。

明け方、一人寝床で目を開いた時、私はあの古いアパートの壁に、「アヤコ」が塗り込められていると確信するようになった。

それから私は、なんとかひそかに、あの壁をトンカチででも崩してやる方法はないものかと考えるようになった。

人知れず、夜中にでもあの同潤会アパートの螺旋階段の四階へひそんでいき、こっそりとトンカチをふるって、壁をくずしてやることはできないものか。何とか住人に知られず、そんなことをしてやる方法はないものか。私は日夜、夢に憑《つ》かれたように、そんなことばかり考えるようになった。

自分がトンカチを持ち、あの黒く塗られた古いコンクリート壁の前に立って、そんな仕事を始める自分を想像する。すると、実働の部分は、本当に大したことはないのである。壁はもはや時代物で、きっと酸化が進んでぼろぼろにもろくなっている。トンカチさえふるえば、まるでかためた砂を叩くように、容易にくずれる気がするのだ。

ああ、やってみたい、私は考える。すると、いてもたってもいられなくなる。もし事実壁がそれほどもろいものなら、問題は周囲の住人の目だけなのだ。

私はとり憑かれたようになり、それから何度か小田急線と国電を乗り継ぎ、錦糸町へと出かけた。バスに乗り、ぶらぶらと歩き、意味もなく同潤会清砂通りアパートの前に立ってみる。

白河三丁目の交差点で、付近のブロック塀にもたれて、何時間も立ちつくした。私の目は、螺旋階段四階の踊り場のあたり、黒く塗られた問題のコンクリート壁のある窓を、じっと見ているのだった。

私は狂いはじめているのかもしれなかった。昔の、娘時代の病気がまた出た。結婚し、子供ができ、なりをひそめていた乱歩病が、また再発した。

今度のものは重症である。娘時代の私をとらえた幻想は、私を人嫌いにし、何週間でも私を勉強部屋に閉じこもらせるくらいの罪は犯したが、言ってみればそれは幻想のための幻想で、具体的行動は私に要求しなかった。私はただじっと椅子にすわっていただけである。しかし今度のは違う。具体的で生々しく、そして危険だ。抑えがたいほどの誘惑、目的を持つ行為がある。その行為を果たすなら、私は、狂人と化す危険があるのだ。

何日目かの午後だった。同潤会アパートの、例のいかめしい玄関へ向かっていく横断歩道の、歩行者用の信号が青になった。私はゆっくりと石の塀から身を起こした。特に信号にうながされたわけではなく、私にはとりたてて横断歩道を渡る意志もなかったのだが、そろそろその場を離れる潮時と思ったのである。

その時だった。私はまたあの老人を見かけたのである。それまで少しも気がつかなかった。私の左方向、大通りを渡った角に老人は立ち、やはりじっと同潤会アパートを見つめていた。彼も私同様、まるで化石になったように何分も、何十分も、じっと立ちつくしていた。

歩行者用の青信号がせわしなく明滅を始めたので、私は思わず早足になってしまったのだが、老人がじっと見つめているらしいアパート正面玄関あたりをうろうろするのがなんとはなく疎《うと》ましく思われ、右手に折れ、アパートを一周してみようかと考えた。

アパートの角に沿い、左へ入る。しばらく歩くと、アパートの裏庭のような場所へ出る。昔ふうのこういうアパートは、例の「屋根裏の散歩者」ではないが、中庭を「ロ」の字のかたちに囲むような格好で建っていることが多いらしい。しかしこのアパートはちょっと変わっていて、「コ」の字形の変形のようだ。しかも棟がつながっていない。

けれども中庭に似たスペースは確保されていて、そこに入り込むと、表以上に時代ものといった風情《ふぜい》の、アパートの背中を眺めることができる。今ならこんな贅沢な造りにはまずできまい。大正十四年だからできたことである。

アパートを一周し、正面玄関前に戻ってくると、例の老人の姿が消えていたので、私はまた螺旋階段を昇っていった。幾度もの訪問で、私はいつか度胸がついていた。今日こそはと、私はある決心を固めていた。思いつめていたのである。四階の、あの壁の中を確かめなくては気分が落ちつかず、たまらなかった。何としてもあの壁を、ノミとトンカチをふるい、くずしてみたい、内部を確かめてみたい、そのためなら、どんなことでもやる、とそう考えはじめていた。私は一種のヒステリーを起こしていたのだ。

われを忘れてはいたが、階段を昇りながら、あの老人のことだけは気になった。考えてみればこれは、きわめて異常な出来事である。いやそれどころか、まったく不可解きわまる。何故あの老人は、私の行く先々に姿を現わすのか。どうして私の行動の先廻りができるのか。

本当に不思議だし、目的が解らない。今しがたも、ぼんやりと立っているだけだった。

特に何をしようとか、私を追ってきて、私に何ごとかなそうとするわけでもないようだ。先ほどなどは、私になどまるで関心がないようにさえ見えた。では何故私の行く先々に現われるのか。

成城でもそうだ。何をしようとするでもなく、じっと半日でも、冬彦のことを見つめている。あの老人は何者——？

螺旋階段を昇りつくし、四階に着いた。今日は、階段に洗濯物が干されてはいなかった。相変わらず、昼間だというのに裸電球だけはともっている。

その光が照らしている朽ちたドアの前に行き、叩いた。心臓が、胸の中ではじけてしまうのではないかと思うほどに強く打った。

私はちょっと首を回し、すぐそばの、例の鏝の跡が目だつ壁を見た。私がノミを打ち込むのを待つように、壁はひっそりとしている。

返答がなく、私はもう一度ノックした。すると、また動悸《どうき》が高鳴る。

だいぶして、私がもう一度ノックしようかと思いはじめた頃、中で人が動く気配があり、ドアが少しかしぐようにして、手前側に開いた。

顔をしかめた老婆の顔がのぞいた。

「あ、あの」

と私はせき込んで言いはじめた。

「おかしなことを、突然言いだすようなのですが、決して怪しい者ではありません。頭も狂ってはおりません。あの、この壁の、ここのところ、くずしてはいけませんでしょうか……？」

老婆は、しかめ面を私に向かってあげた。皺だらけの唇のあたりが、ぽかんと開いた。頭がおかしいのではないかと疑ったようだった。無理もない。

「あの、驚かせて、本当に申し訳ありません。驚かれるのも無理はないと思います。ちょっと事情がありますもので……。お金は、もちろんお支払いします、お騒がせするわけですから。でも、ご迷惑はおかけしません。あとは、きちんともと通りにします。どうか、お願いいたします」

私は頭を下げ、必死で言いつのった。

「いったい、どうしたのかね」

老婆は、低いきしるような声を出した。

「いきなり壁くずすって、あんた……」

「ご迷惑は重々承知しております。ですから、一番迷惑がかからない時間帯に……、あの、ここに三万円ございます。これでは少ないでしょうか」

「そんなお金、いいよ」

老婆は言った。

「でも……」

「あんたはくずせないよ、壁」

老婆は謎のような言葉を吐いた。

「え？」

意味が解らず、私は訊き返した。聞き違いかと思った。

「あのご迷惑がかからない時間帯は……」

「そんなものはないよ、あんた」

「それは、そうでしょうが……、でも……」

「今夜、私は息子の家へ泊まりに行くけどね」

「何時頃でしょうか、そのお出かけは」

「そりゃ七時頃から行くつもりだけどね」

「七時ですね、解りました。でも、ほかのお部屋の方にもお断わりしなくちゃなりませんわね」

私は必死の思いでわれを忘れていた。

「いや、この階で今住んでいるのは私だけだけどさ」

「え？　本当ですか？」

思わず大声になる。ついている、と私は思った。

「うん。こっちの部屋は空き家だし、あっちはだいぶ前から、田舎へ行ってるしね」

「じゃあ、じゃあ今夜ならご迷惑かかりませんね。後さえきちんともと通りにしておけば……」

私は内心、快哉《かいさい》を叫んでいた。どうせひどく傷んでいる内部だ。壁をくずして、そのあとは、近所の左官屋さんにでも修復を頼めばよいだろう。今よりひどくなることはあり得ないと思った。

私は三万円を老婆に押しつけた。こんなアパートに一人暮らしで、お金があり余っているはずはないと思った。

「いらないよ、こんなもん」

老婆はそれでも体を引き、辞退した。その時、薄暗い室内が、ちらと私の視界に入った。黒く汚れた茶だんすが見えた。

「でも、気持ちですから」

私は無理に押しつけた。二枚のお札が老婆の手に残り、一枚はひらひらと床に舞った。拾おうと身を屈め、私は老婆の粗末な履き物を見た。

拾った一万円札も老婆の手に載《の》せた時、老婆がまた謎のような言葉を吐いた。

「あんたはくずせないよ、壁」

意味が理解できず、私はしばらく立ちつくした。

「え？」

小さく言ってもみた。

「あんたは壁、くずせないんだがねぇ」

老婆はまた一度繰り返して言い、会釈ひとつするでもなく、唐突《とうとつ》に奥へ引っ込んだ。そしてドアを閉めた。

待っていれば、もう一度ドアが開くのではないかと思わせるような身の隠し方だった。それで私はしばらくそこに立っていたが、もう二度ともの音がする気配もないので、踵《きびす》を返し、螺旋階段を下った。

下りながら、老婆の口にした言葉の意味を考えた。あれは、私が女で非力だから、壁をくずすなどという力仕事はできないという意味なのだろうか？　どうもそうとしか取りようがないのだが、それとも——？

しかし解答に思いいたれないまま、地上に着いた。

7.

その夜、私はやはりやってきてしまった。錦糸町の駅前を一人とぼとぼと歩き、うらさびれた金物屋でノミとトンカチを買った。

主人と息子のために夕食の用意だけをしておいて、急用で出かけるから、これを温めて食べてくれと書いた置き手紙をキッチンに残してきた。

今夜の荒仕事のため、私はジーンズを穿《は》いてきていた。それから、もう十年も昔に買っていたジーンズ地のジャケット、それに白のジョギングシューズ。埃も出るだろうと思い、頭にかぶるタオルと、ガーゼのマスクまで用意してきた。

そんな七つ道具とトンカチやノミの入ったバッグを肩からかけ、一人黙々と歩いていくと、商店街から抜けてしまった。

淋しげに街灯がともった暗い路地を、左官屋さんを探して歩きながら、私はまた幻想のふちに沈みはじめる。

時代が溯《さかのぼ》るようだった。すれ違う人々が、妙に時代がかった、古風な服装をするようになった。冬も近いというのに、浴衣にどてらをひっかけた労務者ふうの男の集団とすれ違った。仕事帰りらしい、厚化粧のチンドン屋の集団とも行き会った。

次第に私は、自分自身が「アヤコ」であるような錯覚にとらわれはじめた。今から自分が壁に塗り込められに行くような、それとも壁に塗り込められた自分を掘り出しに行くような、奇妙に錯乱した感覚。

舗装面が荒れた裏道に、妙に蒼《あお》い影が長くできるなと思ったら、空に冴《さ》え冴《ざ》えと満月が出ていた。キーンと、耳の奥で絶えず金属音が鳴りはじめる。私の内で、幻覚が渦巻きはじめるいつもの前ぶれだ。

　すると、通行人がぱったりと途絶え、前方に黄色い電灯の色を店先いっぱいに滲ませた左官屋らしい店が現われた。吸い寄せられるように、私はその店に寄っていく。

「あのう……」

　私は、どこか遠いところで鳴っているような自分の声にわずかに驚きながら、店の人に声をかける。

「はい」

　愛想のよい、頭の禿《は》げた主人が、私のその遠い声に反応する。紺色の前掛けの前で両手のひらを組み合わせ、揉《も》み手をする。その様子が、私の視界の中央でくらくらと揺れる。

「あのう、この先をずっと行ったところの、白河三丁目の、同潤会清砂通りアパートの……」

　こんな視界なのに、立っていられるのが不思議だなと私は思いながら、夢うつつで要領の悪い説明を始める。すると主人は、驚いたことにはいはいと、わけ知り顔でうなずくのである。

　私は驚き、言葉を停めた。これだけの説明で、私の意志が通じるはずもないのだ。

「あのう……」

　私は戸惑いの声をはさむ。

「清砂通りアパートの、四階の壁でしょう？」

頭頂部を裸電球の光線に光らせた主人は、こともなげに言う。私の全身が凍りつく。

「四階の、踊り場の壁を、明日にでも修理しておけばよいのでしょう？」

私は声がたてられない。

「どうして？　あの……」

遙か遠い場所での、私の戸惑いの声。

「嫌だな、もううかがってるじゃありませんか、お客さん」

私の口が、あんぐりと開く。

「もう承知しておりますよ、その話は。ご心配なく」

その声にうながされ、ほとんど肩を叩かれんばかりにして、私は左官屋をあとにする。

ふらふらと夢遊病者の足どりで、同潤会アパートへと向かう。

冴え冴えと、冷えた光線を落とす月が、私の足取りをますます不確かにする。脳髄に、ごく細い、鋭い針を刺し通すようにして、月光が私の膝を痺《しび》れさせる。だから、私の両足は絶えずもつれそうになる。

同潤会アパートが、黒々と、巨人のように私の目の前に立ちふさがる。正面中央の彎曲した螺旋階段部、その四階にだけ黄色い明りがともり、二つの窓が、黄色い目のように私を見おろす。

私は、巨人に呑み込まれていく生贄《いけにえ》のように、とぼとぼと正面玄関へ吸い寄せられていく。

玄関先ロビーの明りは、浅草に並ぶ露店商人の店先よりも薄暗かった。見たこともない、異国の廃墟にたどり着いたようだった。正面の円柱に右手をつき、私は何故とも解らぬ疲労によって喘《あえ》いだ。

目の前がくるくると回り、膝が萎《な》える予感から、私は自分で膝を折った。その場にしゃがみ込んでいた。

すうっと意識が遠のく。ああ自分は今、夢を見ているのだなと思う。たった今のこれは、壁をくずしにアパートへやってきたいという、自分の強い願望が見せている夢なのだ。気づくと、四つん匍《ば》いになっていた。

すると、昼間聞いた老婆の、あの謎のような言葉が思い出された。

「あんたはくずせないよ、壁」

「あんたは壁、くずせないんだがねぇ」

そうか、これかと思った。私は、だから壁をくずせないんだ。

柱の陰の、汚れた古いコンクリートの床に匍いつくばり、私はいつか涙をこぼしていた。夢に独特の理不尽な理由により、とりたてて悲しくなどないはずなのに、涙は後から後から湧いた。そして点々と、埃だらけのコンクリートの床に落下した。それをじっと見ていた。

ふと顔をあげた。すると、そこに不思議なものを見た。

私だった。私が背中を見せて、螺旋階段の一番下に立っていた。ジーンズの上下に白い運動靴を履き、すでにタオルをかぶってマスクまでしているらしい準備万端の姿を、私はじっと見つめた。手には、トンカチとノミを持っている。

私は、木製の手摺りにすがり、ゆっくりと、螺旋階段を昇りはじめた。月光が、螺旋階段の彎曲した手摺りを、蒼くコンクリート壁に投影している。

知らず、私もコンクリートの床から立ちあがり、黙ってあとを追っていた。うしろの私が足音を響かせても、手摺りにすがってきしみ音をたてても、もう一人の私は、少しもうしろを振り返る様子はなかった。

二重存在だろうか、夢遊病の一種の変形なのだろうか、などと私は、朦朧《もうろう》とした意識の隅で考えた。いや、考えてなどいなかったかもしれない。そんな概念が、一枚の紙焼き写真のように私の脳裏にひらめいただけである。私は乱歩の「二癈人」を思い出した。

ノミとトンカチをたずさえたもう一人の私は、しずしずと、音もなく階段を昇る。まるで亡霊のように。

そう、彼女は霊だった。私の霊だ。その証拠に、踊り場の窓にかかる白い満月を横切る際、一瞬体が透き通ったように見えた。

渦を巻いて昇るこの階段を、ずいぶんと昇り馴れているようにうしろの私には感じられた。ゆったりとした足どりだが、音もなく、滑るように私は上昇する。

二階も、三階も、踊り場の明りは消えていて、月光だけが薄蒼く充《み》ちていた。

四階に達する。四階にだけ、暖かみの感じられるオレンジ色の光があった。そして私は――うしろの私はだが――、あっと小さく声をあげた。

例の壁が、もうすでに少しくずされているのだ。小さな穴がいくつもあいている。

「ああ、そうだった」

と私は気づいた。

私はすでにもう作業を始めていたのだ。そして中途で作業を停め、一階におりて泣いていたのだった。私に、ふいとそんな記憶が戻った。

穴のあいた壁の前まで行くと、私はゆっくりと片膝を折り、うずくまった。うしろの私は、すでに死せる魂になったように、天空の高みから自分のそんな仕草を見ている。ジーンズのジャケットを着た肩に、蒼白く月光が射す。

壁の前の私は、槌《つち》を持つ右手を高く掲げた。左手に持ったノミはすでに壁にあてがっていて、その頭めがけて、さっと槌を振りおろしていた。鈍い音がして、ぱっとコンクリートのかけらが、煙とともに砕け散った。

月光とオレンジ色の光線が溶け合う下で、不思議な光景だった。一人の私が懸命にノミと槌をふるい、もう一人の私が背後に立って、その様子をじっと観察していた。長く、ずいぶんと長く、その様子を見ていたように私は思う。コンクリートの壁は、私が考えていたほどもろくはなかったようだ。私は懸命にノミと槌をふるうが、作業は容易にははかどらなかった。

しかし、ある時突然、ぽこりとノミが、向こう側に突き抜けたらしかった。ノミが手前に引き抜かれると、黒い小さな穴がぽっかりとあいていた。

それからの作業は面白いようにはかどった。ノミを使わず、トンカチだけで壁をくずしていくと、中に塗り込められていたらしい砂が、さらさらと床にこぼれ落ちた。もうもうと土埃がたち、すえた、黴《かび》の匂いが鼻をついた。

壁の前の私は、一度もうしろを振り向くことなく、一心不乱にノミをふるい続けていた。うしろの私の視界が、また朦朧としはじめた。うずくまった私の背中が、夢の中の登場人物に特有の、あの一枚の薄っぺらな板のように見えた。その背中が、妙にリアリティのない様子で、一心に作業を続けている。

ついに、私は悲鳴をあげていた。アパート中を揺るがすほどに大きな悲鳴をあげたつもりでいたが、それともかすれた、さして大きくもない声だったかもしれない。

私のノミがくずした壁の中から、真黒く汚れた布きれが見えた。中国服の袖の部分らしかった。もとは派手な、明るい色彩をしていたように想像できた。あちこちが破れ、ぼろぼろだった。袖は、細い棒のようなものに巻きついていた。骨だ。

私は悲鳴をあげ続けていた。たとえそれが私が思っているほどの大声でなかったにしても、私の口が、現実に悲鳴をあげ続けているのは確実である。しかし、うずくまった私はまるでおかまいなしで、ただの一度もうしろを気にする様子はなかった。恐怖に打ちひしがれ、失神寸前のもう一人の自分になどいっこう無頓着に、彼女はぼろぼろの中国服を無造作に手前に引き出した。さらさらと、また砂が落下した。もうもうと土煙があがり、私の視界はそれで決定的に失われた。

気づくと、天井が見えていた。巻き貝の最深部がそこにあった。白いしみが、そこここに無数に浮いている。幾何学模様らしい不思議な白い線が、グレーのコンクリート壁いっぱいに走っている。それがぐるぐると回った。

後頭部に激しい衝撃。二度、三度、四度、しかし痛みは感じなかった。ただこれで自分は、さらにさらに抜きさしならない幻想の深みに取り込まれるのではないかと、それだけが怖かった。もう私は、現実には戻れないかもしれない、隔離された檻の中で暮らす運命なのだろうか——、遠のいていく意識の中で、私はそんなことをぼんやりと考えた。

8.

薄目をわずかに開き、そこにある夫の顔を眺めながら、長い長い夢を見ていたと私は気づいた。長い、本当になんて長い夢を見たんだろうと思った。だから、夫の顔に向かい、たった今まで自分が見ていた夢を逐一話してあげようと考えた。

「あのね、私ね……」

私は口を開いた。

精一杯明るく話しかけたつもりだったのに、夫の顔が、まるで汚いものでも見るように醜《みにく》く歪められた。私は理解ができなかった。

「どうして?」

私はささやき声で言った。

「黙って」

夫は私に命令した。私は不満を抱え、黙り込んだ。

「びっくりしたぞ、君が江東区の方で倒れたって聞いて。階段から落ちて意識不明だって連絡があったから、こうして冬彦と二人で大あわてで飛んできたんだぞ。いったいどうしたんだ? なんであんなところへ行った? 何があったんだ?」

夫の言葉を聞き、私は「え？」と思った。再び理解ができない。まだ夢の続きを見ているのかと疑った。だからそう口にした。

「まだ夢の中なのね？」

夫の顔が曇る。

「でもね、私、変な夢を見たのよ。ううん、まだ見ているんだけど、乱歩がね……」

しっ、と夫が人差し指を一本、口の前に立てた。私は黙ったが、どうしたわけか、ひどく楽しい、陽気な気分なのである。何故かは解らない。たった今までの極限的な恐怖が、私にそんな反動をもたらしているのだろうか。

この世にはもうひとつの世界がある。私はこの時はじめてはっきりとそう知った。檻の中にしか存在しないのかもしれないが、それはとても楽しい世界なんだ、そう悟っていた。そう考えれば、さらに気分が浮き浮きとした。

夫の顔が視界から消えた。代わりに、蛍光灯の填まった白い天井が見えた。ここはどこ？　ようやく私に、そんなふうに考える分別が生まれた。

冬彦の顔がちらと視界に現われ、私が手を伸ばそうとしたら、ふいに消えた。私の視界は、何故こんなに不自由なんだろうと思った。狭くて、機械の内部でも覗いているみたいに固定されている。天井以外見えないのだ。

その時私の精神が、まるでリフトにでも乗せられたように、深みからぐうっと持ちあがってきた。それは私に、ある苦痛をもたらした。じわじわと、苦痛が私の脳に芽ばえ、その痛みは次第に増していく。苦痛より、無限大にまで増していくらしいその恐怖で、私は呻《うめ》き声をあげる。呻き声は、たちまち泣き声に変わる。

目の前で、私のつい鼻先の視界で、白い陽傘がぱっとはじけた。くるくると回りはじめた。

その傘がさっと脇へどくと、あの、花のような笑顔が現われた。私に向かって、にっこりと微笑んだ。

私は見とれた。じっと見つめた。今まで、この笑顔とは何度も向き合ったが、こんなに長く見つめたことはなかった。私はしばし頭痛を忘れた。

花のような笑顔、ぴんと張った白桃のようなその若い肌、真白い歯、美しいその歯並び、かたちのよい、薄紅色の唇、江戸川乱歩が愛したであろうその美しい、あまりに可憐《かれん》で、完璧な笑顔――。

おや――？

と思った。美しい彼女のその笑顔の、目尻に皺があった。細かな刷毛《はけ》でさっと掃《は》いたような、ごくかすかで微細な皺。皺の表面に、粉をふいたように、小さな白粉《おしろい》の粒が載っているのが見える。

皺がみるみる深くなる。驚き、私は恐怖で凍りつく。しかしそのまま、じっと彼女の笑顔を見つめている。

映画の微速度撮影で、みずみずしいリンゴがすうっとひからび、皺だらけになってしぼんでいくように、花のような笑顔の彼女は、その笑顔のまま、みるみる肌に皺をたたんでいく。目尻に、額に、鼻の下に、唇の脇に、天の女神の容赦ないメスで切り刻まれるように、見るまに無数の黒い線が生じる。私の精神が、布を裂くように引き裂かれる。恐怖で、私は声にならぬ悲鳴をあげる。

私の目の前に、深い皺にまみれた「アヤコ」の顔が残った。しかし彼女は、どんな精神の達観からか、柔和な笑顔を表情にたたえたままだった。見ている私の方にだけ、誰にとも知れぬ、かすかな怒りが残った。

「気がつきましたか?」

皺が勝ったアヤコが言った。

「あ」

私は言い、身を起こそうとした。

「あ、そのままで、どうかそのままで」

彼女は言い、やはり皺の勝った手で私を制したが、私はすでにその時、半身を起こしていた。壁ぎわから夫がとんできて、背中を支えてくれた。

それで私はようやく、部屋を見廻すことができた。白い清潔なカーテンが窓ぎわにかかり、私も白いベッドに寝ていた。病室らしかった。白い布を張った衝立《ついたて》の向こうには、別の病人が寝ているらしかった。

壁ぎわに、心配そうな冬彦がいた。私の視界にいるのは、その三人だけだった。

「アヤコさん？」

私はかすれた声を出した。

「アヤコです」

婦人は言い、小さくうなずいた。彼女の姿を、全身を、ようやく私は見た。ジーンズの上下を着て、白い運動靴を履いていた。私と同じ格好だった。

「何故？　どういうことです？」

放心して私は言った。あまりのことに、頭痛もどこかへ飛んでいった。

「もしかして、あなたがあの、アヤコさん？」

私はかすれた声で、重ねて訊いた。

「三十年前、四谷の私の家に、写真を頼んでいかれた、あのアヤコさん」

「そうです、そう……」

婦人は、恥じ入るように少し顔を伏せた。

「そういえばあの時、お店に、小っちゃなお嬢ちゃんがいたわね、確か。あれが？」

「そう、私です。それが私です。まあ……」

私は絶句した。ではこの人は、壁に塗り込められたわけではなく、あれから生き延びて。

しかし、解らない、いったいどういうことなのか。

「私、私、解らない、教えて下さい。あなたはあの時、乱歩さんに殺されたのではなかったのですか？」

すると婦人は、からからと笑った。その笑顔は、もう花のようにとは表現できなかったが、とても可憐に見えた。

「殺されて、塗り込められたのでは……」

「あの時って、あなたの四谷のお家に、私がフィルムを持って行った時ですか？」

「はい……」

「だってあの時は昭和二十九年でしょう？　私はもう、乱歩さんとのおつき合いなんてありませんでしたよ」

「ああ……」

「乱歩さんによくしていただいたのは、戦前の話です」

そうか、と私は思った。いつの間にか私は、勘違いをしていたのだ。時代を取り違えていた。二川至が乱歩の助手をしていたのも、乱歩のもとを飛び出したのも、あれは戦前のことだったか。それを私は、昭和二十九年の私の家での出来事とつなげて考えてしまっていた。両者には、二十年ばかりの時間のずれがあったのだ。

「でも、あなたはさっき、何故同潤会アパートの壁を？　あれは、さっきのは、現実の出来事なんでしょう？」

するとと婦人はまた笑った。

「現実ですよ」

「どうしてあんなことをなさったんです？」

婦人は、のちに思えば、長い話になってしまいそうな予感からか、しばらく口を開こうとしなかった。ずいぶんして、意を決したように語りはじめた。

「私があそこに住んでいた時、あれは確か、昭和七年頃ですけど、もう浅草での芸人のお仕事に嫌気がさしてしまって、すべてを清算して、東京からいなくなろうと思ったんです。

あなたもご存知のように、その時、ドアの横のあの壁のあたりが、どうした理由かは忘れましたが、大きく崩れていたんです。乱歩先生が、ここに死体を塗り込めてしまえるな、なんて冗談をおっしゃったのをよく憶えておりますが、私はそれをヒントにして、あの壁の穴に、それまでの私のすべてを塗り込んでしまおうと考えたんです。

とても子供っぽい思いつきで、その頃私はまだ十代でしたものね、そんなこと考えて、本当にやってしまったんですよ。当時の私の舞台衣裳とか、小道具とかね、靴とか帽子、身につけていたもの全部です。必要なものはお金に換えて、お金だけ持っていればいいって、そう思ったんです。

でもその時、お金に換えられない宝石や貴金属の類いがありましてね、それはとても貴重なものだったのだけど、嫌な思い出にもつながるし、私はどうしても今の生活は棄《す》てようと思って、とっても嫌だったのよね。だから、そんな宝石もみんな、小さい船のかたちの宝石箱に入れて、一緒に壁に塗り込めてしまったんです」

「まあ……」

もったいない、と私は思った。

「その中に、乱歩さんからいただいた翡翠《ひすい》なんかもあったんですよ。

以来私は、そんな宝石のことなんかずうっと忘れていて、実際惜しいともなんとも思わなかったんですけど、最近、主人に申し訳ないような気がしてきたんです。つまり、主人に経済的にも何的にも、ずうっと頼りっ放しだってことがですね。それで私、主人のためにあの宝石を壁から取り出して、お金に換えようかって思いついたんです。そうしたら主人がいろいろと欲しがっている趣味のもの、買ってあげられるなって思って」

「ああ……」

なるほど——。

「私これまで、同潤会アパートの宝石のことなんて全然忘れていたんだけれど、それを思い出したのは、あなたと一緒に見た、お茶の水アパートの取り壊し工事がきっかけなんですよ」

「え？」

私は、あらためてしげしげと婦人を見てしまった。あの、辛子色のコートの人、あれが——？

「そうそう、あの時は私、眼鏡をかけていましたわね、それで解らなかったんですか？私はよく憶えていますよ、あなたのこと。私、実はあなたのこと、よく存じあげているんですよ、お家が近いので」

「はあ……、そうなんですか？」

「私より、主人の方があなた方に関しては詳しいんですけれどね。

とにかく、お茶の水アパートを見て、私、同潤会の清砂通りのアパートを思い出したんです。です。そして、このままじゃ、あの同潤会アパートも壊されてしまうんだなって思って、そうしたらあの宝石も、もう永久に取り出せなくなってしまうって気がついたんです」

そういうことだったのか。だから、私の行く先々にあの老人も現われた。彼は、この女性のご主人だからである。妻についてきていたのだ。

「それで、あの四階に住んでらっしゃる方に、壁を一部くずす許可をいただいて、大家さんにもひと言お断わりして、それから、近くの左官屋さんにも、あとの修復をお願いしておいたんです」

　ああそれで、左官屋のご主人はあんなふうだったのか。私がやってきて、また同じことを言ったものだから。

　四階の住人も、それで驚いたのだ。同時に二人も壁をくずさせろと言ってきた。だから二人目の私には、あんたは壁をくずせないよと言ったのだ。もう先口《せんくち》があるからと、そういうつもりだったのである。

「でもどうして」

　そうだ、この人はどうしてすぐうしろをついて螺旋階段を昇っていた私に気づかなかったのか。私は背後でいろいろともの音をたて、ついには悲鳴さえあげたのである。しかしこの人は、まるでおかまいなしに黙々と作業を続けた。

　私がそう言うと、もう一度彼女は笑った。

「ああそれは私、耳が遠いんですよ。ほとんど聴こえないんです。こうして人とお話ができるのは、唇を読む練習をしたからなんです」

「ああ……」

　私は何度もうなずき、肩の力が抜けた。そういうことだったのか。ようやく得心がいった。乱歩が殺人を犯し、おまけに死体を壁に塗り込めたなどと、なんというとんでもない妄想を、私は抱いたことだろう。

「だから私は、あなたがうしろにいらっしゃったこと、ちっとも気づかなかったんです。あなたが階段を落ちられて、意識を失ってらしたのを見つけたのも、ほんの偶然からなんです。あんまり土埃がひどくて、咳込もうとして、手摺りのところまでさがったから、それであなたを見つけたんです」

どうやら私は階段の頂上で気を失い、うしろ向きにひっくり返ったらしい。ところがそこは階段だったものだから、真っ逆さまに三階との中途のところにある踊り場まで落ち、頭を打って人事不省《じんじふせい》に陥ったのだ。

「それで私、大急ぎで救急車を呼んで……」

「どうも、申し訳ありません」

頭を下げると、後頭部の痛みがよみがえった。けれど事訳がはっきりし、気分はようやくすっきりした。

「それで、宝石は見つかったんですか？」

私は訊き、婦人はにっこりとしてうなずいた。そんな表情をすると、婦人に瞬間、往年の華やかさが戻った。

「これです」

婦人は床に置いていたらしい、黒く汚れたゴンドラ型の小箱を取りあげた。甲板のふたを開くと、黒く土埃は載っているが、色とりどりの石が見えた。

「これはみんな主人にあげるつもりです」

婦人はぽつりと言った。

9.

私の時代錯誤はほかにもあった。「アヤコ」殺しの実体験が「虫」に反映したのではと私は疑ったが、「虫」は昭和四年の発表である。アヤコさんの話では、彼女が東京から姿を消したのは昭和七年ということだった。「虫」の発表より、遙かにあとである。「虫」の描写は、やはり乱歩の作家としての才能を語るものであった。

その後私は、たった一度だけアヤコさんとゆっくり話す機会があった。成城の駅前でばったり会ったので、お茶に誘い、一時間ばかり話し込んだのだ。

「もうお怪我《けが》はおよろしいんですか？」

婦人は私の唇を見ながら尋ねてきた。

「もうすっかり」

私は答えた。

今日は自分が話す番だと思い、私は、自分が清砂通りアパートまでのこのこ出かけていくことになった経過について、詳しく語った。この前病院では、私は頭を打っていたので自分のことまで話す余裕はなかった。

「私は、二川さんとも会ったこと、あるんですよ」

とアヤコさんは、私の話が終ると言った。彼に関して詳しい思い出話が聞けるかと思ったが、二川に関しての話はそれきりだった。

「乱歩先生が二川さんに対して、そんな殺人計画のことをお話しになったとしたら、それはお酒に酔って、二川さんをかつ、い、だんでしょう。乱歩先生は、人を喰ったようなところがおありになって、よくそんなことをなさいました」

「ああそうですか」

「それとも……」

そう言うなり、「アヤコ」はからからと笑った。彼女は、この年齢の人には珍しい笑い方をした。次第に私は、これも「花のような」という形容が似合っているのではと思いはじめた。彼女の笑顔を見ていると、私の内に、ある複雑な感情が湧いた。妙に穏やかでないような気分なのである。その気分をじっと見つめると、一種「嫉妬《しっと》」ではないかと気づくようになった。しかし、何故そんな気持ちが湧くのかは解らなかった。

「乱歩先生ご自身も、二川さんを疎ましくお思いになっていて、ご自分から遠ざけたいと、案外そう思ってらっしゃったかもしれませんわね」

私は肯定も否定もしなかった。ほんの少し沈黙ができ、そうしたら私の内に、目の前のこの、かつては花のように美しかったであろう女性と、乱歩さんとの仲を質してみたい誘惑の念が起こった。その思いは次第に強くなる。女としての私の好奇心である。体の関係はあったのだろうか——。

だが、結局それは訊けなかった。代わりにこう訊いた。

「アヤコさんはやはり、『魔術師』や『吸血鬼』に出てくる文代さんの、モデルなんでしょうねぇ」

すると婦人はまた微笑んだ。

おそらくそうだろう、これなら私には確信がある。アヤコさんは、同潤会アパートから浅草の見世物小屋へ通っていたという。舞台上の彼女の華やかな姿からの連想で、乱歩は「魔術師」の中の文代のイリュージョンを創りあげたのではあるまいか。それに、アヤコが「文子《あやこ》」と書くなら、「文代」と文字がひとつ共通する。

「さあどうでしょうか。でも乱歩先生はとてもよくして下さいました。お茶の水アパートの私の部屋へも、時々訪ねて下さいました」

「え？　お茶の水アパートなんですか？」

「そうです。私はまずお茶の水アパートに住み、清砂通りアパートに移ったのはそのあとです」

「ああそうなんですか。それは、ファンが大勢押しかけるようになって、うるさくて、越す必要があって、というような……」

「私には、とても幸福な時代でした。今思うと、とっても幸せな娘時代だったと思います。何でも望むものが手に入りましたしね、十代の頃に、あんな生活を知ってはいけませんわね」

婦人はしみじみと言う。

「それで、どうしてそんな生活をお棄《す》てになったのですか？」

「それは、やはり嘘の生活だと、娘心にも思ったからでしょう。やはり嫌なことはたくさんありましたから。私が中国人だということで、スパイだとも言われたし、ずいぶんひどい目にも遭《あ》いました。だから、華やかなよいことが多ければ多いほど、厳しいつらいこともまた多いのだと、私はあの頃悟ったんです。よいことばかりということはありません。人生の帳尻は、結局必ず合うものなんですね、これは今でも本当にそう思います」

「東京を棄てて、どちらにいらしたんですか？」

「北海道です」

「まあ、北海道に。それは人を頼られて……」

「ええ、そうです。そのことについては、今はあまりお話ししたくないんです」

彼女は言葉を濁した。

また沈黙ができる。私は、ほんのしばらくの時間ののち、言葉を見つける。

「でも、昭和二十九年には、東京に戻ってらしてたんですわね？　だって、その時、四谷の私の家に写真を出しにいらしたんですもの」

「そうですわね」

「何故乱歩さんの写真を？」

「それは、偶然持っていた本の間からフィルムが出てきたからです。昭和六年か七年、乱歩先生と二川さんが私のアパートにいらして、写真を撮っていかれた時のものなんです。懐かしくなって、現像してみようと思いたちまして」

「何故フィルムをあなたがお持ちだったのですか？」

「私が預かって、そのままになってしまったんです。乱歩先生は、ご自分のものは紙焼きになすって、ネガの方を私に下さったんです。君のアパートだから、記念になるだろうから、後で必要になったら焼きなさいとおっしゃって。本当に乱歩先生は優しくて、私にあれこれ、何から何までよくして下さいました。私が北海道へ行ったのも、乱歩先生が人を紹介して下さったからです。その方も、とってもよい方でした」

「東京へ戻ってからは、もう舞台のお仕事なんかなさらなかったんですか？」

「それはもう、全然そんなことはしませんでした」

「乱歩さんとは……」

「乱歩先生とも、もう二度とお会いすることはありませんでした」

「写真、どうして取りにいらっしゃらなかったんです？」

「あれは、千駄ケ谷《せんだがや》に住んでいた頃だったわねぇ……、どうしてかしら……、きっと、懐かしくて、衝動的に写真を焼付けに出してしまったけれど、もう昔のあんな生活は思い出したくないと思ったのと……」

婦人は、当時を懐かしむような遠い目をした。しかし、頰から笑みは消えなかった。

「それと、主人に申し訳ないような気がしたんじゃないかしらね」

「それは、つまり乱歩さんという男性が写っていてという……」

私の興味や想像は、どうしてもそちらへ傾く。しかし婦人は、首を横に振った。

「ううん、そうじゃないのよ。乱歩さんが、小説家だからなの。主人も昔小説家だったことがあって、事情があって筆を折っていたんです。そんなことで、主人に、作家生活を思い出させたくなかったんだと思う」

「ああ、そうなんですか……」

人にはそれぞれ、聞いてみないと解らない事情があるものだ。

「そうこうしているうちに、今の家に引っ越すことになって、それでそんなごたごたで、いつの間にか写真のことを忘れてしまいました。あの節は、本当にごめんなさいね」

「いいえ！　とんでもない」

私は言った。それから急に思いつき、大急ぎでバッグを開けてまさぐった。あった！と思った。まだ入っていた。

「これ」

そう言って、私は黄ばんでしまった三枚の白黒写真を取り出し、喫茶店のテーブルの上に並べた。同潤会清砂通りアパートの全景写真と、暗い螺旋階段の写真、それに江戸川乱歩自身の写真である。子供時代を、私がともにすごした三葉の写真であった。

「ずいぶん遅くなりましたけど、ご依頼の写真ですわ」

「まあ、まあ！」

婦人は、笑顔で大声を出した。可愛らしく、両手を顔の前で広げた。私は、その仕草をじっと見た。

彼女は三枚の写真を手に持ち、バッグから眼鏡を出してかけると、じっと見入った。

「これ、私に？」

「ええどうぞ。ほかの写真とネガは、もうどこかへ行ってしまったんですけど。申し訳ありません」

「そんなの、とんでもないわ。わざわざ取っておいていただいて、なんてお礼言っていいか。本当に、懐かしいわあ……」

見入るアヤコさんの目に、ほんのわずかに涙が浮いたように、私は思った。

たっぷりと眺めてから、アヤコさんは一枚だけ、私に返してきた。テーブルに置かれたその写真は、乱歩の写真だった。

「これは、いいです私、お返ししますわ」

「え？　そうですか？　でも……」

「昭和四十年の七月にきりがついたことです」

婦人は、ささやくようにそう言った。ほとんど聞きとれないほどに小さな声だった。

「昭和四十年の七月……って」

言いかけ、私は言葉を吞んだ。乱歩の命日だと思い出したからである。それから、さっきの婦人の言葉も続いて思い出した。

婦人は、写真をビーズの飾りがついた大型のハンドバッグに収めた。それを見届け、私たちは立ちあがった。立ちあがると、「アヤコ」は私より背が高かった。

成城学園前の駅前通りで、私たちは礼をかわし、左右に別れた。現在の「アヤコ」の苗字も、ご主人の素性も、私はあえて訊かなかった。いつも冬彦のことをじっと見つめている彼女のご主人のことも、私は質したいと願ったのだが、あえて言葉をおさめた。それは、婦人に悪いと思ったことも確かにあるが、それ以前に、謎はきっと近い将来、解けるような予感がしたからである。

しばらく歩き、ふと振り返ると、ほっそりとした背中をみせ、明智小五郎夫人のモデルは、ゆっくりと駅の方角へ遠ざかりつつあった。

　その時、ようやく私は、さっき自分の内に湧いた嫉妬に似た感情の理由が解った。彼女こそ、何十年か昔に、私が子供時代から憧れ続けた明智の、ハートを射とめた女だったからである。

終章　網走発遙かなり

1.

　昭和六十年の五月、成城で演劇学校を経営している叔父が、北海道はサロマ湖のほとり、芭露《ばろう》というところに、学校のレクリエーション施設を兼ねた別荘を建てたというので私は招待され、北海道旅行をした。叔父とは日常ずいぶん親しくしていたので、二つ返事で承知した。

　これからお話しするのは先日のこの旅で、私が実際に遭遇したなんとも不思議な体験談である。

　私は、北海道はずいぶん昔に一度、それも札幌《さっぽろ》と小樽《おたる》へ行ったことがあるきりだったので、はじめても同然で、まして網走《あばしり》方面となるとまるで勝手が解らず、外国に踏み込むような気分だった。それですべて叔父の指示通りにおとなしくしたがい、早朝羽田《はねだ》から旭川《あさひかわ》空港行きの東亜国内航空第一二一便に乗った。そして旭川空港からはタクシーをとばし、旭川駅から指定された特急〈オホーツク3号〉に乗った。

非常に天気のよい日だった。羽田を発つ時、飛行機の小さな窓にぽつりぽつりと雨が滑っていたが、旭川に着いてみると上空に雲ひとつなくなっており、汗ばむほどだった。

旭川はずいぶん大きな街だった。街を歩く時間はなかったが、駅構内から眺めると、駅前にはぎっしりとビルがひしめいて、まるで渋谷あたりのような印象である。そしてこんなビル街なのに、歩いている人が異様に少なく、東京からいきなりやってきた私には、まるで真昼のゴーストタウンのように感じられて不気味なほどだった。今思えば、旅の始まりの街で私がこう感じたことは妙に暗示的だった気もする。

〈オホーック3号〉による石北《せきほく》本線の旅も、都会育ちの私にはなかなか感銘深いものだった。旭川駅を出てしばらくはのどかな田園風景といった窓外の様子だが、上川《かみかわ》駅を出るあたりから列車は谷川の流れに沿って山間に分け入るようになり、急に高原列車といった趣きを呈しはじめる。

谷川の流れは急で、そこここで川底の岩に流れがぶつかり、クリームソーダをかき廻したような色に白濁している。それが、車窓からすぐ眼下に眺められるのである。

地面はびっしりと熊笹《くまざさ》の葉に覆《おお》われ、これがいつまでも続く。実際私は、この旅の間中列車の窓から熊笹の葉を見ていたという印象である。

勾配《こうばい》は登る一方で、人間の気配は次第に薄れはじめ、熊笹の上に、エゾマツ、トドマツそして白樺《しらかば》の幹が増えてくる。そしてみるみる原生林という様子に変わっていく。

熊笹の葉と並んで、北海道に白樺の木が多いのにも驚いた。植林されたらしく、行儀よく線路のほとりに並んでいるのもあれば、遠くの山肌に、ちょうどオリーヴグリーンの色紙の上に白い色鉛筆で木を描いたように、点々と見えるものもある。白い枝を延ばし、車窓をかすめるものもある。

やがて峠を越え、列車は相変わらず谷川に沿って下り、いかにも林業の村らしい白滝《しらたき》駅を通過する。ホームはひっそりとして、観光客の姿もない。

遠軽《えんがる》に着くと、ようやく人里に戻ってきた感じがした。列車も、そんな安堵《あんど》感を楽しむように長く停車している。そしてスタートすると驚いた。進行方向が逆になっていたからだ。スウィッチ・バックしたのだ。

やがて網走湖の湖岸が見えた。五月で、ちょうどミズバショウのシーズンだった。湿地帯の熊笹の間に、ミズバショウの花が白いショウブのように、無数に点在している。しかし乗客たちは見馴れているのか、いっこうに窓外に注意を払う様子はない。

こんな旅をして、列車はようやく終点網走に着く。十五時二十分だった。〈オホーツク3号〉は、こうして自分の母なる岸辺にたどり着くのである。

叔父の指示では、ここから湧網《ゆうもう》線に乗り換え、オホーツクの海べりを北上して、叔父の別荘があるサロマ湖岸の芭露《ばろう》という駅まで行くことになる。ところがローカル線のことだから本数が少なく、十七時五分まで待たなくてはならなかった。一時間四十五分も待ち時間があった。

　これが東京の街なら、ただいらいらするだけだろうが、私は旅先でこんなふうに一人待ち時間を持てあますような時、むしろ浮き浮きする。この一時間四十五分という時間は、私が見知らぬ街を思う存分歩き廻ったり、話す言葉も違うような遠い街の人たちが経営するコーヒー屋の椅子に、異邦人としてひっそりと腰をおろしたりできる時間である。

　私はさっそく網走の街へ出た。出てみて驚いたことに、ずいぶん有名な街なのに、旭川などよりずっと小さい。駅前に大きなビルがひとつあるが、見渡す限り、喫茶店やレストランの類いは、そのビルの二階に入った、軽食・喫茶と看板の出ている店が一軒だけらしい。

　駅前を、二、三分も歩くとすぐ川にぶつかった。人に尋ねると、この川に沿って左へ行けば有名な網走刑務所があり、右へ行けば繁華街があるのだという。せっかくだからと思い、私は刑務所へも行ってみることにした。

　川に沿ってずいぶん歩いてから橋を渡り、これがそうなのかと内心思いながら古いレンガ塀に沿っていくと、アベックたちが記念撮影をしている。やはりそこが、雑誌の写真などで見馴れた正門だった。制服の係官が一人立ち、門の外で、囚人らしいグレーの作業服を着た男たちが、灌木《かんぼく》の植え替え作業をやっていた。

　帰りかけると、囚人の造ったニポポなどの土産物を売る小店から、一人の女性が出てきて、もしもしと私に話しかけた。

振り返って見て驚いた。二十五歳くらいの、大変な美人だったからである。

「何でしょう」

と私は言った。するとその女性は、私には不可解な微笑を浮かべて、

「東京からいらしたんでしょう？」

と言った。不審な気分で私がうなずくと、

「湧網線に乗るつもり、どう？　当たったでしょう」

とからかうように言った。

「何故知ってるんです？」

私が訊くと、

「何故でも」

と彼女は言い、

「前から知っていたのよ私、あなたが来ること」

と謎のような言葉を吐いて、かん高い声で笑いながら、また店の中に入ってしまった。気味の悪いものを見るようにその女性のうしろ姿を見送った。彼女の言った言葉が不気味だったこともあるのだが、いでたちが異様だった。

なかなか足の綺麗《きれい》な女性だったが、その足に、最近はもうあまり見かけなくなったシー

ム入りのストッキングを穿《は》いていた。そして靴はといえば、妙に無骨《ぶこつ》なかたちのハイヒールで、服はグレーの、まるで流行遅れのスーツだった。スカートが膝のだいぶ下まである。戦前のニュース映画でしかお目にかかれないような代物《しろもの》で、おまけに髪型までがそうだった。戦後のパンパンがよくあんな髪をしていたと思う。今時、どこの美容院でもあんな髪は作ってくれないだろう。

ちょっと頭がおかしい女なのかしら、と私は思った。気味が悪かったから、女の跡を追ってことの次第を質《ただ》す勇気は出なかった。

ちょうど客を吐き出し、帰っていこうとするタクシーをつかまえ、私は網走の繁華街まで行った。適当な街角でおりて、思う存分歩き廻ると、商店街のはずれに古びた木造りの喫茶店を見つけ、入っていって腰をおろした。

堅い木の椅子が、がらんとしたやはり板張りの床の上に並んでいて、私が席を占めた窓ぎわのテーブルには、午後の柔らかい陽が少しだけ落ちていた。

私はコーヒーを注文し、網走湖、能取《のとろ》湖、サロマ湖と、三つの湖を巡って走るはずの湧網線のことや、さっき網走の手前で通過した呼人《よびと》という、妙に気になる名前を持つ駅のことなどをしばらく考えた。すると自然に、さっき網走刑務所の前で出遇ったおかしな女性が思い出された。

私を知っているような口ぶりだったが、私の方はまったく見覚えのない女だった。あれは誰なのか――？

考えても解るわけがないので、私は横の椅子に置いていた旅行バッグを開け、一冊の古びてボロボロになった、ガリ版刷りの小冊子を取り出して膝に置いた。「暖黄《だんおう》」と古めかしい漢字が表紙の上部に書かれ、文字の周囲にはちょっとした装飾の図柄が入っているが、いかにも素人の手仕事といった様子だ。本のタイトルの下に、「小笠原淳一郎・追悼号」とある。私の父の名である。

発行年月日を見ると、昭和二十年二月、第二集発行となっている。戦時中、父を中心にして紋別《もんべつ》で刊行されたこれは同人誌だった。

私が叔父の招きにふたつ返事で乗ったのには理由がある。むろん旅好きの私のことだから、そんな理由がなくても誘われればたぶん断わらなかっただろうが、ひとつには私の生まれ故郷紋別を見たかったということがある。芭露から紋別まではすぐである。

私は戦時中、父母が疎開《そかい》していた北海道紋別で生まれている。しかし終戦後状況が好転すると、母は私を連れてすぐに東京へ引き揚げ、私もそのまま東京で成人したから、紋別には三歳の春までしかいなかった。その後足を踏み入れる機会がないまま今日にいたっている。当然子供心の記憶などはほとんどない。

それでもどうかすると、歩道脇に雪を山のように盛りあげたその先に、裸電球の下がった街灯の先が少し覗いていて、黄色く光っているような淋しげな夕暮れ風景などが、ふいと思い出される時があり、あれが紋別の風景なのだろうか、と時々考えたりする。

実際にこの地を訪れ、自分の目で確かめてみたい気が前々からしていた。それからこの地でまだ健在な、当時の父の同人誌仲間にも会ってみたい。

もうひとつは湧網線である。私の父は、昭和二十年湧網線の中で不可解な事件に巻き込まれて死亡した。同人誌仲間の一人に射殺されたのである。私は父が死んだこの湧網線に、それも事件が起こった時と同じ夜、一度どうしても乗ってみたかった。これは子供時分からの懸案だった。できれば事件と同じ冬の夜がよいのだが、そこまで都合よくはいくまい。

しかしそれもこれも、父の死の謎が、私の頭を離れないためである。私の父を殺した昭和二十年湧網線内での事件は、奇妙な謎に充ちている。私は子供の頃から、自分の誕生の直前に起こった父の死の謎を、どうかして解きたいものだと考え続けていた。

そしてこの「暖黄」である。謎を解く鍵は、この粗末なガリ版刷りの小冊子の中にあるに違いなかった。

この「暖黄」第二集に、父の死の顚末《てんまつ》を詳しく語った作品がある。私はこれを、小さい頃から繰り返し繰り返し読んで育った。あまり何度も読んだので、文章を憶えてしまったくらいだ。そして湧網線に乗りたいという思いはいつかやみがたくなった。知人にも何度かそう洩らした。それが叔父の招待になった。今度のことで、私のかねてからの懸案がすべてかなうのである。

この旅で、私は何故か四十年前の事件の謎が部分的にでも解けるような気がした。一種の予感のようなものが働いた。それでふたつ返事で招待に乗った。

「暖黄」と、父についてもう少し説明しておかなくてはならない。私の父は戦前小笠原淳一郎の筆名で多少は世間に知られた作家だった。今ふうに言えば、流行作家の一人だった時期も、どうやらあるらしい。しかし戦争が激しくなり、東京もたびたび空襲を受けるようになったので、父は、自分の母方の親戚を頼って北海道紋別に疎開した。当時まだ私は生まれていず、私の母との夫婦二人暮らしだったから、父も身軽だったのであろう。

その頃になると、いかに人気作家であった父でも、小説を書いて発表する場所がなくなっていた。日本の出版界そのものがいささか衰退していたこともあるが、戦争遂行《すいこう》に都合のよい出版物以外は、軍部が圧力をかけていたという事情もある。

しかし父は、紋別へ疎開してからも執筆への情熱はやみがたく、朝夕の日課にしていた散歩の時間を除いては、一日中すわり机の原稿用紙に向かっているといった状態だったらしい。この辺の事情は父の当時の日記から読める。

そして書きあげた原稿は、空襲で焼失することを怖れ、東京時代のものも含めて、近所の小学校の教師に筆写を頼んでいた。二部あれば、どちらかは遺ると考えたのであろう。

しかし当時紋別は、北方からの脅威はあるものの空襲もなく、案外のんびりした状態であったらしい。筆写を引き受けていた小学校の教師が、それならいっそのこと街の文学好きを集めて、同人誌を発行してしまおうと言いはじめた。小笠原淳一郎を中心に据えるなら、雑誌の販売部数も計算できる。なにしろ当時の人々は、戦争遂行のスローガン以外の読み物に飢えていたのである。小笠原淳一郎の小説を、ほかの土地の誰よりも早く自分たちが読めるのなら、たとえガリ版印刷の粗悪紙によるものであろうと、雑誌は歓迎されるに決まっていた。

加えてそうなれば、父にとっても願ったりのはずである。原稿の写しが二部とはいわない。数十部もできるのだ。

父はそれでも当初、この提案には難色を示したらしい。しかし土地の人々の世話になっている手前もあり、結局折れた。

「暖黄」は、紋別の中心街にあった「ヒマワリ」という飲み屋でもっぱら編集されたらしい。このあたりの事情は、「暖黄」第一集に詳しい。

「ヒマワリ」は、以前から街の文学好きたちの溜《たま》り場であった。戦時下の当時は、開店休業といったありさまだったようだが、裏通りを入り、路地の左右に山のように積みあげた雪にうがたれたトンネルをくぐって裏口のドアを叩くと、馴《な》染《じ》み客だけはそっと入れて酒を出してくれるような、そんな経営をしていたらしい。

小さな、カウンターだけのバーだったようだが、戦時下でも食べるに困らないほどの人気があった。それはひとえにこの「ヒマワリ」のママ阿川文子が、若く、美人だったからと思われる。

事情は解らないが、阿川文子は当時まだ二十代の未亡人だった。東京から流れてきて、紋別でこんな小さなバーをやっていた。彼女自身詩や文をよく書き、同人誌発行の話には一も二もなく乗って、店を編集部に提供したらしい。どうせ店は閑《ひま》だったのである。

父を中心に同人誌仲間たちは、夜ごと雪の中をこの「ヒマワリ」に集まっては、カウンターに額を寄せ合って編集会議をしたり、持ち寄った作品を批評し合ったりした。店内にはたったひとつきりの裸電球がともり、その黄色い明りの下で、彼らはなかなか楽しい作業をしたようである。

今日なら、同人誌を作るなどということはどうということのない行為でも、戦時下、言論統制のもと、闇酒《やみざけ》を飲みながらひそかな集まりを重ねる彼らは、地下組織でも作ったような暗い愉しみを味わったのではないか。私は雪国に暮らした期間は結局長くはなかったのだが、この地に生まれたせいか、雪深い地方の人間たちの気持ちはよく解る。

こういう時代の暗さが、あの悲劇の引き金になったのだと私は想像している。今なら、まずあんな事件は起こるまい。

父は当時、いくらか世間に名を知られた作家だったから、当然のようにこの同人誌のメンバーの指導的な立場になった。それ自体はどうということはない。メンバーたちも望むところだったろう。しかし阿川文子が、父に気持ちを傾けた。そしてこのことに激しい嫉《しっ》妬《と》を抱く者が仲間から現われた。この男の名は横沢滋《よこざわしげる》といった。当時四十四、五にはなっていたはずの雑貨屋の店主で、女房に病気で死なれていた。子供はなく、老いた母親との二人暮らしをしていた。

問題の昭和二十年一月十日、阿川文子は取材旅行ということで、サロマ湖へ行った。雪の湖をテーマにした詩か散文を書くという目的だったらしいが、それは口実で、弁当持参のピクニックだった。そして指導を仰ぐという名目で、父を誘った。

サロマ湖は紋別の南にあたる。列車ならすぐの手頃な距離である。ただ当時、湧網線は全線開通してはいなかった。予定では通じているはずだったのだが、戦争で計画が中断し、中湧別《なかゆうべつ》からは佐呂間《さろま》まで、網走からは常呂《ところ》までしか開通していなかった。つまり中間部の、佐呂間―常呂間が中断していた。湧網線が全線開通するのは、昭和二十八年の十月になってからである。

今日なら、浜佐呂間《はまさろま》など湖畔へ向けてのハイキングに適しているようだが、当時は列車が来ていなかったので、二人は計呂地《けろち》でおり、終日雪の湖畔のハイキングを楽しんだらしい。そして陽が落ちる頃、計呂地の駅へ戻って帰りの夜汽車に乗った。この列車の中で問題の事件は起こったのである。

この事件の詳しいいきさつが、今私が膝に乗せている「暖黄」第二集に載っているのである。父の筆になるものでも、阿川文子や横沢滋の筆になるものでもない。メンバーの一人、今泉太郎《いまいずみたろう》という人のペンによるものだ。もっとも今泉氏がこの事件の車中に居合わせたというわけではない。彼ものちに事件の詳細を聞き、自分の想像力で筆写したものだろう。

この不思議な事件の舞台の戸口にたった今、私はもう一度「暖黄」第二集をぱらぱらとめくり、今泉太郎氏の作品のページを出す。子供の頃からもう何百回何千回となく開いているから、そのページだけが変色している。開きぐせがついているから、すぐ開く。

2.

(前半略)

車両《はこ》の中はまったく空《す》いていて、夜汽車の黄ばんだ明りの中で行儀よく向かい合って並んだ三等列車の粗末な椅子には、彼ら二人のほかに人の顔は見あたらなかった。

窓外に陽はすっかり落ち、黒々としたシルエットを瞬時見せながら、後方へと飛び去る雪を頂いた木々や林の上空に、満月がぴたりと静止していた。

窓外に転遷《てんせん》する雪景色は、あたかも満月を中心に巡る巨大な回転木馬の趣きがあった。手前のものほど速く動き、中心の満月に近いものほどゆるやかに回る。月の下を森がすぎ、雪原が駈け抜け、前方からやがてサロマ湖がすぐ窓の下まで滑り込んでくる。そして凍てついた水面に、まるで寒気に鳥肌立ったうぶ毛が光るように、月光がちらちらと映じた。

計呂地《けろち》を発車して、まだ間もない頃であった。進行方向の、通路行き止まりにある扉がゆっくりと開いた。

二人の男女は、窓側に阿川文子がかけ、通路側に小笠原淳一郎がかけていたので、淳一郎は通路側に少し身を傾けるようにして、開く扉を見た。車掌の検札であろうくらいに考えていた。しかしそうではなかった。扉が開くと、そこに横沢滋の小柄な姿が立ったのである。

横沢の表情はひどく異様であった。極度の緊張のためか、顔つきはほとんど放心しているかのようである。黒いオーバーを着込み、やや小肥りの体が、ますます丸々としていた。

通路をゆっくりと歩いて淳一郎の方へやってきた。淳一郎は驚いてちょっと手をあげた。そして口を開いて、

「君もこの列車に乗っていたのか、どこへ行ってきたんだ？」

そういった言葉をかけようとした。彼の隣りにいた阿川文子も、淳一郎のこの様子に気配を察し、通路の横沢に気づいた。そして笑いかけようとしたのだが、一瞬に表情が凍《こお》り

ついた。椅子にかけた淳一郎の前に立ちふさがった横沢が、懐から南部《なんぶ》式の拳銃を取り出したからである。

この瞬間、横沢滋の表情が嫉妬に醜《みにく》くゆがむのを二人は見ていた。どうやら横沢は、二人の今日の行動を紋別からずっと尾行していたらしかった。

横沢は何も怨《うら》みがましい言葉は吐かなかった。ただ黙って小笠原淳一郎の胸をめがけ、南部式の引き金を引こうとした。瞬間、淳一郎が横沢に飛びかかっていた。二人は揉み合ったが、間もなく拳銃が発射されるにぶい、くぐもった音がした。銃口がオーバーに強く押し当てられ、引き金が絞られたのである。

二人の男の動作がピタリと静止した。起こった出来事の意味も、しばらく解らなかった。不幸にも発射された銃弾が、どちらの男の体を貫《つらぬ》いたものか、どちらに悲劇をもたらしたのか、隣席の阿川文子には判定がつかず、息をひそめたまま、続く異常を待った。

苦痛から体をふたつに折り、うめき声とともにゆっくりと座席に尻餅をついたのは、小笠原淳一郎であった。彼は座席に頽《くずお》れると、苦痛にゆがむ顔を一度天井にうわむけ、それから再びがくりとうつむけて、阿川文子の膝に倒れ込んできた。そしてこの時、ようやく文子は激しい絶望と恐怖の叫び声をあげた。喉《のど》を振り絞り、ずいぶん長い間叫んでいた。

この声を聞きつけ、列車の前方と後方から、それぞれ車掌が飛んできた。前方車両にいた車掌は、近い位置にいたため、たちまち現場に到着した。後方車両にいた車掌も、文子の長い悲鳴がほとんど終るか終らないかのうちに現場に着いた。そして身を前のめりに折った男を背後から抱きかかえるようにしてすわっている若い女の、すぐ脇の通路で車掌二人は鉢合わせした。

「どうしました？」

前方から駈けてきた年若の方の車掌が尋ねた。

「連れが、拳銃で撃たれたんです！」

阿川文子は必死の面持ちで答える。

「あんたの亭主か？」

後方から来た年長の車掌が問うた。

文子は必死の表情で、一瞬迷ったが、激しく首を横に振った。

年輩の方の男は、軍医務局に長く勤務していたことがあり、重傷人を見馴れていた。体を折っている小笠原淳一郎の上体をぐいとうわむけた。

丸眼鏡をかけた淳一郎の顔は血の気が失せ、すでに蒼白だった。白いものが混じりはじめ、鬢《びん》のあたりはやや銀色の印象が強い。その表情にすでに苦悶《くもん》はなかった。帽子が床に落ちている。

鼠《ねずみ》色の外套《がいとう》の前を開いた。首にはやはり鼠色の襟巻《えりま》きが何重にも巻かれている。焦げ茶色のセーターを着ていた。その胸のあたりに小さな穴が開いていて、周囲に血が滲《にじ》んでいるのが解った。車掌はこのセーターの穴に両手の指をかけ、少し裂くようにして押し広げた。

その下の厚手の下着にも、さらに下の肌シャツにも、同じように小さな穴が開いて血が滲んでいる。すべて指で裂いた。そしてとうとう、小笠原淳一郎の胸の肌に到達した。肌も同様だった。心臓のあたりの肉にポッカリと穴があき、周囲を少し押すと、ねばった血が盛りあがるようにしてその穴からこぼれた。

「こりゃ駄目だべ」

車掌は言い、一応脈を取った。すでに冷たくなりはじめたその手首に、血の通う手ごたえはなかった。

「駄目だ、死んでる」

軍医務局上がりの車掌は断言した。

阿川文子は、信じがたいというふうに車掌二人の顔を見較べていたが、やがて淳一郎の遺体にすがって泣きはじめた。

若い車掌はちょっと気の毒そうな表情を浮かべたが、年輩の男は冷やかにその表情を見おろし、

「あんた、この人の奥さんじゃないというと、妹さんか？」

と訊いた。阿川文子は何も答えず、ただ首を横に振りながら泣き続けた。

「時局をわきまえん逢引《あいびき》だべ」

　年輩の車掌は、若い方の耳もとでそうささやいた。その様子には、当然の報いだとでも言いたげな響きがある。

「ちょっと、事情を話してみなさい。あとでわれわれも警察に訊かれるんだから」

　しかし車掌は、文子が泣きやむのをしばらく待たなければならなかった。ずいぶんして、ようやくぽつぽつと彼女は語りはじめた。それによれば、撃たれてすぐ女は悲鳴をあげたというのである。黒い外套を着た男が、突然前方のドアから入ってきて、連れを撃ったのだと言う。車掌二人は、思わず顔を見合わせ、それから首をかしげた。年輩の方が言う。

「あんたね、その黒い外套の男というのはどこにおるんだ？」

　阿川文子はこの時ようやく顔をあげ、首を伸ばして車両の中をぐるりと見廻した。

「さあ、どこにおるんだ？」

　思わず詰問《きつもん》口調になって、車掌は問うた。

「どこへ、いったのでしょう？」

　彼女は涙に濡らした頰を、車掌にさらしたままつぶやく。車掌は、鼻先で笑うような声を洩らし、歯をむき出した。

「あんた困るよ、ちゃんと答えんと。そう言いたいのはこっちだよ」

「でも、本当に男の人が来て、撃ったんです。横沢という人です。紋別で、雑貨屋をやっている人なんです」

「ほう、知り合いだってのかね？」

「はい」

「でも、どこへ消えたんだね？」

「それはきっと、列車から、飛びおりて逃げたんじゃないかと」

「嘘言っちゃいかんよ、あんた」

車掌は言った。

「私らはあんたの悲鳴を聞いてすぐ飛んできたんだ。客車の前と後ろにたまたまわしらはいたんだからね」

「でも、みなさんがここへやってくる前に、きっと飛びおりたんだと思うんです」

「なにを言っとるんだ。私らはすぐ来ただろう？　あんたの悲鳴が消えるか消えんかのうちにこの車両に飛んで入ってきたんだ。この列車は三両しかないんだからね」

そう聞くと、阿川文子は、赤い目をいっぱいに見開いて叫ぶように言う。

「嘘です。たくさん客車を引いてるじゃありませんか！」

「あれは貨車だよ、貨物車なんだ、後ろの四両は。客車は前三両だけだよ」

文子は無言だった。

「そしてこの車両はその真中、二号車なんだ。前の一号にはこの真山《まやま》君がいて、三号の後尾には私がいた。二人ともあんたの悲鳴を聞いてすぐ飛んできたんだ。私はそこのうしろの扉のガラス越しに、ずっとここを見ながら走ってきた。あんたが言う通り、撃たれてすぐ悲鳴をあげたもんなら、わしか真山君か、どっちかがその横沢か？　その黒い外套の男と鉢合わせしておらにゃならんよ。そうだろ？」

阿川文子はうつむいて、考え込むようだった。

「でも、本当なんです。横沢さんが入ってきて、小笠原さんを撃ったんです」

「だからどこへ行ったんだというんだ、その男は」

車掌がいらいらしたように声を荒らげる。

「窓、窓じゃないでしょうか」

思いついたように文子は言う。

「私は、動転していて、ずっとこの人にかかりっきりだったから」

「窓ね、おい」

車掌は若い方に命じた。真山と呼ばれた若い車掌は、二号車の前方から、左右の窓をひとつずつ調べて廻った。ずいぶん時間がかかった。その間中二人は真山の仕草を見ていた。その時、女は死んだ男の体を抱くでもなく、放心していたから、たいして男に惚れていたわけでもないのだなと思ったと、のちにこの年輩の佐々木という車掌は、警察に供述している。

「全部閉まってますね！」

と真山は二号車の最後部の窓を調べ終えて叫んだ。車両の中に、死んだ一人の男、生きている三人の男女のほかに、人間の姿はまったく見あたらなかった。だから車掌のどんな大声も、大袈裟な立ち居ふるまいも許された。

一月十日の北海道湧網線である。北海道の中にあってはとりたてて雪が多くない地方とはいえ、大雪が降り、少し長く吹雪《ふぶ》けばたちまち列車が不通になるような寒冷地である。現に前日は不通であった。こんな時期、それも夜、車両内のどこかの窓が開いていれば室温が下がるから解るに決まっている。窓から飛びおりたなどという場合、当人が窓をもと通り閉めておくことはできない。そんなことを考えながら、佐々木車掌は通路に立っていた。女の言うことはどこかおかしい。嘘がある。そう考えていた。したがって真山のこの報告は、彼には予想通りだった。

「あんた、嘘をついたらいかんよ」

佐々木車掌は阿川文子に言った。文子はびくっとしたふうに車掌を見返した。

「嘘ですって？」

そう言い返したこの女に、土地の訛《なま》りがないと思ったとも、佐々木はのちに供述している。

「ああ。黒い外套を着た横沢という男なんぞ、どこにもおらんだべ」

「座席の下かな」

真山車掌が言って、通路に手をつき、四つん這《ば》いになった。そのまま後方から二人のいるあたりまで前進してきた。起きあがり、手の汚れを払った。

「いたか？」

「いいや」

「おらんだべ？」

「はあ」

二人はこんな会話をかわす。

「さあ、あんた、本当のことを言いなさい。こりゃあんた、ただごとじゃないんだよ。殺人事件なんだ」

言われても女は黙り込むばかりだった。

列車の速度が落ちていた。見ると窓に雪が舞いはじめている。風も出てきたようだ。列車の速度が落ちるにつれ、風の唸《うな》る音も車内に届くようになった。

「ちゃんとした者はこんな時間、ちゃーんと家におるもんだ」

車掌は説教口調になって言った。

「こんな季節のこんな時間、いつ列車が立ち往生するかもしれねえんだ。女が一人で、男と一緒にこんなことをしてるからだ、あんた……。あんた、親はいねえのか？」

女は無言だった。ちょっとふてくされたような表情が顔に浮いた。これで、ますますまともな女ではないなと車掌は考えた。

「どこまで帰るんだ？　あんた」

「紋別」

女は言った。

「紋別か、あんた、そりゃ無理だ。この調子じゃ中湧別に定刻にゃ着かんだべ。今夜中に紋別なんぞとても着けんべ。紋別に家があるのか？」

女はうなずく。

「あんた、奥さんか？」

首を振る。

「未亡人か、嫁《い》かず後家か？」

こういう無遠慮な質問は、彼女は無視した。しかし、飲み屋の女には見えなかったようである。

「ちょっと列車の様子を見てくる。おまえ、この女を見張っとれ」

女が答えなくなったと見てとると、佐々木は真山にそう言いつけ、前方の車両に向かった。歩きながら、また二度三度車両内をぐるぐる見廻し、異常はないかと目で点検した。

それから扉の向こうに消えた。

残された真山は、女と通路をはさんだ反対側の座席の肘《ひじ》乗せの上に腰をかけ、泣き疲れて放心したていの女と、それから鼠色の外套を着た死体とをぼんやり見ていた。しばらくそうしていたら、佐々木が戻ってきて真山に、

「雪がひどくなった。ちょっと来てくれ」

と言った。それから阿川文子に向かい、

「ここを動いたらためにならんよ」

と言いおいて、真山を連れて前方へ戻っていった。

佐々木と真山、二人の車掌が二号車の阿川文子のところへ戻ってきたのは、それからだいたい十分くらい経ってからだった、と警察の調書にはある。

戻ってきた車掌二人は、文字通り吃驚仰天《びっくりぎょうてん》した。座席には、女が一人ですわっていたからである。

「あんた、男の死体はどうした?!」

佐々木は激して怒鳴った。すると女は、恐怖で引きつった顔をあげた。哀願するような目に、再び涙が溜まっていた。

「わけが解らないんです！」

女は叫んだ。

「何がわけが解らんのだ。そりゃこっちで言うことだ！」

「ご不浄《ふじょう》に行ってきたんです。ほんのちょっとの間だけ。そしたら、いなくなっていたんです。本当なんです」

「いなくなってた?! 馬鹿言うな！ 死体が歩いてどっかへ行くってのか？」

「でも帰ってきたら、本当に小笠原さんの死体、いなくなっていて、私にもなにがなんだか……、信じて下さい！」

「そんな子供騙《だま》しの言い訳が、通るとでも思ってるのかあんた……」

言いながら佐々木は男の死体があったあたりの座席を調べた。床に落ちていた帽子もなくなっている。しかし、座席の上には、確かに血の跡があった。触れると湿《しめ》った感触がして、指先が赤く染まった。

「まだ死んでなかったんでしょうかね」

真山が横で言った。

「そんなはずはない」

そうは言ったものの、医者でもない佐々木は、少々自信を失った。

「きっとそうです。まだ死んでなかったんです。探して下さい。私、探したかったんですけど、動くなと言われていたんで」

真山がまた床に四つん這いになった。

「誰もいませんね」

「ようしろを当たろう。前の車両には客はいなかった。あんたはここにいるんだ」

そして二人は手分けして、列車を隅々まで探した。三号車にも、客は二人乗っているだけだった。六十歳くらいの男と、軍人らしい身なりの二十代の男だった。

デッキから身を乗り出し、車両の連結部も見た。牽引《けんいん》している機関車までも行ってみた。どこにも撃たれた男も、黒い外套の男も、見あたらなかった。しかし、撃たれていたあの鼠色の外套の男が万一生きていたにしても、あれだけの傷である。そう遠くまで行けるはずもない。

「あんた、あんたが撃ったんじゃないだろうな」

女のところへ戻り、佐々木車掌は無遠慮に言った。

「そんな、私が小笠原さんを撃つなんて！　なんてことおっしゃるんですか！」

女は激しい口調でなじった。その見幕に佐々木はちょっと気分を害した。

「立ちなさい」

車掌は言った。

「どうしてです？」

「いいから立ちなさい。オーバーを脱いで。簡単な身体検査をさせてもらう」

佐々木は剝《は》ぐように女からオーバーを脱がせ、ハンドバッグとともに、真山の方に放った。

「中を調べろ。オーバーのポケットもだ。拳銃がないかどうかな」

それから、無理やり立たせた阿川文子の着衣の上から、両手を使って拳銃を隠し持っていないかを探った。

「ないです」

真山がバッグとオーバーを佐々木に戻してきた。

「よく探したか？」

そう言って彼は自分でも探した。それから渋々《しぶしぶ》これらを文子に戻した。

「まだ信用したわけじゃないぞ。おまえが撃って、拳銃だけ窓から棄てることだってできる」

阿川文子は、激しい怒りで身を震わせた。佐々木のやり方は、どうせろくな女ではないから、何を言ってもかまうものかという調子だった。

「次の芭露《ばろう》で、駐在を呼んでくるんだ。巡査に引き渡そう」

佐々木は真山にそう言った。そして芭露に着くまで、自らが阿川文子を見張った。

芭露に着くと、真山はホームに飛び出し、駅前の駐在所に向かって、雪の中を一目散に駆けた。しかし駐在に着くと、近所の男が留守番をしていて、駐在夫婦は、ずっと奥の家のお産の手伝いで行ってしまって、今夜は帰れそうもないと言った。そしてそういうことなら手錠を貸すから、中湧別まで手錠で座席につないでおいたらどうかと提案した。ほかに妙案もないので、真山はこの提案にしたがって手錠と鍵を借り、湧網線の車内に戻った。

事情を佐々木に話すと、仕方ない、と彼も言った。この吹雪ではいずれ雪かきになるから、女にかかりきりになるわけにもいかない。手錠でつないでおけば逃げられない、ということで阿川文子を血で汚れていない座席に移し、右手首と肘乗せの金具とを手錠でつないだ。そうしておいて二人は持ち場へ戻った。

雪は次第にひどくなり、吹雪は激しくなった。列車の速度はますます落ちていって、中湧別まであと十粁《キロメートル》というあたりでとうとう立ち往生になった。芭露─中湧別間は長い。

佐々木も真山も雪の中におり、機関士や、芭露から乗ってきていた職員、さらには三号車の軍人ふうの青年までが加わって線路の上の雪かきになった。そんなことをしてもたかがしれている。様子を見てこのまま雪がやまなければ、列車の中で夜を明かして、朝を待つことになるかもしれなかった。

しかし幸か不幸か雪はやんだ。それで除雪作業は続けられることになった。雪をかき、列車を二十メートルも進めてはまた先の雪をかくといった作業を繰り返した。あと一時間もこうしていれば、おそらく中湧別から応援が来るだろう、と佐々木は言って、みなを励ました。

午後十一時を廻った頃だった。しばらく姿が見えないと思っていた、辻という芭露の若い職員が、佐々木と真山のところへ戻ってきて、スコップを雪に突き刺しながら言った。

「あの例の女、二号車の……」

「ああ、おったべ？」

佐々木が言う。

「ああ、えろういい女だ」

辻はうなずく。

「それがどうした？」

二人はスコップをふるいながら会話した。

「撃たれた連れの男が消えたんだべ？」

「そうだ」

「撃った男もだ」

横で真山も言った。

「撃った男も？」

「ああ、でも女がそう言っとるだけだ。そんな男はおりゃせんかったのだ」

佐々木が言った。

「撃った男も、撃たれた男も消えたんだか？」

「そうだ。しかし撃った男はおりゃせんかったのだ。撃たれた男がいただけだ。それが消えたんだ」

真山が何か言おうとした。その時、

「それ、撃たれた男、丸眼鏡かけてなかったかァ？」

辻が言った。

「そうだ、わしそう言ったかいな？」

「鼠色のオーバー着て、鼠色の襟巻きして、やっぱり鼠色のソフト帽かぶって……？」

「そうだ、説明したかな、わし」

「いや、聞いてねえ」

「なんで知ってるんだ？」

「今いたぞ、女の席に」

「なに?!」

佐々木と真山がいっせいに言って、作業の手を停めた。

「今、何言うた？」

佐々木がほとんど叫ぶように訊き返す。

「だから、そういう格好の男が、今女の席におった。真《ま》っ蒼《さお》な顔してな。女の膝に倒れておるみたいだったなァ、死んどるだな、ありゃあ」

　三人はスコップを放り出し、二号車に向かって駈け出した。

「おまえ、どこから入った?!」

　佐々木が問う。

「こっちの、前の方からだァ」

　辻がのんびりした調子で答える。

　佐々木、続いて真山が乗降口の扉を開いて車内に飛び込んだ。車内扉の前に立つと、ガラス越しに、手錠で座席に繋《つな》がれた女が一人悄然《しょうぜん》と腰をおろしているのが見えた。鼠色の外套を着た死体など、どこにも見えなかった。

「おい、どこにいるんだ?」

　佐々木が辻に言った。

「あれえ、おかしいな」

　辻は車内を見廻しながら言った。佐々木が扉を開けた。三人は車内の通路に重なり合うようにして入った。

「どこにいる?」

　もう一度佐々木が訊いた。

「おかしいなあ、消えたな……、確かに女の隣りにいたんだが、こう、膝の上に倒れていたんだがなァ……、蒼ーい顔して」

「真山、ちょっと探してみろ」

そう言いつけておいて、佐々木は女に向き直った。

「あんた、死体をどこへ隠した？」

阿川文子は、蒼ざめた顔をゆっくりとあげた。そして消え入るような声で、

「なんのことです？」

と言った。

「死体だよ。さっきの男の死体を、どこへ隠した？」

すると女は目を細め、けげんそうな表情をした。意味が解らない、と言いたそうだった。

「死体って？」

「死体って言えば死体だよ。さっきの眼鏡をかけた、鼠色の外套を着た男の死体だよ」

「小笠原さん？　……の死体が、ここにあるんですの？」

「あんたの膝の上にあったって、この男が言ってるぞ、たった今だ」

「たった今ですって？」

「あんた、膝の上に抱いていたじゃないか！　ほんのさっきだ」

辻が叫んだ。

「知りません。なにか、勘違いされてるんじゃないんですか」

「あんた、なに言ってるんだ、たった今、死体をそこに抱いてたじゃないか」

「夢でも見たんでしょう?」

女は冷たく言い、佐々木は辻の顔を見た。

「本当だよ佐々木さん、信じてくれよ。見たんだ俺は!」

「でも私、こんなふうにつながれてるんですよ」

文子は手錠を塡められた右手首をちょっと持ちあげ、手錠をじゃらつかせた。佐々木が寄っていって、手錠を点検した。はずされた様子はなかった。そして鍵はずっと佐々木が持っていたのである。

「どこにも、誰もいませんよ」

車内をくまなく点検し、座席の下を見ていた真山が言った。窓を見ると、また雪が舞いはじめている。

では死体の方で歩いてきたのか、そう佐々木は考えてみた。しかし、胸のほとんど真上を撃たれた死体である。今まで生きていられるはずもない。

とすれば、この辻が幻想を見たか——。

窓の外の雪は再び激しくなり、風も次第に唸り声をたてるようになった。雪の夜汽車では、時々怪談の類いを聞く。

三人はそれからおのおの手分けして、列車内をもう一度隅々まで探した。機関車や、後部の貨車の中まで見たが、死体はなかった。

吹雪はますますひどくなり、これ以上の作業は無理だったので、彼らはスコップを持って車内へ引き揚げ、座席で夜を明かした。その後朝までには、格別変わった出来事はなかった。佐々木が、女から目を離さなかったせいかもしれない。

佐々木の横で、辻ががたがた震えだした。どうした？　と佐々木が訊いた。

「俺は、幽霊を見たんだかなあ。あれは幽霊だ。女が、殺された恋しい男の体を、膝に抱いてすわっているように見えたんだ」

辻はそう言った。

「あんまり気にするなよ」

そう佐々木は言って、なぐさめた。

3.

こういう不思議な事件により、私の父は亡くなった。この後の経過も、私は母から聞いてよく知っている。

湧網線のこの列車がようやく中湧別に着いたのは、翌十一日の午前十時頃だったようだ。そこで阿川文子は遠軽署の警官に引き渡された。容疑は殺人だった。

彼女の話には辻褄《つじつま》の合わない部分が多く、さらに紋別の「ヒマワリ」で、闇酒を購入していたなどの余罪も発覚して、状況はますます不利になった。そしてとうとう容疑を晴らすことができなかった。取調室での阿川文子は、不合理な主張を涙ながらに繰り返すかと思えば、肝心《かんじん》なところでは黙秘《もくひ》を決め込むといった調子で、だいぶ係官を手こずらせたらしい。結局そのまま和歌山に送られ、女囚刑務所に収監された。

父、小笠原淳一郎の死体は、ついに不明のままとなった。春になり、雪が溶けてから、青年団などの手も借り、湧網線の沿線を一応捜索がなされたが、ついに出なかった。戦争期の混乱のせいもあろう。

横沢滋も、生きて紋別の自宅へは帰らなかった。今泉太郎氏の文章の中では、佐々木車掌は、父を湧網線の車中で射殺した横沢某など、阿川文子の想像力が創り出した架空の人物と信じていたようだが、黒い外套を着たこの男が一号車に乗っていたことは、真山車掌の方がはっきり憶えていて、そう証言したらしい。阿川文子の前では先輩の車掌に口を合わせて黙っていたが、真山は実は見ていたのである。彼の実在はこうして証明されている。

横沢滋はその後しばらく行方不明だったが、その年の七月、黒い外套をまとってほとんど白骨化した彼の死体が、サロマ湖からあがった。拳銃は出なかったが、おそらく横沢は、父を撃った銃で自殺し、サロマ湖に飛び込んだのではないか。その際、死体が湖底で何かにひっかかっていたので、浮かびあがるのが遅れたのだろうということが言われた。冬、サロマ湖は凍るので、かなり沖の方まで歩いていける。

何故か死体は出なかったが、父小笠原淳一郎が死んだのは車掌によって確認されていたので、二月には葬式が紋別で出された。その時、「小笠原淳一郎・追悼号」というかたちで、この「暖黄」も同時に上梓《じょうし》された。そしてこの同人誌は父とともにこの世から姿を消し、第三集は刊行されていない。たった二集だけの短い命だった。

母は妊娠していた。その年の七月、終戦直前、私は紋別で生まれた。その前年室蘭《むろらん》で空襲があり、翌二十年になると、今私のいる網走も一度空襲を受けたと聞いている。戦争と無関係のように静かだった紋別の街の上空も、空襲帰りの米軍機が飛びはじめ、沖ではたびたび艦砲射撃の音がするようになった。戦争も大詰めを迎えていた。混乱が、まるで桜前線のように本州から北上してきて、父の遺体捜索も、この不思議な事件の捜査も、この混乱の内で自然に打ち切られたかたちになった。

私は「暖黄」を閉じた。この小冊子を開くたびに、私は昭和二十年当時の重苦しい空気が、行間から吹いてくるような気分になる。そしてあらゆる状景は、黄ばんだ暗い光線のもとで、私の脳裏に展開するのである。

第一集、第二集に、未完となった父の小説も載っている。これは、未完のせいかもしれないが、私にはあまり傑作とは思えなかった。妻のある中年男が、疎開地で知り合った若い娘にほのかな恋情を抱き、その心理の推移を私小説的に綴るという、いたって通俗的な内容である。

母はこの作品を嫌い、私が高校にあがるまでこの「暖黄」を、私の目の触れないところに隠していた。ところが私は、小学生の頃からその場所を知っており、母が買物に出かけたおりなどにこの小冊子をひっぱり出しては夢中で読んだ。むろん私をひきつけたのは父の小説ではなく、父の死を淡々と語った、先の今泉太郎氏の文章である。

あまり繰り返して読んだので、私はこの不思議な作品をすっかり憶えてしまった。今泉太郎氏は、今も紋別に健在であるとの噂を聞いたので、住所を調べ、手紙を出しておいた。

私は、叔父の別荘を訪ねたのち、紋別まで足を延ばして、私は今泉氏に会うつもりでいる。私は、少年時代からの自分の感受性に決定的な影響を与え、私の現在の体質を形作ったとさえ思われるこの湧網線や、紋別の今泉氏に、人生のなかばを迎えた今再び巡り会うのである。いわば私にとっての今度の北の旅は、少年時代からの懸案に、ひとつの区切りをつけようとするものだった。

昭和二十年、雪の夜の湧網線で起こったこの不思議な悲劇は、被害者の実の息子である私をも夢中にさせたような、一種独特の魅力に充ちていたが、同時にいくつかの疑問が、宙ぶらりんのような格好で私の内に残った。それは今も続いている。

四十年前のこの事件は、まるで謎だらけである。父を射殺直後、黒い外套の横沢滋はどこへ消えたのか？　真山、佐々木両車掌の証言に偽りがないのなら、確かに二人のうちどちらかが犯行後逃走する横沢と行き合っていなくてはならない。二人は前と後ろの、それぞれすぐ隣りの車両にいたのである。

では阿川文子が嘘をついていたのか。もし嘘とするなら、何のためにそんな嘘をついたのか。

阿川文子はその後、和歌山の刑務所に七年間留置された。昭和二十七年頃には出てきているはずだが、では彼女は容疑の通り、事実父を殺したのか。自身のその罪を隠すために嘘をついたのだろうか——？

では黒い外套の横沢が一号車に実在していたという真山の証言は、いったいどうなるのか。

横沢をかばうために阿川文子が嘘をついたとは考えられない。というのは、母の話では文子は横沢を非常に嫌っていたという。加えて文子は父に惹《ひ》かれていた。とすれば、むしろ横沢を追い詰めるような証言をこそ徹底してするはずである。

ところが彼女はそうしていない。父を射殺し、その直後横沢は二号車から煙のように消えたと、そんな不合理な主張を繰り返しているのである。

彼女は非常に頑《かた》くなだった。殺人容疑で収容された刑務所内でも、彼女は七年間頑《がん》としてこの主張を変えなかった。

もしもこれが嘘なら、いったい何のために、誰をかばって、彼女は七年間も頑張り通したのか。そんな人間はどこにもいない。彼女がもし現実に無実なら、容疑を晴らし、自身が自由になるために、当然事実を語るはずではないか。

もうひとつ、芭露駅の職員が雪かきのあい間に見たという、父の死体も解らない。これなどまるきりの怪談である。こういうことを聞くと、この事件全体が、一編の怪談に属する話かと思えてくる。

湧網線に乗り、紋別を訪れることで、私にこの謎が解けるだろうか。しかし私には、何故か解けるような予感がしてならなかったのである。

4.

湧網線は赤い車両のディーゼルカーだった。二両連結である。網走発午後五時五分だから、車両内には高校生らしい学生の姿が目についた。しかしそれもほんのしばらくの間で、ひと駅ふた駅と停車するたびに少しずつ減っていって、常呂を出る頃には車内はガランとした。そしていつのまにか車両が切り離され、湧網線はまるで都電のように私の乗った一両だけになって、熊笹と白樺の原野を疾走した。

陽が落ちた。白樺の木々も黒いシルエットになった。私のかけた右の車窓にしばらく夕焼けが見えていた。その手前を、北の地に特有の枝ぶりの木が通過する。枝の中途に、球状に枝を張り出させた宿り木を付けた樹々の一群があった。球は、その林の中に、実にいくつもあって、目を細めて見ると、この無数の球が宙に浮き、夕陽の中を前方から後方に飛んでいくように思えた。

悪魔の巣、という言葉がふいに思い出された。そんな言葉を昔聞いた。あれはどんな意味だったか。

やがて陽が完全に没した。木々の群れも見辛くなった。これは陽が暮れたせいというよりも、車内に不必要なほどに煌々《こうこう》と蛍光灯がともったせいである。この明りで、窓はまるで鏡のように、車内の情景を映すばかりになった。窓外に飛び去る夜景を見ようと思うなら、ガラスにうんと顔を近づけ、手もかざして、窓に暗い部分を作らなくてはならない。するとそこが覗き穴となって、外の景色がわずかばかり覗けるのである。

そんなふうにして私は、北見《きたみ》富丘《とみおか》、浜佐呂間、などの停車駅の名前を読んだ。プラットホームとは呼べないような板張りの小さなホームや、農家の庭先のような駅もあった。

やがてそんな作業も面倒になり、私は背もたれに寄りかかった。すると白く映っているがらんとした車内風景の中央に、ぽつんと赤い大きな月が浮かんだ。地平線近くに、いつのまにか満月が現われていた。

「月だ」

と私は窓を見つめたまま、低くつぶやいていた。今泉太郎氏のあの一文と、状況がよく似てきたと思ったからである。

すると——、まるで私がそう考えたのが合図でもあるかのように、それとも私の内にかすかな気弱さが生じたのを見透《みす》かしたように、赤い月の横にふいと女の影が立った。じっと動かない。車内通路に立ちつくし、私を見おろしているらしかった。

窓から目をそらし、私は怯える気分で背後の通路を見た。わずかに動悸《どうき》が打った。そこに、実は誰も立っていないような気がしたからである。

しかし、女は立っていた。今度は笑っていなかった。冷たい狂気をたたえた目で、じっと私を見据えていた。

「かけていいわね」

そう言いながら、女は答も待たず私の横に腰をおろした。

網走刑務所前で会った女だった。湧網線に乗っていたとは知らなかった。たった一両のガランとした車両の内に、私以外にも二、三人の乗客があるのは意識していた。しかし、その一人がこの女だったとは予想もしなかった。

私は毒気に当てられたような気分になって、いや、正直にいえば少し怯えた気分で、何も言葉を発することができなかった。

「東京から来た小笠原淳一郎さんでしょう？」

女は私の耳もとで父の名を口にした。その言葉を聞いた時、私は耳を疑うより以前に、全身のうぶ毛がいっせいに鳥肌立つような戦慄を感じた。

反射的に女の顔を見た。美しい女だった。鼻筋が高く通り、唇のかたちがよかった。異様によかったと言ってもよい。画家がたった今描いたようで、その唇から今洩れたこの不可解な言葉の意味を、私は考えようと努めた。しかし、頭は混乱するばかりだった。

女は私のすぐ横にいて、目を伏せ加減にして、じっと横顔を見せ続けていた。尋常でない冷たさがある。その顔を見ていると、私の内で言葉が死んでいくようだった。

「あなた……、誰です……？」

私はようやくそれだけを言った。私の声を聞いても、女は顔をこちらに向けるでもなく、表情ひとつ動かすでもなかった。じっとそのままでいたが、

「お解りでしょう？」

とささやくように、一種歌うような口調で言った。

「解りませんよ、まさか……」

すると女はきっと私の方を向いた。私は怯えて身を引いた。女の目が狂気を帯びて鋭い。

「お解りのはず、私は……」

そう言って、女の動きがぴたりと静止する。すると、時間も停止する。

「阿川文子」

女の唇がそんな言葉を吐いた時、私は放心した。訳が解らない。いったい何が自分に起こっていたのか、それとも起ころうとしているのか、皆目見当がつかないのだ。

「小笠原淳一郎というのは、父の名だ」

まるで弁解するように、私は言った。

「あなたは気がつかずにいるだけ。あなたは帰ってきたのです。四十年前の現場に」

「なんですって？」

「あなたは小笠原淳一郎なのです。そう、生まれ変わりと言ってもいい。あなたは戻ってきた。あの日と同じ現場に、そして私と巡り会う。私にはあなたが来ることが解っていた。ずっと以前からです。それは私たちに定められた運命。

あなたは定めにしたがい、戻ってきた。私のもとに。そして今夜、あなたは再び同じ体験をするのです。四十年前と同じ経験を。

そしてあなたは死に、また生まれ変わり、四十年経てばまたやってくる。こうして、永久に同じことを繰り返すのです」

私は、次第に自分の内で膨《ふく》らむ恐怖感と闘いながら、懸命に指を折ってみた。あの事件が昭和二十年、そして今年は——、ちょうど四十年後の昭和六十年だ——！

「何故？　どうして私がそんなことを続けなくちゃならない」

「それが運命だからです。小笠原淳一郎の、それが定まった運命なのです」

女の声はささやくようで、聞き取りにくかった。ともすると、レールの音にまぎれそうになる。

「私は小笠原淳一郎じゃない」

私の声もささやく調子になった。

「あなたは、小笠原淳一郎よ」

きっぱりと、女は決めつけた。

「定めというより、それではまるで罰じゃないか」

ずいぶんたって、ようやく私は言った。シーシュポスの神話を思い出した。

「生まれてくることは刑罰なのです」

女は相変わらず冷たい調子で、したり顔の横顔を見せながら言った。

「とにかく私は……」

そう言いながら女から目をそらし、窓を見た。何かうまい、なしくずし的な言葉を探り当て、私はこの不条理な二人芝居を打ち切りにしたかった。

しかし言葉が停まった。窓外の赤い月が、ひと廻り大きくなったように感じられたからである。

信じがたいことだが、私は信じはじめていた。私は、父の死んだ年に生まれたのである。父の命を受け継いだのだと、母はよく言っていた。

四十年という時間がすぎている。当時まだ三十代だった母も、今はない。生きていれば八十に近い。私も、今年の七月がくれば四十になる。つまり戦争が終り、もう四十年が経つのだ。

四十年――、私は考え込んだ。あれほど湧網線に乗りたい、網走や、サロマ湖や、紋別の街を見たいと願いながら、四十になろうとする今まで、一度もやってこられなかったのは何故なのか――？

私は懸命に考えた。しかし、解らないのである。何故なのか、少しも解らない。それどころか、四十年間の私の生活、北海道旅行さえままならないほどに忙しかったはずの私の生活が、今少しも思い出せないのである。私は何者だったのか。

不思議な、低い音が絶えずしていた。何万匹もの蜂の羽音《はおと》のようだった。電車の窓がやがて共鳴しはじめる。

「爆音だ」、「爆音？・」、「飛行機の爆音だ」、「空襲？・」、などと私の耳の奥で言葉が騒ぎはじめる。私はうつろな視線を廻し、女のいでたちを見た。

長いスカート、膝は見えない。古ぼけた髪型、古風な化粧。隣りにいる女が、色彩を持って存在しているのが不思議だった。彼女は、セピア色に古ぼけた、一枚のモノクロ写真であるはずだった。

しかし私は、自分の脳裏が、言葉や記憶や感受性が、逆に色彩を失いはじめるのを感じた。思いがけず私自身が、色を失った存在に変化していく。

激しい胸騒ぎを感じる。ざわざわと、森の樹々が強風にあおられるようにして、不安が渦巻き、揺れる。しかし表情だけは、内側の激情に反してますますうつろになっていくのだった。私は自身が、分断されかかっているのを感じた。このままでは私は、存在が空中分解してしまうだろう。

電車は、次第に速度を落としていた。揺れの様子や、レールの響きでそれは解る。停まった。私は窓ガラスに額を押し当て、駅名を探した。街の灯は見えなかった。

「計呂地！」

かろうじて、前方の小さな看板がそう読めた。

計呂地だった。夢にまで見た場所に、私はとうとうやってきていた。父と、阿川文子は、四十年昔の夜、この駅からこの列車に乗った。

列車はすぐに動きだした。私は、冷えた窓のガラスから、額を離すことができなかった。じっと闇に目を据えていた。

窓外は、まるで太古のままのような光景であった。人家の明りは、ただのひとつも見えず、地面は墨を流したような闇である。列車は、過去へ向かって急な下り坂を突進していくようだった。

あの時のままだった。黒々としたシルエットを瞬時見せながら、後方へと飛び去る森。その梢《こずえ》に、ちらちらと姿を隠されながらも、赤い満月はぴたりと静止していた。列車を追って、いつまでもついてきた。

窓外を駈け巡る景色は、あたかも満月を中心に回転する巨大な回転木馬の趣きがあった。手前の白樺らしい木々や熊笹の繁みは速く駈け去り、中心の満月に近いものほどゆるやかに回る。月に照らされた森がすぎ、熊笹の原が駈け抜け、やがてサロマ湖の広々とした水面が、前方から、列車のすぐ窓の下まで滑り込んできた。

サロマ湖の水面は、沖でオホーツクにつながっている。想像していたよりもずっと広い湖面だった。

満月は湖水の上に静止した。四十年前と同じ月だった。その光が、波の寄せる黒い砂や、朽《く》ちかけている草原の廃船を照らした。

私はゆっくりと視線を車内に戻した。するとそこは、昭和二十年の世界だった。私は小笠原淳一郎であり、昭和二十年を生きる娘が、精一杯のおしゃれをして私の横にすわっていた。

「阿川文子……」

私はつぶやく。

た。

「ようやく解ってくれたのね、嬉しいわ」

心底嬉しそうに、文子はそう言って笑った。

「席を替わってくれないか」

私は文子に言った。男らしく私は、次に起こるであろう出来事を見きわめる決心だっ
た。

するとと彼女は、ちょっとだけ迷ったようだった。ほんのしばらく、心配そうに私の顔を見た。それは、私を愛している女の目だった。しかし次の瞬間、まるであらがいがたい運命にでもしたがうといった様子で、彼女は私の言葉にしたがった。私は腰を浮かせ、ちょっと中腰になって、娘が窓ぎわに移動するのを待った。

私は通路側に腰をおろした。肘乗せの上に、身をもたせかけた。計呂地を発車して、間もなくのはずである。間もなく――。

肘乗せに重心をあずけて、私が通路側に身を乗り出すのと同時だった。通路正面突き当たりのドアがゆっくりと開いた。そして、黒い外套を着た中年の男が立っていた。背はあまり高くない。ややずんぐりした体の印象である。帽子も眼鏡もかけていず、口ひげもはやしていない。頭髪は、頭頂部がやや薄くなりはじめている。鬢のあたりは、銀色の印象が濃かった。

こちらに向かい、うつむき加減でゆっくりと、男は通路を歩いてきた。その左右に、乗

客の頭はない。夢遊病者のような、気のない独特の歩きぶりだ。外套のポケットに両手を入れている。列車が揺れると、男の体も少しよろめき、座席の背もたれにちょっと片肘が触れたが、ポケットから手は出さなかった。

私から、ほんの二メートルばかりのところに立った。足を停め、私を見た。やはり私が目あてだった。私の膝が、小刻みに震えはじめた。

横沢滋だった。

「君もこの列車に乗っていたのか、どこへ行ってきたんだ？」

ここで、私はそういう言葉を発するはずである。それは、私の役割だ。しかし、実際には文子がそう言った。

「あら、あなたもこの列車に乗ってらしたの？」

よく通る女の声が、私の横から男に向かい、発せられた。実際はそうだったのかと、私は不思議にも納得した。

まったく不可解なことだが、私はひどくぼんやりしていた。今泉太郎氏の文章を、子供時代から千回も繰り返し読んでいるのに、次に起こる出来事が少しも思い出せない。

黒い外套の横沢は、私たちに何も怨みがましい言葉は吐かなかった。そのはずだ、と思う。今怨みの言葉を吐かれても、私には何のことか思い出せないだろう。四十年の時間をおき、繰り返し繰り返しこんな事件を起こしていれば、私たち登場人物は、原点の出来事などすっかり忘れているに相違ない。だから今、言葉は意味がない――、悪い夢の中でもがくように、私はそんなことを考える。

横沢滋の表情が、嫉妬に醜くゆがんだ。のっぺりしていた顔が、みるみる紅潮し、仁王《におう》のように変化した。その様子は見事なほどだった。そしてポケットから右手を出した。その手には、南部式の拳銃が握られていた。

その瞬間だった。さらに信じがたいことが起こった。私がまばたきをした一瞬、誰かが、拳銃を持った横沢に組みついていたのである。

まったく思いがけない展開だった。衝撃。視界に無数の火の粉がはじけ飛んだ。

狙いは私ではなかった――?!

組みついた男は小柄で、痩《や》せていた。彼の着たブレザーの、アイヴォリーの背中が、私の鼻先で激しく動いていた。

やがて、くぐもった発射音がした。銃は発射された。

私と、通路をへだてた反対側の座席に、アイヴォリーのブレザーを着た男が倒れ込んだ。あおむけだったので、男の着ていたブルーのワイシャツが見えた。

意外にも老人だった。眼鏡をかけていて、完全な銀髪だった。ソフト帽が床に落ちていた。

老人はワイシャツの胸を押さえ、苦悶《くもん》にうめいた。私は激しい恐怖を感じた。わけが解らない！　その老人の顔、それはこの四十年近くというもの、いっ時も私の脳裏を去らなかった顔だった。

「新造」

と老人は、苦悶のうちから私の名を呼んだ。私は返事ができなかった。何故だ？　どうしたのだ？　起こった出来事が、少しも理解できない。ただ混乱し、急いで駆け寄った。老人は手を伸ばし、喘《あえ》ぐように私の右手をまさぐった。探り当て、強く握ってきた。私も握り返した。

もう間違いなかった。父だった。写真でしか知らぬ父が、私の目の下に横たわっている！

5.

私は父の手を握った。

「新造」

と父の顔をした老人は、もう一度私の名を呼んだ。

私は答えなかった。答えられなかったのである。父をまったく知らずに育った私は、滑《こっ》稽《けい》なことに、父をどう呼んでいいか知らないのだ。

「本当にあなたは……」

私はようやく言った。

四十年という時間は、父の顔に確実に皺を刻んでいた。それが父の体が、生身《なまみ》のものであることを私に教えた。幻視ではなかった。父の顔は、私がたくさんの写真で知る父の顔だった。

「いったいこれは、どうなっているんです?!」

私は悲鳴のような声をあげた。

「わけが解らないんだ」

「私もわけが解らないんだ」

突然姿を現わした父も、喘ぎながらそう言った。

「生きていたんですか?」

父は幾度も顎《あご》をひいてうなずく。幾度も、幾度も。そうしているうち、父の皺の勝った瞼《まぶた》に、うっすらと涙らしいものが浮いた。

「私は、すまないことをした。君に……」

父は私のことを「君」と言った。

「君に、ひと言あやまりたくて、こうして追ってきた。君が湧網線に乗るということを、人づてに聞いたものだから……。

私は体がもう弱った。だから死ぬ前に、君に会って、すべてを打ち明けて、ひと言詫《わ》びねばと。そのためには、湧網線の中がよいと思って、こうして同じ車両に乗っていた。計呂地まで、もう打ち明けよう、もう打ち明けようと、幾度も思いながら勇気が出なかった。そうしたら、あの時と同じように、横沢のような男が現われて、銃を出して、おまえを撃とうとしたから……。私は天から、罪をつぐなう機会を与えられたと思った。私は、しかし……」

「お父さん」

と私の喉《のど》から、そんな言葉が自然に走り出た。生まれてはじめて、私はこの言葉を口にした。父の手を強く握り、私は首を回し、車内をひと渡りぐるりと見た。

消えていた。黒い外套の横沢滋も、私の横にいた阿川文子も。あの時と同じだ！

ただ、父の連れらしい上品な顔つきの老婦人が、私のすぐ横に立っていて、心配そうに父を見おろしていた。

「新造。紹介させてくれ。文子だ。阿川文子だよ」

私は目を見張った。そして、すぐ鼻先でゆっくりと頭を下げる、この上品そうな老婦人を見た。

高く通った鼻筋、かたちのよい唇、豊かで、輝くような銀髪。それが薄く、紫色に染められている。華奢《きゃしゃ》な銀の縁の眼鏡をかけている。さっきまで私の隣りにいた娘が、一挙に四十年の時を駈け抜けた——？

「淳一郎さんは、心臓がお悪いのです」

婦人は言った。

「ありがとう、お父さん」

私は言った。父はすると、激しく首を振った。

「そんな言葉を言うな」

私をなじるように、強い口調で言った。

「私は、そんな言葉を言われる資格はない」

それだけを言い、おそらくは激情に、ひとしきり身を震わせた。それが、私が父の口から聞いた最後の言葉だった。そのまま、父は動かなくなった。

婦人は、父が阿川文子だと言ったその婦人は、父の体の脇にゆっくりと屈《かが》み込み、胸のあたりに、静かに顔を伏せた。私は半歩退き、身をよけた。

静かに見おろし続けた。それからゆっくりゆっくり、起こった出来事を理解しようとつとめた。

私は目の下のこの銀髪の婦人が、たった今何をしているのかも解らなかった。豊かな銀髪が私の目の下にあって、小刻みに震えているらしかった。

不可解な出来事が、いち時に、まるで爆発のように起こった。私は自分のことが、爆風で吹き飛ばされ、それでも奇跡的に生き残った人間のように思われた。何が何だか解らない。爆発からずいぶん時間がたって、私の頭は今ようやく思考を始める。

四十年も会えなかった父が、突然目の前に現われ、わずか一分間で、また目の前から去った。本当にそうなのか？　これは現実なのか？

視界が少しずつ回転を始める。床がスポンジに変わったように、私の足が萎《な》えている。

「死んだのか？」

意外なほど間近で、突然太い男の声がした。いきなり心臓を摑《つか》まれたような恐怖。振り向く。すると、肩が触れ合うほど近くに、黒い外套の横沢が立っていた。この男の表情にも、一種の恐怖があった。

激情が、私の体を貫いていた。唸り声を発し、横沢の胸ぐらを摑んでいた。怒りと悲しみと、恐怖と疑問と、不可解さと不安と、それらが私の内で熱水のように沸騰《ふっとう》した。狂気が、私の脳髄を痺《しび》れさせた。相手の胸を摑んだ拳《こぶし》を、そのまま激しく突き出した。

男の悲鳴を聞いたような気もした。大きな音を聞いた気もする。あっけなく彼の体は、父の横たわる席の向かい側の背もたれに、打ちつけられた。

「死んだかはないだろう！」

私はそう叫んだかもしれない。あまりにも興奮していた。

「銃で撃っておいて死んだかはないだろう！」

「違う！」

横沢は叫んだ。

「これは空砲《くうほう》だ」

男は言った。

「小道具だよ、玩具《おもちゃ》だ」

その声は、どこかで聞き憶えがあった。それでもかまわず、私は言った。

「父を殺した」

ようやく会えたのに、そうも思った。拳を振りあげ、私は男の頬を思い切り殴《なぐ》ろうとした。

「待て新造君、待てよ」

男は言った。

「私だ、私だよ」

私は手を停めた。男は胸を摑んだ私の拳を振り払った。それから頭に手を伸ばし、乱暴に髪の毛をむしり取った。

皮膚とともに髪の毛はするりと抜け、下から黒い髪が現われた。

それから男は眉毛《まゆげ》もむしった。そうしておいて、黒縁の眼鏡をかけた。

「あ」

と私はほとんど叫んだ。

「叔父さん！」

「そうだ新造君、私だよ」

別荘を建てたといって私を招待してくれた、叔父の里美太一だった。

「どういうことです？」

私はまだ胸の動悸がおさまらず、やや震える声で尋ねた。

「すまん、すまん」

演劇学校を経営する叔父は、右手をたてて、拝むような仕草をしながらそう言った。

「いや、君をただ出迎えるだけじゃつまらんと思ってね、君をかついでやろうと思って計呂地まで来て、こうして列車に乗ってきたんだ。『暖黄』にある横沢の扮装をして、映画用のこの小道具のピストルも持ってさ。

お芝居をより完全なものにするために、女優の中原君にもちょっと手伝ってもらった。紹介しとくよ、中原君」

見ると、さっきの時代遅れのいでたちの女性も近くに立っていた。私に、いたずらっぽい仕草でちょっと頭を下げた。

「ぼくを驚かすために……？　人が悪いな」

「まったく私の悪い癖だ、君なら親しいからと思って……。でもとんだことになった。大失敗だった」

　叔父は唇を噛んだ。

「本当に？」

　叔父は、私の目を覗き込むようにして訊く。

「父ですよ」

　私は言った。

「本当に……、信じられん……」

　叔父は、溜め息とともに、痛々しい声を出した。銀髪の婦人の横に身を屈めた。

「本当に義兄《にい》さんなのか？　本当に？」

　そう言って、父の右手を両手ではさみ込むようにして取った。

「生きていたのか……。いったいどこに……」

　そう言って父の上に身を屈めた時、叔父の顔色が変わった。

「あっ」

　と彼は言った。

「あっ、あなたは！」

　叔父は叫ぶ。そして銀髪の婦人の顔と、横たわる父の顔とを、忙しく、かわるがわる見た。

「笠井さん！　あなたは笠井さんじゃないですか！」

「知ってるの?!」

思わず私も叫び声になる。

「うん、ひょんなことで……、あなたが、あなたが義兄《にい》さんだったのか?!　子供の頃から、写真でだけはお顔を知っていたが……、どうして以前会った時に気づかなかったんだろう、ぼくは義理の弟で、昔お会いしたこともなかったから……、だが、しかし……、この人は以前ぼくと会った時、ぼくのことはそれと気づかれたんだろうか。自分の奥さんの弟だって……」

「解ったようでした」

薄紫の髪をした婦人は言った。

「いつか里美さんと銀座でお会いしたと、申しておりました。あなたのお名前を聞いた時、解ったようでした。そう申しておりましたから」

「どうして言ってくれなかったんだ、生きていたのか……、いったいどこにいたんだ」

叔父は、ささやくような言い方になった。

「何故今まで連絡をくれなかったんだ？　死んだとばかり思っていた。どうして今急に……。いやそれより、死んだのか？　死んだのですか？」

横の婦人を見た。婦人はうなずく。

「しかしこれは、空砲だ。オモチャですよ」

「淳一郎さんは、心臓が弱っていたのです」

婦人は短く、そう言った。その声が震えた。そして彼女の右手に、柄物《がらもの》のハンカチが握られていたので、ようやく私は婦人が今まで泣いていたのだと知った。あまりの出来事に、私の理解は後手後手《ごてごて》と廻っている。

「突然現われて、突然逝《い》ってしまった。四十年ぶりの再会なのに。話す時間もなかった。訊きたいこと、話したいことが山ほどあったのに……、こんな、こんな馬鹿なことが……」

そう言いながら、叔父は立ちあがった。

「義理とはいえ、私にはたった一人の兄だ、それを……。いや、君にも、たった一人の父親だったな……」

叔父は、そう私の耳もとで言う。

「だが馬鹿げてる。あまりといえばあまりだ。こんなことがいったい……」

そう言って絶句した。

「いったい起こり得るのか！」

吐き出すように言った。

運命の悪戯《いたずら》——、まさに運命の悪戯というものだ、そう私も思った。それにしても、こんな馬鹿なことが――、私も、そんなふうに千回も繰り返したい気分である。

「いったいどこで、義兄《あに》はどこで暮らしていたんです？」

叔父は銀髪の婦人に言う。

「どうなっているんだ！　しかし、今はそんなことを言っている時じゃない。このままにしてはおけない。このままじゃやっかいが起こる。どうするかな……」

「車掌に言おうか」

私が言った。

「そうだな……」

叔父も迷った。

「今は面倒を起こしたくないんです。そっと列車からおろすことはできませんか」

阿川文子は言った。

叔父はしばらく考え込んでいたが、やがて決心したように言う。

「芭露《ばろう》の駅前に、私は車を置いてあるんだ。よし、新造君が背負うことにしよう。駅員には私が病人だと言おう。誰も何も言いやしない。どうせ駅員は一人しかいないんだ。電車の中で面倒を起こさない方が、国鉄としてもありがたいだろうしな」

「それからどうするんです？」

私が訊いた。

「別荘に運んでしまおう。それからどうするか、善後策をゆっくり考えよう。とにかく向こうへ着いて、今までの事情をすべて聞かせてくれませんか？」

叔父は老婦人に言った。阿川文子はうなずいた。

6.

父の遺体を乗せ、叔父の運転で別荘へ向かっていくと、サロマ湖のほとりに出た。そこは小さな漁村で、錆《さび》の色に汚れた小さな漁船が、次々とヘッドライトに照らされてすぎた。

阿川文子はじっとその船の群れを見ていたが、やがて、船に乗りたい、とぽつりと言った。その声はかすかだったので、あるいは船に乗せたい、と言ったのかもしれない。

「船ですか？」

ハンドルを操《あやつ》りながら叔父が訊き返した。

「乗りたいんですか？」

「ええ、乗りたいです」

控《ひか》え目ながら、老婦人は断固として言った。

「私の船が一艘《そう》ありますが、しかし、明日にしませんか？　別荘より、船が先の方がよいのですか？」

「お願いします」

私が、ちょっと奇異に思ったほど婦人は船にこだわった。

「どうしてもとおっしゃるなら……、では船着場の方に廻しましょう。中原君、じゃ君がこの車を別荘に返しておいてくれないか。用がすんだら電話するから、悪いけど君か谷君が、また車で迎えにきてくれないかね。だが、もし遅くなったら寝てくれていい」

はい先生、と中原という女優は答えた。

「しかし、義兄さんはどうするんです？」

叔父は婦人に訊く。

「一緒に乗せます」

婦人はきっぱりと答えた。


私と叔父と阿川文子は、父の遺体とともにサロマ湖に浮かんでいた。目を閉じた父の体は、死人とはとても思えなかった。ゆるやかに上下する船底のソファで、長い精神的な疲れから、今ぐっすりと眠り込んでいるように見えた。

船は、そう大きなものではなかったのだが、長く葉山に置いて、叔父が自慢にしていたものだった。木造りのキャビンに、冷蔵庫も埋め込み式になっている。叔父はそこから一番上等のシャンペンを抜き出し、グラスに注いでみなに配った。そして何にとも知れず、私たちはグラスを挙げた。

「再会を祝して」

と叔父は、ソファの兄に向かって言った。

それから私たちはグラスを舐《な》めながら、ずいぶん長いこと、黙り込んでいた。だから私が、彼らをあとに一人甲板へ出た時、甲板は暗く、私は腕時計を見なかったので、もう夜が明けるのではないかと考えたくらいだった。

沖に、点々と赤く、いさり火が燃えていた。じっとそれを見つめながら、私は波が船側《せんそく》を叩く音を聞いていた。どうせ眠れるはずもなかったから、船でこうしていようという提案は、私も望むところだった。

周囲に何もない夜のうちに長くいて、ようやく今が現実だという気がしてきた。思考が、やっと現実に追いついたのだ。

それからもさらに三十分、そして一時間と、私はそうしていた。ようやく興奮が去り、気分が鎮《しず》まってきた。同時に、別の、冷静な興奮が私の内に湧《わ》いた。興味である。

ことわけを知りたいと思った。いったいどういうカラクリになっていたのか。四十年前の雪の夜、湧網線で何が起こったのか。どうやって父は生き延びたのか。そしてどこにひそんでいたのか。何故母や私から、四十年も身を隠し続けたのか。聞きたい、と思った。

その欲求は、みるみる激しいものになった。

身を起こし、船底におりた。阿川文子と叔父は、相変わらず黙り込んで、父の横たわる脇のソファにかけていた。

「叔父さん、気分は落ちつきましたか?」

私は言った。

「ああ、落ちついたよ。君を待っていた。そろそろ話を聞きたいと思って」

「ぼくもですよ」

言いながら私は腰をおろした。

それからも私たち三人は黙り込んでいた。父のいるソファの脇には小さな窓があり、暗い水面といさり火が見えた。私はまたそれを見ていた。

私と叔父は、沈黙で婦人をうながしているつもりでいた。堪《た》えかねて婦人が口を開くのを、辛抱《しんぼう》強く待った。

「何からお話ししましょうか」

唐突《とうとつ》に婦人はそう言った。

「どこに……、四十年間、どこに住んでらしたんです?」

私が言った。

「東京です。世田谷の、あなたの住んでらしたすぐ近くなんですよ。丘の上に、あなたの住んでらっしゃる白いマンションがよく見えました。淳一郎さんは庭に出て、あなたのマンションをよく見ていました。あなたにお子さんができたことをどこかで知ってからは、とっても会いたがって、毎日のように、丘の上に出かけていました。だって淳一郎にとっては、孫なんですものね。会えた時は、それは嬉しそうに私に話してくれました。そして、あの子に何かしてやれないものだろうかと、いつも話していました」

「お子さんは、いらっしゃらないのですか？」

叔父が訊いた。

「おりません。作りませんでした。主人が、いえ淳一郎が嫌がりました。息子は、新造さんが一人というつもりだったのでしょう。淳一郎は、あなたのことを、とても気にしていました。悪いことをしたと、いつもすまながっていました」

「ふうん、一人息子を捨てたわけだから……」

叔父が言った。

「でも知らなかったんです！　姿を消した時、初江さんに子供ができていたなんて、知らなかったんです」

婦人は言った。初江というのは母の名である。母に私ができていたことを知っていたら、父は失踪を思い留まったろうか、私はそう尋ねたかったのだが、黙っていた。

「四十年間も、われわれに連絡をくれなかった……」

叔父はつぶやいたが、私にはその理由は聞くまでもなかった。この婦人は、父を自分のものにしておきたかったのだろう。私にはほかに知りたいことが山ほどあった。

「昭和二十年から、二十七年までですか？　あなたは和歌山の刑務所に入れられたと聞いていますが」

婦人はうなずいた。

「その通りです」

「何の罪でです？　あれは、父殺しの容疑ではなかったのですか？　父は、生きていたじゃないですか、ついさっきまで。それなのにあなたは、父を殺した容疑を、釈明もせず、黙って服役《ふくえき》したのですか？」

「はい、そうなりましたわね、そういうことです」

「何のためです？」

「小笠原淳一郎さんを、あなたのお父さまを、愛していたからです。心から、尊敬していました。あの人のためなら、どんなことにも堪えられました。あの人を自分のものにできるのなら、私はどんなことにでも堪えられました。まして、たった七年ですもの。私に怖かったことは、その間に自分の容色が衰えることぐらい。でもそれも、淳一郎さんが励ましてくださったから、なんでもありませんでした」

「なんでもなかった……」

「いえ、それは死刑になるかもしれないと思い、それは毎日怖《こお》うございました。でもそれでも、それで淳一郎さんを救えるならと……」

「父を救う……？　よく解らない。あの事件のことを説明してくれませんか。あなたは最初から、自分は刑務所に入るつもりの、あれは計画だったのですか？」

「いいえ、違います。あれは、事故だったのです」

「事故？」

「はい、なにからなにまで、予想のつかない出来事ばかり起こりましたから」

「阿川さん、『暖黄』はお読みになりましたか？」

「はい読みました。昭和二十七年に、出所しましてから私、紋別へ行き、あの本を手に入れました。亡くなった今泉太郎さんからです」

「亡くなった？　今泉さんは、亡くなられたんですか？」

「はい、去年の暮れ、亡くなられました」

「そうか……」

では私の手紙は届かなかったろう。

しかし、では――？

「では今泉さんは」

「はい、今泉さんだけは、私たちのこと、ご存知でした。私が打ち明けたんです」

「そうか……」

私は気持ちが沈んだ。理由は解らなかった。ただ、気持ちが沈んだ。

「私がそもそも北海道へ渡ったのも、今泉さんを頼ったからです。今泉さんを紹介してくださったのは、ある高名な作家の方です。名前を言えば、みなさん誰でもご存知の、ある有名な作家の先生です」

「今泉太郎……」

私は口に出してみた。

「今泉さんには、ずっとお世話になりっぱなしでした。北海道の実業家の方ですけど、今は息子さんが東京で、貸しビル業で成功していらっしゃいますから、経済的にも、一度ならず救けていただいたことがあります」

「今泉太郎というのは本名ですか？」

叔父が訊いた。

「いえ、筆名です」

すると叔父は、大きくひとつうなずいた。彼には思いあたることがあったようである。

「今泉さんの文章を、私は繰り返し読んで育ちました。あそこに書かれていることは、間違いが多いのですか？」

私が尋ねる。

「いいえ、そんなことはありません。あの夜のことは、あの通りです。ほとんど、事実通りです」

「なんですって⁈　本当ですか⁈　どうしても信じられないな……。では、話してくれませんか、いったいどういう仕掛けなんです」

「お話しします。淳一郎さんが話すつもりでいたようですが、あんなことになって。私が代わりに、お話しします」

「是非お願いします」

叔父も言った。

「私が、淳一郎さんを愛していたことはご存知でしょう。ですからあの夜、私がお父さまを、サロマ湖へお誘いしたんです。その帰りの列車ですわね」

「そう、湧網線です」

私は固唾《かたず》を呑んだ。今こそ、夢にまで見た四十年前の謎が、解き明かされるのである。

「横沢さんが黒い外套を着て列車に現われ、拳銃を抜き出した、ここまでは、あの文章にある通りです」

「ええ、そのあとが違うのですか⁈」

「違います。淳一郎さんと横沢さんが揉み合って、拳銃が発射されて、亡くなったのは横沢さんの方なのです」

「なんですって?!」

私は思わず叫んでいた。

「しかし……」

「お待ちください。ゆっくり説明します」

「失礼しました、どうぞ」

私は言ったが、心臓は早鐘《はやがね》のようだった。

「横沢さんが、座席の、私の横に倒れ込んできた時、主人は、いえ淳一郎は、茫然と立っておりました。私も、ひどい衝撃を受けて、何も口がきけず、しばらく二人でぼんやりしていました。

淳一郎は、警察に行かなければ、と言いました。でも気づくと、拳銃が発射されてもうだいぶ経つというのに、私たちのところへは誰もこないのです。車掌さんも、誰もです。

それで周りを見廻すと、車両の中には私たち以外には、誰もいないのです。一人も、私たちの車両には乗客が乗っていなかったのです。たぶん、当時雪の頃はしょっちゅう不通になりますし、そうなると列車の中で夜明しですから、みんな乗るのを敬遠していたんだと思うんです。それに拳銃はオーバーに押し当てられて発射されたので、音はとても小さかったのです。だから列車の音で、誰も気づかなかったようなのです。

私は、逃げましょうと、淳一郎さんに提案しました。正当防衛だと思うけれど、淳一郎さんは人を殺したのだし、あの時代のことですから、面倒は目に見えています。私は、淳一郎さんと一緒なら、二人でどこまででも逃げたいと思って」

「逃げるってどこへです？　列車の中でしょう？」

　叔父が言った。

「飛びおりるつもりでした。今と違ってあの頃の列車は扉が開きますし、下には厚く雪が積もっていますから、なんとかなると考えたのです」

「なるほど。今より速度も遅いでしょうしね」

「はい。それで私は立ちあがって、淳一郎さんの手を引いたのですけれど、彼は動きませんでした。逃げても、いずれ捕まると言うんです。

　私は、正直に言って、とても悔しかったんです。せっかく淳一郎さんを、自分一人のものにできる絶好の機会なのにと思って。それで、一生懸命知恵を絞ったのです。そうしたら、とっさによい考えがひらめいて……、つまり、淳一郎さんを死んだことにするのです。淳一郎さんと横沢さんは、体つきも顔もあまり似てはいなかったけれど、幸い背丈は同じくらいです。襟巻きと外套を取り替えてしまって、眼鏡を横沢さんの顔にかけさせてしまえば、車掌たちは淳一郎を知らないのですから、淳一郎の死体で通ります。洋服を着せ替えて、車掌に見せて、淳一郎が死んだことを確認させたら、車掌がいなくなったすきに、横沢さんの死体を淳一郎と二人で列車外へ棄てるつもりでした」

「車掌に横沢の死体を見せている時、父はどこにいたのです？」

「列車と列車の間の、連結器のところに隠れていたのです。車掌がいなくなったら私が呼びにいって、二人で死体をドアから棄てるという計画でした。

その時、横沢さんの死体と一緒に淳一郎も列車から飛びおりる、そして淳一郎はまたそこで服を取り替え、横沢さんの死体に重石をつけてサロマ湖へ沈めてしまう。そうしないと、もしあとで列車の車掌に横沢さんの死体を見られたら、自分たちが列車内で見た被害者だと証言されるおそれがあるからです。時間が経ってから横沢さんが発見されれば、淳一郎を殺したあとで、同じ胸を撃って自殺したと、警察は判断してくれると考えました。車掌に見せても、その頃はもう死体も傷《いた》んでいるでしょうから、顔は解らなくなっているでしょうし」

「しかし、それでは父の死体は消えてしまうことになる」

「そうですけれど、戦争中のことですし、世の中は混乱していましたから、少々話がおかしくても、私が頑張り通せばなんとかなると考えました。淳一郎を自分のものにできるのなら、そのくらいなんでもないと思ったのです。

計画がうまくいけば、淳一郎は死んだことになり、自由の身になるのです。私は紋別に帰ると、店をたたんでお金に換えて、そして淳一郎さんを追って一緒に暮らそうと考えました。だから、それから二、三日のうちに、必ず遠軽《えんがる》の街のどこかで落ち合おうと約束しました。

　息子さんの前で、こんなことを申しあげるのは心苦しいのですけれど、私たちは、私とお父さまは、その頃よりもうずっと以前から、深く愛し合うようになっておりました。お父さまも、私と暮らしたいと、そう言ってくださっていたのです。私の方はもちろんです」

「なるほど、で、とっさの計画を実行に移したのですね？」

「あなたが生まれるとご存知なかったからです。知っていれば、お父さまはきっと思い留まられたでしょう」

　私はその言葉には無言だった。母の苦労、そして子供時分の自分の片親の淋しさが、瞬時に思い出されたからだ。

「洋服を着せ替え、眼鏡をかけさせ、淳一郎が連結器のところへ隠れると、私は思いきり悲鳴をあげました。私は、二人も車掌さんが、それも前と後ろから即座に飛んでくるなんて思ってもいなかったのです。どちらか一方から来るだけだろうから、その反対側の扉から横沢さんは飛びおりたと、そう主張できると考えていたのです。第一、客車はたくさんあるのだと私は思っていました。その一番後ろから車掌さんが来るのなら、ずいぶんと時間がかかるはずだと考えていたのです。

　でもそれが私の失敗で、客車はたった三両しかなかったのです。あとは貨物車で、おまけに、すぐ前と後ろに車掌さんがいてすぐ飛んでこられたので、犯人はどこからも逃げられない、消えてしまったということになったのです。それで、思いもかけず私が犯人ということになって、手錠で座席につながれてしまったのです」

「なるほどそういうことか！　でも父の方は横沢の死体を列車から棄て、自分も飛びおり、計画通り服を取り替え、横沢の死体はサロマ湖に沈めた」

「そうです」

「では、あの辻という職員が見た父の幽霊は？　あれはどういうことです？」

「あれは、横沢さんを沈めた後、淳一郎は湧網線の線路に沿って歩いたのです。線路沿いでないと、雪を避けられる小屋の類いもないものですから。

でもそうして歩いていたら、雪で立ち往生していた私の乗った列車に追いついてしまったのです。もの陰から様子を見ると、乗務員たちは全員で線路の雪かきをしているし、客車はがらんとしているので、私がどうなったか心配だったのと、冷えきった体を少しだけでも暖めたかったので、また私のいる車両に少しだけ入ったのです。そこをたまたま運悪く、あの辻という人に見られてしまったのです」

「なるほど、そういうことか……」

「はい。辻さんが中に入ってこられなかったのは幸いで、あの人の姿が扉の窓のところから消えると、淳一郎さんは、また雪の中へ逃げたのです。ちょうど雪も降りはじめて、足跡も消えたのだと思います」

　なるほど――、私は深く溜め息をついた。これでようやく解った。しかし、すべてではない。まだ解らないことがある。

「父はあれほど創作に対する情熱を持っていた。それなのに、逃亡して身をひそめている間、いっさい文章の類いを書かなかったのですか？」

「お書きになりませんでした。私はそのことが、一番辛《つろ》うございました。私というたった一人のつまらぬ女のために、あの方は、あれほど素晴らしい才能をお持ちだったのに、筆をお折りになったのです。あの人は、私も手に入れ、創作も続けるというのでは贅沢《ぜいたく》にすぎると、どちらかは犠牲にしなければと、そうおっしゃっておいででした。でも私にはそのことが、とても辛うございました」

「ただのひとつも、短編の一作さえも書かなかった……」

　私には信じられなかった。父は作家になるために生まれてきたような男だった。母からはそう聞いている。それが――。

「たったひとつだけ、お書きになりました。これです」

　阿川文子は、私に一枚の紙をさし出した。古びた藁半紙《わらばんし》のようだった。原稿用紙ではなかった。

「昭和二十七年頃、あの方の書斎で見つけたものです。あの頃は、まだ悪戯《いたずら》書きのようなものを時々なさっておいでででした。それは、息子さんのあなたが、お受け取りになる資格があります。大事に持ってまいりましたが、私は、もうすっかり憶えてしまいましたので」

紙を開いた。詩らしい短い文章が書かれていた。しかし船内のランプでは、暗すぎて読めなかった。

「拳銃は？　南部式の拳銃は、義兄が持って逃げたのですな？　あの列車から」

叔父が言った。

「そうです」

「そしてサロマ湖へ棄てたのですね？」

「いいえ、ここにあります」

阿川文子はハンドバッグからピストルを取り出した。そして、ゆっくりと私たち二人の中間に狙いをつけた。

「な、何を考えてるんだ？　あんた！」

叔父がうろたえて叫んだ。

「これはオモチャではありません……錨《いかり》をひとつつください。そしてロープで、淳一郎の体と結びつけて下さい、早く！」

「何をするんです？」

私は言った。

「湖に沈めます。それが淳一郎の遺志なんです。早くしないと、本当に撃ちますよ」

したがうほかはなかった。私たちのその作業がすむと、阿川文子は用心深く私たちに銃口を向けながら、先にたって甲板への階段へ足をかけた。

「甲板へ運びあげてください。お願いします」

そう言った。

叔父と二人で父の体と重い錨を抱き、ようやく甲板へ出ると、冷風が私たちの頬を打った。肌に痛いほどに、冷たかった。

「沈めるんですか？　私に、父の葬式も出させてくれないのですか？」

私はやや大声で言った。耳もとで風が鳴っていたからだ。

「本当にごめんなさい新造さん。でももうお葬式はすんでいるんです、四十年前に。今日のことはすべて、悪い夢だと思って忘れてください。

さあ、早く！　主人を水の中に入れてください。ゆっくりと、そうです。足の方から水に入れてください」

せかされ、私たちは苦労して、父の体を甲板から湖の上にさし出した。そろそろと、足の方から水の中におろした。

私が手を放すと、突然目の前に現われ、ほんのひと時私とともにいた父は、ゆっくりと、黒い水の中に消えた。嘘のようにあっけなく、私の手の内には、かすかな名残りさえ残らなかった。

私たちは多少の憤りとともに立ちあがり、阿川文子の方を見た。暗い甲板に、小柄な女のシルエットが立っていた。表情が、かろうじて見えた。とても穏やかな様子だった。ゆっくりと南部式の銃口を、銀髪の中に差し入れた。そしてその姿勢のまま、甲板のへりまで後ずさった。

「お世話になりました。初江さんにはあの世で詫びます。さようなら」

そして文子は引き金を引いた。いや引こうとした。しかし、発射音はなかった。

ゆっくりと叔父が近づき、手を伸ばして銃を取った。

「錆びているのですよ」

そう叔父は言った。

「なにしろ四十年前の銃だ」

叔父は、阿川文子の肩を、摑もうとしたようだった。闇の中の視界で、定かではない。しかしそのわずかな間隙《かんげき》をぬって、彼女は湖面に身を躍らせた。

水音――。叔父が何か叫んだ。私も甲板のへりに駈け寄った。

「放っておいてください！」

足もとの闇のどこかから、婦人の声がした。

「どうかこのままにしておいてください！」

必死の声だった。私は、飛び込もうかと反射的に身がまえた。しかし、叔父にとめられた。

「いいじゃないか、そっとしておこう」

叔父は言った。

私はそれから何時間も、闇の中で一人、膝をかかえて甲板にすわり込んでいた。波が船側を叩く音を聞いていた。叔父は、眠ると言って船底におりていったが、おそらく彼も眠ってはいまい。

じっとそうしていると、闇が底ごと持ちあがり、さあっと明るくなって、父と阿川文子がもう一度私の前に戻ってくるような気がした。それとも、阿川文子だけが船に泳ぎ戻ってくるのだろうか——。

私は、きっと何かを待っていたのだろう。そうでなければあれほど長い時間、じっとすわっていられたはずもない。しかし、結局なにごとも起こらなかった。

不思議なほどなにごとも起こらなかった。私は次第にそのことが、とてつもなく不可解な出来事に思われてきた。そしていつか、ついさっき阿川文子が言ったように、今日の出来事はすべて不思議な夢であるような気がしてきた。

四十年という時間をかけ、私は長い長い夢を見ていた。やがて東の空がうっすらと白《しら》みはじめると、その感じはいつか確信に変わった。だってそうじゃないか。その証拠に、私の手には何も遺っていない。

気づくと、私はひどく疲れていた。四十年間の夢から、ようやく今目醒《めざ》めたのだ、当然だ、とも思った。

しかし、たったひとつの事実が、その気分を否定した。私を現実に引き戻した。手に何も遺っていないと思ったのは間違いだった。胸ポケットを探ると、一枚の紙が手に触れた。さっき阿川文子がくれた、父の書いた走り書きだった。すっかり忘れていた。古びて黄ばんで、粗末な紙だった。その紙が、この四十年間の父の生活を語った。

父は戦前、むしろ裕福な暮らしをしていた。立派な家に住み、別荘まで持っていた。それをすっかり捨て去った。父もまた、阿川文子を深く愛していたのだろう。

傷めないようにゆっくりと広げ、私は昇ってきた朝日にかざしながら、その紙に書かれた文字を読んだ。詩らしかった。

父は小説家で、生涯にただ一篇の詩も発表してはいない。父の書いた、それは最初にして最後の詩だったのではないか。

詩なら書いてもよいと自らに許したのか、それとも詩なら、作風を知られていないから、小笠原淳一郎のものと悟られることはないと考えたのか。

いや、どちらも違うと思った。押さえても押さえても、器《うつわ》からあふれる数滴の水のように、こんな言葉の断片が、父の脳裏から零《こぼ》れ落ちたのではないか。

私は一人、湖面を渡ってくる風に吹かれながら、この未成熟な言葉の連なりを読んだ。繰り返し読んだ。読むうちに、知れず涙が湧いた。そしていつか、父を許した。

いざ行かん、夜の舟よ
我を乗せて船出せよ
罪深い、夢の数々
打ち砕き、波間に撒けば、
　船虫の、餌食《えじき》となりぬ
いざ行かん、北の風に帆を張り、
足もとの月を砕きて
我が胸に、暗き湖《うみ》あり
帆を張りて、漂う夢あり
我は愛、
我は夢、
我は湖、

我は闇、
悩みなき、若き日は逝《ゆ》き、
　二度ともう、帰らぬ日なら、
我は今、筆ひとつ折りて、
　暗き夜に身を沈めん

今死にゆく
罪の色に染まり
ただ君の胸を抱きて
　悲しき闇に身を沈めん
北風よ、心あらば、
　我が骨を湖底に置け
　人知れぬ闇にいざなえ
人は何故、罪を犯すか
ただ闇の、苦しきが故、
北風の、冷たさの故

されど今、
我が命ここに悔いなし、
我は今、まことを知れり
ただひとつ、感謝のみあり
喉を絞り、
地平に向きて、
我は叫ばん、
我が愛の、遙かなりと

改訂完全版に寄せて

島田荘司

この連作短編集は、ミステリーの作家としてはいささか不幸な出発をしたために、思いがけず産まれ落ちた特殊な作といえるかもしれない。ぼくは江戸川乱歩賞に落選したのだが、そのため、作家としてのスタート時点で、小説雑誌編集者が群がってきて短編を要求されるということがなかった。

これは順当な新人賞受賞作家には必ず起こる恒例の行事で、新人に長編を書かせるスペースは雑誌にはないから、大物作家に長編を書かせ、これをクリスマスツリーのもみの木のように中心に立て、新人や中堅には短編を書かせて、これを飾りもののように針葉樹の周囲に巻くという雑誌の作り方を、各社、新人賞のシーズンには行う。

ぼくの場合にはこれが起こらなかったから、デビュー前から書き溜めていた短編小説群が、はけずに身辺に残り、こういうものの活用とか、見せ方について、あれこれ考える充分な時間があった。当連作短編集の最後に置いた「網走発遙かなり」という室内劇的な本格もの、こういう人工的な短編を一九八四年の小説現代別冊に書いて載せた時に、妙にこの演劇が意味ありげで、長い長い物語の終幕、それも劇的なクライマックスのように感じられて、この登場人物たちの前半生を、遡《さかのぼ》って書き足したいという衝動が来た。

このあたりの事情はのちに詳しく書くが、それでこの時までに書いた短編習作や、ストックしていたアイデアを使って三本の短編を書き、既刊短編「網走発――」の上に載せた。結果、通して読めばずいぶんと曲のある、先が見通しにくいドラマができた。これはそういった少々異例の執筆経緯だったのだが、こういうことは、乱歩賞受賞で順当な出発をしていれば、まず許されなかった。「丘の上」も「化石の街」も、通常の単発短編として世に出て、潜在的な意味合いに気づくことはなかったろう。

そういうことでぼくの場合、出発時の不幸が、この構造新味の連作短編集を産むという幸運をもたらした。幸運と書いたのは、初短編集がひねりを背にした連作短編となり、当時こういうものが珍しかったので、編集者たちにずいぶん褒められたからである。その賛辞は、『占星術殺人事件』によって尋常ならざる猛バッシングに晒《さら》されていた新人には、仰天するほどに温かく、フィールドの底意地の悪い印象が百八十度変わった。うちの新人にもああいった趣向の連作短編を書かせようと思うとか、またああいう趣向のものを書いて欲しいとか、各社編集者にずいぶん言われた。

もう一点冒頭に書いておくべきかと思うことは、この短編集の文庫は絶版となり、世に埋もれかけていたのだが、これを引きずり出してこうして作者に新たな解説を書かせたり、改訂完全版の編集をさせたりしたのは、「乱歩の幻影」という名の新作映画の企画であった。むろん当短編集収録の一編の、映像化である。

このことにぼくは非常な興味深さを感じるのだが、その理由は、この映画は当然だが、右に述べた一連の騒動にも、「乱歩」というキーワードが関係するからである。騒動から映画化までの一連の推移すべてに、この「乱歩」という意味深なミステリー記号が関わっている。

そもそも拙作『占星術殺人事件』は、乱歩賞を落ちるべき作ではなかったという声は、今となってはずいぶん高まった。念のために述べるが、これは恨みを述べているのではない。乱歩賞落選は、先の短編要求の欠落と同様に、多くの幸運をこちらにも、ジャンルにももたらしたと思っている。だからむしろ怪我の功名的善であって、少々冗談めかすが、ミステリーの女神の深謀遠慮を感じることもある。とは言ってもこれは、半分は本気である。

多くの人々がそう述べる理由は、『占星術殺人事件→The Tokyo Zodiac Murders』が今や世界各国に翻訳され、英国の大新聞ガーディアンなどは、歴代「不可能犯罪ベストテン」企画をやってくれて、『TTZM』をホームズやポアロの作品群を抑えて歴代二位に挙げてくれたことなどによるのだが、乱歩賞を落ちた理由がまた、皮肉なことに「乱歩」だった。

当時の乱歩賞は、乱歩の名を冠しながら、多くの運営者や関係者が乱歩の流儀を深く恥じており、軽蔑《けいべつ》を懐《ふところ》に隠していた。そして全員が、乱歩流儀がまた復権する危険性を厳に警戒する警察と化していた。戦前戦中、乱歩本は、電車の中ではカヴァーをかけないと読めなかった。探偵作家連が文学者たちから嘲笑《ちょうしょう》・蔑視《べっし》を浴びせられたあの時代には、二度と戻りたくないという祈りをみなが抱いており、乱歩風味の『占星術殺人事件』がその復活の狼煙《のろし》と誤認された。今日の視線からは、ゆえに落選も当然であるし、これを契機に、永久追放をもくろむ理不尽な猛バッシングが巻き起こった裏面には、こうした切実な保身事情がある。

しかし世に出た『占星術殺人事件』は、予想通りにムーヴメントを巻き起こして、文壇の創作傾向を根底から変更させることになった。が、本格系作家が追放されていたため、まもなく文壇を埋めることになる大学ミステリー研出身の二十代作家たちの作風に、乱歩流のエログロの気配が表れることは微塵《みじん》もなかった。しかし先達たちはそれで安堵《あんど》するでもなく、自らの邪推を恥じるでもなくて、それではと刑事が出てこないぞ、最新社会風俗が描かれていないぞ、社会悪の告発がないのはけしからん、作中に人間がいない、と主張を変えて定番攻勢を続行、様々に暴論、暴挙を続けるのだが、これらは悪いことばかりではなかった。乱歩賞落選者の活動への多種多彩な抵抗は、多くの新人を産み出しもしたし、様々に新創作の流儀を探り当てもした。この連作短編集が産まれたことに似て、ジャンルには少なからぬ利益もあった。

そして当短編集だが、述べたように収録短編の中に、「乱歩の幻影」という掌編がある。のちに書くが、この作は、自分が二山久を求めて若干の調査をしたおりの実体験を書いている。そうしたことや、「乱歩」という絢爛《けんらん》のイメージが、小説界には、禁止薬物にも似たすこぶる危険なものであっても、映像世界には相性がよいように思って、戯れに戯曲化してみた。これは友人の映画監督、高橋コウジ氏の協力もあって、脚本化は面白く作業できた。そこで完成した脚本を、これも親しくなった鬼才監督、秋山純氏に見せたら、是非映像化させて欲しいと即刻言われた。さらにこの時、「黒船〜阿部正弘と謹子」というオペラを創っていたのだが、これを観にきてくれた監督が、音楽も担当して欲しいと言い出して、これはまあいくらか望むところでもあったから了承し、何やら面白い展開になった。

出演者は常盤貴子さん、高橋克典さん、結城モエさんなどで、この顔ぶれにもぼくは満足したが、なにぶんロゥバジェットなので、通や好事家《こうずか》へのアピールを狙うものになる。現在は二〇二三年秋で、大半の撮影が終わったところなのだが、さらなる撮り足しと編集、音楽の付加などを経て、来年の公開も決まった。ゆえに、講談社がこうして文庫の復刊を決めてくれた。

そういうわけで当連作短編集の成立から、改訂完全版の刊行まで、すべてに「乱歩」というミステリー記号が関係する。こういうことがすこぶる面白いと自分は感じるので、以上ことわけを子細に述べて、読者に事情を説明した。

丘の上

ここからの解説文は、二〇一二年に刊行した『島田荘司全集V』の巻末に書いた自作解説文を活用し、新たな筆や省略を加えながら書いていくことにする。全集刊行時の説明は、執筆当時のことをよく思い出しているし、全集を読まれている読者は少ないであろうから、内容の多少の重複は、ご容赦をお願いしたい。

成城は、丘の上に広がる街だ。最近、成城大に勤務する読者の方二人に招待され、案内されて一帯を歩いた。「丘の上」を特に繰り返し読まれている方々で、作中で舞台にしている場所を、もれなく案内してもらった。かつてはぼく自身よく見知っていた場所だから、こちらが案内してもよかったはずだが、三十年ぶりの再訪で、当方はもうすっかり忘れていた。

丘を下ってゆく中途に、この作で重要な舞台にした喜多見不動尊がある。境内《けいだい》の小田急線を見おろす柵も、小ぎれいになってはいたが、まだ健在であった。

この境内の小さな流れのほとりで、成城大の学生有志が、このあたりを描写している「丘の上」の一節を朗読してくれた。女子大生の澄んだ声が、黒い岩場から湧く清水のせせらぎに、よく似合った。

坂を下りきると野川にぶつかり、この川の左右に喜多見の住宅街が広がる。川べりに立つと正面に丘が望め、その上には、今下ってきた成城の街が載っている。

丘の上には偉大な先達、横溝正史氏の邸宅がある。小澤征爾氏の邸宅もあるし、横尾忠則氏のアトリエもある。高名なタレントや映画監督の住まい、東宝の撮影所や、著名人たちが姿を現す蕎麦屋、喫茶店がある。

一方の喜多見は別に貧しい街ではないが、なんとなく丘の上にある東宝撮影所が作った黒澤映画、「天国と地獄」を思わせる構図だった。この妙に図式的な地形が、ぼくにこの物語を思いつかせた。喜多見不動尊は、丘の下から見れば成城に向けて登っていく坂の中途にあり、天国と地獄と言う気になるなら、これは煉獄の位置にある。

この作を書いていた当時、不況の波が日本列島を洗っており、だから作中に表れているような突然の失職は、よくあった。こうした悲劇は、丘の上でなく、たいてい下方を直撃した。自身を襲った理不尽な不幸に発狂した住人が、発作的な犯罪発想によって、一挙に坂を駈け上がろうとした気分も、解らなくはない。

しかし彼女は、幸運もあって、煉獄《れんごく》から人の世に引き返すことができた。このテーマは、のちに現れる拙作「ジャングルの虫たち」にも見ることができる。そして天国と見えた丘の上の暮らしも、実は手放しの充足感に満ちるものではなく――、とそういう纏綿《てんめん》とした事情は、物語の先で語られる。

この作は、短編集でありながら、風変わりな形式の長編の、第一章とも言える。東京から出発し、北の網走に向かう長大なドラマが、成城を見上げるこの小川のほとりから始まる。

この作を書いていた当時、多摩川べりの和泉多摩川という小さな街に住んでいた。作家生活に入ろうとする端緒、強く呼ぶ何ものかを感じて、この川べりに移り住んだ。河原の散歩道や、土手沿いの道は、きっと作家らしい深い思索をもたらすに違いないと考えたのだが、この街での暮らしは、思いもかけぬ方向にぼくを導いた。この街のはずれで外車専門の修理工場をやっていた人物と出会い、英国産のヒストリックカーを乗り廻す趣味が始まった。これがのちのアメリカ暮らしにもつながった。

そうする一方で、むろん本格ミステリーのことも忘れはしなかった。散歩の中途で風変わりな外観の共同住宅群を見つけ、これが長編『北の夕鶴2／3の殺人』のトリックを思いつかせたり、川向こうの土手下の道が、短編「Y字路」のトリックを思いつかせたりもして、期待通り川べりの散歩と思索は、なかなかの実りをもたらしはした。

が、引越しと同時に突風のように忙しさも始まって、思い起こせばせっかくの環境を、あまり散策した記憶がない。むしろ車やオートバイで都下をせいぜい走り廻る生活が始まって、ドライヴは横浜や箱根というにとどまらず、遠くドイツやフランス、イギリスにまでおよんだ。

小田急線に乗って日常的に成城学園や喜多見に出向き、喫茶店で編集者と会い、また登戸の街も頻繁に歩くようになって、これら特徴深い街々に土地勘が働くようになったから、よく小説に登場させた。成城学園の豊かさ、登戸の旧軍事工場などは、こちらを小説に向かわせるに充分な起爆力を持っていて、のちにいくつもの作品を産んでくれた。だからこの水辺の街でのいっときの暮らしは、やはり期待以上に大きな実りをもたらしたと言うべきだろう。

和泉多摩川時代に得た成城や喜多見の街への親近感が、ここを当連作の舞台に選ばせた。三駅は小田急線で結ばれている。それからずっと時代が下り、『透明人間の納屋』という長編を書いたおりには、舞台のひとつに和泉多摩川自体を登場させた。

化石の街

この作については、書いた当時のことはもうほとんど忘れている。が、都市論、東京論に熱中を始めた時代で、集めた資料の内に、表面に化石が浮いた石材を内装に使った構造物が東京には数多くある、すべて一般が入れる場所だ、と書いたものを見つけたのが発端であった。

資料が示すこれらの場所を、さっそく巡り歩いた。これが新宿三越の階段とか、伊勢丹デパートの一階、銀座地下道の壁面、地下鉄千代田線、霞ケ関駅構内などになる。探し歩くプロセス自体は楽しかったし、小学生時代の探偵ごっこや、科学好きだった中学生時代を思い出させた。新宿三越のアンモナイトの断面などは特に見事であったが、伝い歩くうち、こういう行為は好事家たるこちらには意味があっても、常識的一般人には無価値という以前に、怪しげなものであることを感じた。

事実彼らは、化石が赤いテープで囲われ、横に解説板でも立っていない限り（三越のものは、のちに実際にそのように案内された）、一瞥《いちべつ》もくれずに通りすぎていく。彼らがもしもぼくの動きに興味を持って観察したなら、当方はもっと価値のある、つまり金銭になるとか、明白な利益を求める行為をしていると誤認するかもしれない、そういう発想をした時に、この物語ができた。

展開していく段階で、全体の終幕をうまく作るためには、主人公は演劇学校の経営者である必要があるとか、当時新宿が面白い時代で、ピエロの扮装をして街を歩き廻る奇人が実際にいた。ぼくが見た時には、彼は新聞配達をしていた記憶で、物語の内部とは違うが、こうした人間たちが化石探しに絡めばミステリアスさが増すだろうとか、そんな計算を操りながら、異色長編の第二章を妄想していった。

「ピエロが庭で踊っている」といきなり書いたら、読者は誤植だと思うかもしれない、別の小説の中途を開いてしまったかと思うかもしれない。読み手がそのように戸惑うかもという想像は、小説を書くよいモチヴェーションになった。

今も憶えているのは、北方謙三氏と集英社の担当編集者Y田氏、この二人とどこかのホテルのロビーで待ち合わせていて、中途半端に時間が空いたものだから、地下鉄丸ノ内線、霞ケ関駅構内の、六射サンゴやネリネアの化石を探しにいき、夢中で眺めていて、待ち合わせ時間に大幅に遅れたことだ。平謝りに謝った記憶がある。

ぼくは逢坂剛さんとデビューの年がほぼ同じで、そういった縁と、集英社の担当編集者が彼らと共通していたことなどから、当時は推理系の書き手たちよりも、むしろ冒険小説系の作家たちとのつき合いが多かった。

乱歩の幻影

映画化を記念しての復刊であるから、この作の解説がメインになるべきだろう。この作品は、二冊の本との出会いによって誕生した。一冊は作中に現れている福島萍人氏の『続有楽町』。もう一冊は、当時慧眼《けいがん》と話題になっていた、松下巖氏の『乱歩と東京』である。

『続 有楽町』は、福島氏の自費出版本で、この本や、そこから引用した「江戸川乱歩の友人」という随筆を、ぼくの創作のように思っている人もいるようだが、この本は実在する。そして掌編中で、女性の主人公が福島氏に会いにいって、二川氏についてあれこれと質問をするのだが、これは実際にぼくがやったことで、だからこの物語は、自分のものとしては珍しく、一部ドキュメンタリーとも言える。今読めば、当時の体験が思い出されて懐かしい。先の化石探しもそうだが、当時は実際に、こんな探偵行動をよくしていた。

福島氏の印象とか、自宅の庭をうろついていたという二川氏に対する彼の言葉、また乱歩小説に対する一種侮蔑的ともとれる強い言葉なども、この時の福島家訪問で、実際に彼の口から聞いたことだ。

福島氏は中国戦線に従軍し、少尉であったから、へりくだったふうの態度がなかなか取れない人物で、またこちらも当時は若輩であったし、無理に押しかけて話を聞いているのだから、そうした待遇も当然であった。またこの時の彼の言動から、戦前戦中、江戸川乱歩という作家が、いささかの自負心を持つ日本人に、どのように遇されていたかも、よく実感ができた。

『続 有楽町』を入手したいきさつも、ちょっと変わっている。この経緯も、本文で書いていることがおおよそ事実で、女性主人公のご主人が語っている経緯が、そのまま当方の実体験である。

デビュー前、ぼくは「斜光社」というアングラ演劇の集団と仲良くしていて、絵描きだったから、彼らのポスターとか、パンフなどを製作してあげていた。彼らとのつき合いは、そのように小説を書く前から始まっている。金があるはずもない集団だったから、報酬は入場券を何枚かもらうだけのヴォランティア仕事だった。

この劇団には、のちに武田鉄矢主演の学園ドラマ、「金八先生」に、校長役で出演する木場勝己という役者がいて、彼と友人だったから、この劇団とのつき合いも始まった。この人は歌も歌う人だったから、曲を作ってあげたりもした。

彼らと親しい鵜沼《うぬま》さんという下町の印刷屋さんが、やはり格安で斜光社のポスターや、パンフを印刷してあげていて、だからぼくは劇団が公演をするたび、ポスターやパンフの版下作品を持って、鵜沼印刷まで出かけていくことになった。

この印刷所の所在が、正確にどこであったかをもう憶えないのだが、荒川土手が近かった記憶だ。だからやってくると、たまには荒川沿いの道や河原を歩くこともして、こういう体験がその後上梓《じょうし》の『異邦の騎士』に反映している。九広という架空の土地（実際は八広）や、荒川の土手の風景を、このポスター作りの仕事の体験が語らせた。

斜光社の仕事は、ぼくが作家デビューしてからもしばらく続いた。たびたびの印刷所訪問でずいぶん親しくなっていたある日、鵜沼さんが面白い本を見せてくれた。四六ハードの本で、中身はきちんとしているのだが、厚紙の表紙をうっかり逆さに貼りつけた失敗作だった。コート紙のカヴァーをかけたら解らなくなるが、はずせば表紙が逆さについているという珍本だった。面白がって眺めていたら、よければさしあげますよと言ってくれた。どうせ捨てるだけだったのであろう。

それが福島萍人氏の随筆本、『続 有楽町』だった。鵜沼印刷が、友人である福島氏の自費出版本を印刷製本した。この時の鵜沼氏が、たまたま表紙貼りを失敗していなければ、ぼくはこの本を読むことも、手に入れることもなかった。面白いもので、そうなら間違いなく、この作は産まれなかった。ということは、映画も産まれなかった。

もらって帰り、何気なく読んでいたら、江戸川乱歩のことが書かれている一章、「江戸川乱歩の友人」があり、俄然《がぜん》興味を引かれた。著者の福島さんという人は、英語の才があって、戦後は米進駐軍の通訳を生業《なりわい》にし、有楽町に通勤していた。本はそういう日々を追想したものなのだが、その当時、よく自宅に遊びにきていた二川至氏について書いた思い出話の章があって、それが「江戸川乱歩の友人」だった。そしてこの内容が、非常に貴重なものだった。

この作をぼくに書かせた本に関してはそういうことだが、作中に名の見えている河出書房版の乱歩選集、『探偵小説名作全集1・江戸川乱歩集』も実際に持っていて、これをぼくも作中人物と同様、母の姉にもらっている。面白かったから大事な本になっていて、つまりはこれらも事実である。小学生時代、乱歩原作の連続ラジオ放送劇、「少年探偵団」

を愛聴していたのもその通りで、これを教えてくれたのもまた伯母なのであった。

　そのくらい乱歩世界には馴染《なじ》んでいたのだが、随筆に現れている乱歩と近しい二川至なる人物については、それまでまったく知らなかった。どんな資料、関連本でも読んだ記憶がない。しかも彼は明智小五郎のモデルだというではないか。もしもそれが事実なら、日本のミステリー史に記録されてよい重大なエピソードであるのに、誰にも知られていない。

　だからこの人物の人となりを記録したこの本は、きわめて貴重なものに思われたわけだけれども、自費出版本なので流通部数もわずかであるし、世にほとんど知られていない。それで鵜沼さんのところに行き、この福島さんに会いたいと頼んだ。この時はもうすでに作家デビューしていたから、会見の中身は小説化できるかもしれないと考えた。

　福島さんは、この時点でもうかなりの高齢で、鵜沼氏は、以前は荒川土手を颯爽《さっそう》と自転車でやってきたけど、最近はちょっと弱っちゃって、来なくなったなあ、などと言った。それで、こちらが氏のお宅まで出かけていくことにした。鵜沼さんに一緒に来てもらい、紹介してもらった。福島家は千住旭町と作中にあるので、これはおそらく本から書き写したもので、事実であろう。

　今地図を見ると、千住旭町なら下車駅は北千住になる。U印刷は福島家から三駅分とあるので、そうなら鐘ケ淵あたりにあったのだろうか。ぼくは鵜沼印刷にはいつも車で行ったので、下車駅の記憶はない。東武伊勢崎線を使うと、北千住、牛田、堀切、鐘ケ淵となる。確かにこれなら、千住旭町の家から、荒川土手に沿って自転車でやってくるのに手ごろな距離である。電車は迂回しているが、荒川と土手はまっすぐなので、両者の距離は実はそう離れてはいない。

福島さんにカッパ・ノベルスの『出雲伝説7／8の殺人』を差しあげた記憶があるので、福島家訪問の時期は、これが上梓された頃だったと思う。会見の内容は、作中に見えるそのままである。なかなか気むずかしい人物で、少々気を遣わされたが、基本的には親切な人で、一冊目の『有楽町』は持っていないと言うと、立って奥に行って出してきて、こちらにくれた。一冊目は四六ソフトの装丁だった。

この時得た二川氏に関する知識は、これはもうずっとのちになるが、池袋の乱歩邸を訪問する機会があり、ご子息の平井隆太郎氏からも確認した。福島氏が書いている通りで、素性、人となりにほぼ間違いはなかった。ただ二川という名は、福島氏があえて一字を違えていて、本名は二山であったと聞いた記憶だ。名前も至でなく、久だったと言われたように思う。もう記憶が少々不確かになった。このような書き物をすることになるのなら、もう少ししっかりと聞いておくべきであった。

ただ明智のモデルと言いきるには、少々無理があるような印象であった。京大電気科出身のインテリで、数学や宇宙に関する知識が豊富ということから、一部そういうところもあると、そのくらいのことであろう。明智小五郎のモデルと言うと、主張に勢いが出るのでそうしたというあたりが、事実ではあるまいか。明智の外貌から細部までを創ったのは、やはり乱歩の筆であり、創作心であろうというのが、歳月を経ての今の自分の感想だ。

ともあれこういう実体験と、もうひとつは『乱歩と東京』になる。この本もすこぶる面白くて、紹介されている乱歩世界を髣髴《ほうふつ》とさせる都下の建物は、行ける限り、すべて足を運んだ。当「乱歩の幻影」に出てくる清砂通りの同潤会アパートにも、むろん行った。だから通りからのこのアパートの見え方、全体の外観が旧警視庁にいくらか似ていること、一階入り口脇に和風玄関ふうの曇りガラスの引き戸が見えたこと、その前をすぎ、ちょっと歩み込んでの螺旋《らせん》階段、それを上がっていったあたりにあった扉の様子なども、すべて自分の目が見た光景になる。

『乱歩と東京』に紹介されていた最も興味深い建物は、浅草にあった。巻貝のかたちをした映画館で、これも目撃した。現在はなくなったので、貴重な体験になった。本作ではこの建物は使用しなかったが、非常に印象深い建物であったから、『火刑都市』で、確かヒロインにいっときここに勤めさせたような記憶がある。

物語着地の舞台を成城学園にしたのは、先に書いた通り、多摩川べりの和泉多摩川時代、ここにはよい喫茶店がなかったから、成城学園のアルプスなどを編集者諸氏との待ち合わせに使っていた。そうするうち、だんだんに勝手が解ってきたから使った。

勝手が解ったというのは、執筆机の前で目を閉じると、街の隅々、店々の様子とか、路地の奥までがはっきり脳裏に見えるようになったという意味である。登場人物の一部が裕福な階層の人たちだから、この街がちょうど具合がよかったということもある。

この作「乱歩の幻影」は、その後いろいろな方面から声がかかった。同潤会アパート群を特集したテレビ番組の中で、一部を朗読させて欲しいという要請もあったし、いろいろな作家の乱歩に触れた短編を持ち寄ってアンソロジーを編みたいので、島田さんも入り、この作「乱歩の幻影」の題名を、総合タイトルに使わせて欲しいという申し出もあった。今回の映画化は、そうした動きの総仕上げの観がある。

そしてこの物語ほど、作中のいろいろな事物が消えたものもない。『乱歩と東京』に紹介されていた建物群はすべて消えていき、以降会うことのなかった福島萍人氏も、さすがにもう亡くなったろう。だから当作に記録した内容は、ずいぶん貴重になったかもしれない。

しかし先日訪れた成城の街には、喫茶店アルプスや、喜多見不動尊はまだ健在だった。

網走発遙かなり

絶版となっている講談社文庫版、『網走発遙かなり』の巻末解説を読むと、大原久美子氏が、ぼくが忘れていたことを書いてくれている。この作についてぼくは、「最初一つの短編に思えた部分が、実は長編小説の結末であった」と、ノベルス版「著者のことば」で述べているらしい。

指摘されれば思い出すが、確かにそのようなことだった。この作の前方の三編は、すべて講談社の小説現代に発表したと思うが、発表は「網走発――」が最初だった。つまり、この最後の作が最初の発表であったと思う。そう思って書棚からハードカヴァー、『網走発遙かなり』一次出版本を出してきて巻末を見たら、その通りだった。

最終短編「網走発遙かなり」が別冊小説現代一九八四年初夏号の掲載となっている。そして冒頭の「丘の上」は、それから二年近くが経過した小説現代一九八六年一月号の発表となっている。どうやらこの二年間が、冒頭に述べたような作戦を立てていた時間だったと見える。

とはいえ、これは正確ではない。というのもこの二年弱という時間は、デビュー後、ぼくが最も多忙だった時期のひとつになる。短編を書かないまま、ぼくは突発的に多忙になった。これも異例の出来ごとだが、「網走発遙かなり」の発表から、次の短編「丘の上」発表までの間に、ぼくは長編『漱石と倫敦ミイラ殺人事件』、『北の夕鶴2／3の殺人』、ノベルス版『占星術殺人事件』、『高山殺人行1／2の女』、『消える「水晶特急」』、『確率

2／2の死』、『サテンのマーメイド』、『夏、19歳の肖像』と、八冊の長編本を立て続けに上梓している。突発的多忙に巻き込まれた理由ははっきりしていて、カッパ・ノベルスの処女長編、『寝台特急「はやぶさ」1／60秒の壁』が、思いがけずベストセラーになったからである。

これら長編仕事の合間を縫いながら、必死で最初の連作短編本、つまりは新機軸の長編の構想を組み上げていたのであろう。よくやったものだと感心もするが、力が湧く理由もあった。超人的だとたまにお世辞を言われたりもしたこれは、乱歩賞以降あんまり理不尽が続き、実力を発揮できずに悶々《もんもん》としていた反動であったろう。それが急に実力発揮を許され、喜びのあまり、うまい具合の爆発ができた。

続く三編目の「化石の街」は、「丘の上」発表から半年後の小説現代八六年七月号の発表になっている。「乱歩の幻影」は、そのまた半年強ののち、同じ小説現代八七年二月号に掲載、と記録されている。そうならこの連作短編は、三年の期間をかけて完成したことになり、なかなか気の長い制作のやり方をしている。

書いていてだんだんに思い出すのだが、このような意味のことを、どこかに書いた記憶もある。「網走発遙かなり」という短編を書いたのだが、どうしても気分が落ち着かず、これでことを終えたという達成感、それともきりのついた感じがなかった。登場人物たちの、この事件にいたるまでの人生が空中を漂って感じられ、着地の場所を求めて彷徨《さまよ》っている心地がした。自分は、この人たちの生涯の時間を引き受けてしまった気がして、時間を遡って、彼らの以前の生活までを書き記す必要を感じた——。

そうだ、実際そのようなことであった。雑誌への発表経過を見ても、この表現は嘘をついてはいない。まったくこの通りのことであった。

ということならば、ずいぶんとまた劇的な体験をしたもので、また最後から逆算して書いていって、よく全体の辻褄《つじつま》が合ったものと思う。終章はもう活字になっているのだ。これを大きく修正したという記憶はない。幸運であったということか。それとももっと小説的な言い方をして、すでに空中に存在していた物語を、自分はただ受信しただけであったということか。

こういうことを思うと、ぼくはいつも夏目漱石の『夢十夜』を思い出す。運慶と快慶が護国寺前で仁王像を彫っている、そういう噂を聞いた「自分」が、これを観にいったという夢の話である。おおよそ以下のような内容であったろうか。

見物人に交じって観ていたら、運慶、快慶があんまり勢いよく彫っていくので、あんなに早く彫り進んで、よく彫り損じが起きないものだと「自分」は言う。ノミを深く穿《うが》ちすぎたり、仏像の指を切り落としたりはしないものか。するとそれを聞いた見物人がこう言った。そういうことは絶対に起こらない。仁王の像は、最初から木の中に埋まっているんだ。色が違うこの像を、彫り師はただ掘り出しているだけなんだから、と。

この話は、創作の質を実にうまく言い表している。創作がうまく行く時は、本当にこのような印象である。自分が創っているような感じがあまりしない。話は最初からできていて、こっちはただそれを掘り出しているだけだという感覚――、確かにある。だからそれほどの疲労感、消耗感もない。こういう体験は何度かした。うまく行かなかった時の方が、辻褄合わせに四苦八苦して、何倍も疲れる。

ただ、ではこの連作短編がそうであったかはもうよく憶えていない。この作に関してはけっこう苦労して、自分があれこれ創ったというような人工的な様子が、細部には見えている。これは書いた者の目だから見える。

『占星術殺人事件』などは、これは確かに護国寺の運慶・快慶に近かった気分だ。またそうでなければ、短編さえまだ一作も書いていない、執筆経験のまるでない駆け出しに、あんな長編仕事はできなかったろう。この作『網走発遙かなり』も、まあ、そういう感じが多少はあった、というところか。

この作に関してあと憶えていることは、パリ・ダカールラリーに参加して、アフリカからパリに向かって帰っている飛行機の中で、表紙のデザインの絵柄がひらめいたことだ。北の地の、寒々とした地平に消えていく、ひと筋の道を写した写真がいい、とそう思ったのである。

ひらめいたアイデアに、思わず座席で躍りあがって手を打ったら、狭い通路を隔てた隣りにはラリードライヴァーの篠塚建次郎氏がいて、怪訝《けげん》な顔でこちらを見た。周囲に日本人はわれわれ二人しかいなかったからだ。内容とあまり関係がないことだが、そんな思い出もある。

もうひとつ憶えていることは、タイトルだ。これはぼくがつけたものではない。短編原稿を渡してしばらくして、小説現代のK端編集長が自ら電話をしてきて、作を気に入ったと褒めてくれてのち、ついてはタイトルを考えたのだが、「網走発遙かなるまで」か、「網走発遙かなり」、どっちかはどうでしょう、と言った。未熟な当時のことで、作品はできたがタイトルがないということがよくあった。「遙かなるまで」はあんまり違うと感じたので、それなら「遙かなり」でしょうね、と答えた。

この時は、実のところそれほどピンとは来ていなかったのだが、あとになって、このタイトルをあちこちでずいぶんと褒められた。ずうっとのちになって『世紀末ニッポン紀行』という連載をフライデー誌でやることになった時、担当のF谷氏が連載の通しタイトルを思案しながら、『網走発遙かなり』みたいな格好いいタイトルはないですかねぇ、などと言った。

確かにこれは、北の大地からの雄大な広がりを思わせるよいタイトルだ。網走は、ある登場人物たちにとっては終焉《しゅうえん》の地だったが、同時にそこから視界がさっと拓《ひら》け、彼らにとっては真の、そして悠久の旅立ちが始まる、そういう意味にも読める。

ぼくに、登場人物の前半生をたどる、逆行の旅立ちを決意させてくれたものも、この末広がりふうの綺麗なタイトルであったろう。その意味で、今K端氏に大変感謝している。

参考文献

大森昌衛・編著『東京の動・植物園と博物館、化石ｅｔｃ・めぐり』（築地書館）
松山巖・著『乱歩と東京』（筑摩書房）
西井一夫・著、平嶋彰彦・写真『昭和二十年　東京地図』（筑摩書房）
福島萍人・著『続　有楽町』（この随筆集は実在します）

本書は一九九〇年七月に講談社文庫として刊行され、二〇一二年六月に南雲堂より刊行された「島田荘司全集Ｖ」に収められたものを加筆・修正し、改訂完全版として刊行したものです。

|著者| 島田荘司　1948年広島県福山市生まれ。武蔵野美術大学卒。1981年『占星術殺人事件』で衝撃のデビューを果たして以来、『斜め屋敷の犯罪』『異邦の騎士』など50作以上に登場する探偵・御手洗潔シリーズや、『奇想、天を動かす』などの刑事・吉敷竹史シリーズで人気を博す。2008年日本ミステリー文学大賞を受賞。また「島田荘司選 ばらのまち福山ミステリー文学新人賞」や台湾にて中国語による「島田荘司推理小説賞」の選考委員を務めるなど、国境を越えた新しい才能の発掘と育成にも尽力。日本の本格ミステリーの海外への翻訳、紹介にも積極的に取り組んでいる。

網走発遙かなり《あばしりはつはるか》　改訂完全版《かいていかんぜんばん》

島田荘司《しまだそうじ》

講談社文庫

定価はカバーに
表示してあります

2024年１月16日第１刷発行

KODANSHA

発行者――森田浩章

発行所――株式会社　講談社

東京都文京区音羽2-12-21　〒112-8001

電話　出版（03）5395-3510
　　　販売（03）5395-5817
　　　業務（03）5395-3615

Printed in Japan

デザイン―菊地信義

本文データ制作―講談社デジタル製作

印刷―――中央精版印刷株式会社

製本―――中央精版印刷株式会社

ISBN978-4-06-533543-7

講談社文庫刊行の辞

二十一世紀の到来を目睫に望みながら、われわれはいま、人類史上かつて例を見ない巨大な転換期をむかえようとしている。

世界も、日本も、激動の予兆に対する期待とおののきを内に蔵して、未知の時代に歩み入ろうとしている。このときにあたり、創業の人野間清治の「ナショナル・エデュケイター」への志を現代に甦らせようと意図して、われわれはここに古今の文芸作品はいうまでもなく、ひろく人文・社会・自然の諸科学から東西の名著を網羅する、新しい綜合文庫の発刊を決意した。

激動の転換期はまた断絶の時代である。われわれは戦後二十五年間の出版文化のありかたへの深い反省をこめて、この断絶の時代にあえて人間的な持続を求めようとする。いたずらに浮薄な商業主義のあだ花を追い求めることなく、長期にわたって良書に生命をあたえようとつとめるところにしか、今後の出版文化の真の繁栄はあり得ないと信じるからである。

同時にわれわれはこの綜合文庫の刊行を通じて、人文・社会・自然の諸科学が、結局人間の学にほかならないことを立証しようと願っている。かつて知識とは、「汝自身を知る」ことにつきていた。現代社会の瑣末な情報の氾濫のなかから、力強い知識の源泉を掘り起し、技術文明のただなかに、生きた人間の姿を復活させること。それこそわれわれの切なる希求である。

われわれは権威に盲従せず、俗流に媚びることなく、渾然一体となって日本の「草の根」をかたちづくる若く新しい世代の人々に、心をこめてこの新しい綜合文庫をおくり届けたい。それは知識の泉であるとともに感受性のふるさとであり、もっとも有機的に組織され、社会に開かれた万人のための大学をめざしている。大方の支援と協力を衷心より切望してやまない。

一九七一年七月

野間省一

講談社文庫 最新刊

濱 嘉之　**プライド2 捜査手法**

警官として脂が乗ってきた三人の幼馴染が挑むのは、「裏社会と政治と新興宗教」の闇の癒着。

辻堂 魁　**うつし絵**〈大岡裁き再吟味〉

旗本家同士が衝突寸前だったあの事件。大岡越前は忘れていなかった。〈文庫書下ろし〉

島田荘司　**網走発遥かなり**〈改訂完全版〉

江戸川乱歩の写真を持つ女性の秘密とは？二〇二四年春公開映画「乱歩の幻影」収録。

乗代雄介　**旅する練習**

サッカー少女と小説家の叔父は徒歩でカシマスタジアムを目指す。ロードノベルの傑作！

瀬戸内寂聴　**その日まで**

私は「その日」をどのように迎えるのだろうか。99歳、最期の自伝的長篇エッセイ！

瀬尾まなほ　**寂聴さんに教わったこと**

寂聴さんの最晩年をいっしょに過ごした、66歳年下の秘書が描く微笑ましい二人の姿。

講談社文芸文庫

鶴見俊輔
ドグラ・マグラの世界／夢野久作　迷宮の住人
解説＝安藤礼二
つＪ２
978-4-06-534268-8

忘れられた長篇『ドグラ・マグラ』再評価のさきがけとなった作品論と夢野久作の来歴ならびにその作品世界の真価に迫る日本推理作家協会賞受賞の作家論を収録。

高橋源一郎
君が代は千代に八千代に
解説＝穂村　弘　年譜＝若杉美智子・編集部
たＮ５
978-4-06-533910-7

「この日本という国に生きねばならぬすべての人たちについて書くこと」を目指し、ありとあらゆる状況、関係、行動、感情……を描きつくした、渾身の傑作短篇集。

講談社文庫　目録

島田荘司　UFO大通り
島田荘司　リベルタスの寓話
島田荘司　透明人間の納屋
島田荘司　占星術殺人事件〈改訂完全版〉
島田荘司　斜め屋敷の犯罪〈改訂完全版〉
島田荘司　星籠《せいろ》の海 (上)(下)
島田荘司　屋上
島田荘司　名探偵傑作短篇集 御手洗潔篇
島田荘司　火刑都市〈改訂完全版〉
島田荘司　暗闇坂の人喰いの木〈改訂完全版〉
清水義範　蕎麦《そば》ときしめん
清水義範　国語入試問題必勝法〈新装版〉
椎名誠　にっぽん・海風魚旅〈怪し火さすらい編〉
椎名誠　大漁旗ぶるぶる乱風編〈にっぽん・海風魚旅4〉
椎名誠　南シナ海ドラゴン編〈にっぽん・海風魚旅5〉
椎名誠　風のまつり
椎名誠　ナマコ
椎名誠　埠頭三角暗闇市場
真保裕一　取引

真保裕一　震源
真保裕一　盗聴
真保裕一　朽ちた樹々の枝の下で
真保裕一　奪取 (上)(下)
真保裕一　防壁
真保裕一　密告
真保裕一　黄金の島 (上)(下)
真保裕一　発火点
真保裕一　夢の工房
真保裕一　灰色の北壁
真保裕一　覇王の番人 (上)(下)
真保裕一　デパートへ行こう!
真保裕一　アマルフィ〈外交官シリーズ〉
真保裕一　天使の報酬〈外交官シリーズ〉
真保裕一　アンダルシア〈外交官シリーズ〉
真保裕一　ダイスをころがせ! (上)(下)
真保裕一　天魔ゆく空 (上)(下)
真保裕一　ローカル線で行こう!
真保裕一　遊園地に行こう!

真保裕一　オリンピックへ行こう!
真保裕一　連鎖〈新装版〉
真保裕一　暗闇のアリア
真保裕一　ダーク・ブルー
篠田節子　弥勒
篠田節子　転生
篠田節子　竜と流木
重松清　定年ゴジラ
重松清　半パン・デイズ
重松清　流星ワゴン
重松清　ニッポンの単身赴任
重松清　愛妻日記
重松清　青春夜明け前
重松清　カシオペアの丘で (上)(下)
重松清　永遠《とわ》を旅する者〈ロストオデッセイ 千年の夢〉
重松清　かあちゃん
重松清　十字架
重松清　峠うどん物語 (上)(下)
重松清　希望ヶ丘の人びと (上)(下)

講談社文庫　目録

高杉　良　混沌《こんとん》　新・金融腐蝕列島（上）（下）
高杉　良　乱　気　流（上）（下）
高杉　良　小説　会　社　再　建
高杉　良　新装版　懲　戒　解　雇
高杉　良　新装版　大　逆　転！〈小説　三菱・第一銀行合併事件〉
高杉　良　新装版　バンダルの塔
高杉　良　第　四　権　力〈巨大メディアの罪〉
高杉　良　巨大外資銀行
高杉　良　最強の経営者〈アサヒビールを再生させた男〉
高杉　良　リ　ベ　ン　ジ〈巨大外資銀行〉
高杉　良　新装版　会　社　蘇　生
竹本健治　新装版　匣《はこ》の中の失楽
竹本健治　囲碁殺人事件
竹本健治　将棋殺人事件
竹本健治　トランプ殺人事件
竹本健治　狂い壁　狂い窓
竹本健治　涙《るい》　香《こう》　迷《めい》　宮《きゅう》
竹本健治　新装版　ウロボロスの偽書（上）（下）
竹本健治　ウロボロスの基礎論（上）（下）

竹本健治　ウロボロスの純正音律（上）（下）
高橋源一郎　日本文学盛衰史
高橋源一郎　5と3/4時間目の授業
高橋克彦　写楽殺人事件
高橋克彦　総　門　谷
高橋克彦　炎立《ほむら》つ　壱　北の埋み火
高橋克彦　炎立つ　弐　燃える北天
高橋克彦　炎立つ　参　空への炎
高橋克彦　炎立つ　四　冥き稲妻
高橋克彦　炎立つ　伍　光彩楽土〈全五巻〉
高橋克彦　火　怨〈北の燿星アテルイ〉（上）（下）
高橋克彦　水　壁〈アテルイを継ぐ男〉
高橋克彦　天を衝く（1）～（3）
高橋克彦　風の陣　一　立志篇
高橋克彦　風の陣　二　大望篇
高橋克彦　風の陣　三　天命篇
高橋克彦　風の陣　四　風雲篇
高橋克彦　風の陣　五　裂心篇
高樹のぶ子　オライオン飛行

田中芳樹　創竜伝1〈超能力四兄弟《ドラゴン》〉
田中芳樹　創竜伝2〈摩天楼の四兄弟《ドラゴン》〉
田中芳樹　創竜伝3〈逆襲の四兄弟《ドラゴン》〉
田中芳樹　創竜伝4〈四兄弟《ドラゴン》脱出行〉
田中芳樹　創竜伝5〈蜃気楼都市《ミラージュ・シティ》〉
田中芳樹　創竜伝6〈染血の夢《ブラッディ・ドリーム》〉
田中芳樹　創竜伝7〈黄土のドラゴン〉
田中芳樹　創竜伝8〈仙境のドラゴン〉
田中芳樹　創竜伝9〈妖世紀のドラゴン〉
田中芳樹　創竜伝10〈大英帝国最後の日〉
田中芳樹　創竜伝11〈銀月王伝奇〉
田中芳樹　創竜伝12〈竜王風雲録〉
田中芳樹　創竜伝13〈噴火列島〉
田中芳樹　創竜伝14〈月への門〉
田中芳樹　創竜伝15〈旅立つ日まで〉
田中芳樹　魔　天　楼〈薬師寺涼子の怪奇事件簿〉
田中芳樹　東京ナイトメア〈薬師寺涼子の怪奇事件簿〉
田中芳樹　巴《パ》里《リ》・妖　都　変〈薬師寺涼子の怪奇事件簿〉
田中芳樹　クレオパトラの葬送〈薬師寺涼子の怪奇事件簿〉

講談社文庫　目録

田中芳樹　黒蜘蛛島《ブラックスパイダー・アイランド》〈薬師寺涼子の怪奇事件簿〉
田中芳樹　夜　光　曲〈薬師寺涼子の怪奇事件簿〉
田中芳樹　魔境の女王陛下〈薬師寺涼子の怪奇事件簿〉
田中芳樹　海から何かがやってくる〈薬師寺涼子の怪奇事件簿〉
田中芳樹　白魔《びゃくま》のクリスマス〈薬師寺涼子の怪奇事件簿〉
田中芳樹　タイタニア1〈疾風篇〉
田中芳樹　タイタニア2〈暴風篇〉
田中芳樹　タイタニア3〈旋風篇〉
田中芳樹　タイタニア4〈烈風篇〉
田中芳樹　タイタニア5〈凄風篇〉
田中芳樹　ラインの虜囚
田中芳樹　新・水滸後伝(上)(下)
田中芳樹／幸田露伴 原作　運　命〈二人の皇帝〉
田中芳樹／土屋守　「イギリス病」のすすめ
田中芳樹 文／皇名月 画・文　中国帝王図
田中芳樹／赤城毅　中欧怪奇紀行
田中芳樹 編訳　岳　飛　伝(一)〈青雲篇〉
田中芳樹 編訳　岳　飛　伝(二)〈烽火篇〉
田中芳樹 編訳　岳　飛　伝(三)〈風塵篇〉
田中芳樹 編訳　岳　飛　伝(四)〈悲曲篇〉
田中芳樹 編訳　岳　飛　伝(五)〈凱歌篇〉
高田文夫　TOKYO芸能帖〈1981年のビートたけし〉
髙村　薫　李歐《りおう》
髙村　薫　マークスの山(上)(下)
髙村　薫　照　柿(上)(下)
多和田葉子　犬　婿　入　り
多和田葉子　尼僧とキューピッドの弓
多和田葉子　献　灯　使
多和田葉子　地球にちりばめられて
多和田葉子　星に仄めかされて
高田崇史　QED〈百人一首の呪《しゅ》〉
高田崇史　QED〈六歌仙の暗号〉
高田崇史　QED〈ベイカー街の問題〉
高田崇史　QED〈東照宮の怨〉
高田崇史　QED〈式の密室〉
高田崇史　QED〈竹取伝説〉
高田崇史　QED〈龍馬暗殺〉
高田崇史　QED ～ventus～〈鎌倉の闇〉
高田崇史　QED〈鬼の城伝説〉
高田崇史　QED ～ventus～〈熊野の残照〉
高田崇史　QED〈神器封殺〉
高田崇史　QED ～ventus～〈御霊将門〉
高田崇史　QED ～flumen～〈九段坂の春〉
高田崇史　QED〈諏訪の神霊〉
高田崇史　QED〈出雲神伝説〉
高田崇史　QED〈伊勢の曙光《あけぼの》〉
高田崇史　QED ～flumen～〈ホームズの真実〉
高田崇史　毒　草　師〈QED Another Story〉
高田崇史　QED ～flumen～〈月夜見〉
高田崇史　QED ～ortus～〈白山の頻闇〉
高田崇史　QED〈憂曇華《うどんげ》の時〉
高田崇史　QED〈源氏の神霊〉
高田崇史　試験に出るパズル〈千葉千波の事件日記〉
高田崇史　試験に敗けない密室〈千葉千波の事件日記〉
高田崇史　試験に出ないパズル〈千葉千波の事件日記〉
高田崇史　パズル自由自在〈千葉千波の事件日記〉
高田崇史　麿の酩酊事件簿〈花に舞〉

講談社文庫　目録

瀧本哲史　僕は君たちに武器を配りたい〈エッセンシャル版〉
竹吉優輔　襲　名　犯
高田大介　図書館の魔女　第一巻
高田大介　図書館の魔女　第二巻
高田大介　図書館の魔女　第三巻
高田大介　図書館の魔女　第四巻
高田大介　図書館の魔女　烏《からす》の伝言《つてこと》(上)(下)
大門剛明　完　全　無　罪
大門剛明　死　刑　評　決〈「完全無罪」シリーズ〉
橘もも 著／沖田×華 原作／安達奈緒子 脚本　小説　透明なゆりかご(上)(下)
橘もも 著／ヤマシタトモコ 原作／相沢友子 脚本　さんかく窓の外側は夜〈映画版ノベライズ〉
橘もも／脚本 三木聡　大怪獣のあとしまつ〈映画ノベライズ〉
滝口悠生　高　架　線
髙山文彦　ふ　た　り〈皇后美智子と石牟礼道子〉
高橋弘希　日曜日の人々《サンデー・ピープル》
武田綾乃　青い春を数えて
武田綾乃　愛されなくても別に
谷口雅美　殿、恐れながらブラックでござる
谷口雅美　殿、恐れながらリモートでござる
武川　佑　虎　の　牙
武内　涼　謀聖　尼子経久伝〈青雲の章〉
武内　涼　謀聖　尼子経久伝〈風雲の章〉
武内　涼　謀聖　尼子経久伝〈瑞雲の章〉
武内　涼　謀聖　尼子経久伝〈雷雲の章〉
立松和平　すらすら読める奥の細道
高梨ゆき子　大学病院の奈落
珠川こおり　檸　檬　先　生
陳　舜臣　中国五千年(上)(下)
陳　舜臣　中国の歴史　全七冊
陳　舜臣　小説十八史略　全六冊
千早　茜　森　の　家
千野隆司　大店の暖簾《のれん》〈下り酒一番〉
千野隆司　分家の始末〈下り酒一番(二)〉
千野隆司　献上の祝酒〈下り酒一番(三)〉
千野隆司　大《おお》酒《ざけ》の合戦〈下り酒一番(四)〉
千野隆司　銘酒の真贋〈下り酒一番(五)〉
千野隆司　追　　跡
知野《ちの》みさき　江戸は浅草
知野みさき　江戸は浅草2〈盗人探し〉
知野みさき　江戸は浅草3〈桃と桜〉
知野みさき　江戸は浅草4〈冬青《そよご》灯籠《どうろう》〉
知野みさき　江戸は浅草5〈春の捕物〉
崔《チェ》　実《シル》　ジニのパズル
崔　実　pray《プレイ》 human《ヒューマン》
筒井康隆　創作の極意と掟
筒井康隆　読書の極意と掟
筒井康隆 ほか12名　名探偵登場！
都筑道夫　なめくじに聞いてみろ〈新装版〉
辻村深月　冷たい校舎の時は止まる(上)(下)
辻村深月　子どもたちは夜と遊ぶ(上)(下)
辻村深月　凍りのくじら
辻村深月　ぼくのメジャースプーン
辻村深月　スロウハイツの神様(上)(下)
辻村深月　名前探しの放課後(上)(下)
辻村深月　ロードムービー
辻村深月　ゼロ、ハチ、ゼロ、ナナ。
辻村深月　V.　T.　R.
辻村深月　光待つ場所へ
辻村深月　ネオカル日和

辻村深月　島はぼくらと
辻村深月　家族シアター
辻村深月　図書室で暮らしたい
辻村深月　噛みあわない会話と、ある過去について
新川直司 漫画／辻村深月 原作　コミック 冷たい校舎の時は止まる(上)(下)
津村記久子　ポトスライムの舟
津村記久子　カソウスキの行方
津村記久子　やりたいことは二度寝だけ
津村記久子　二度寝とは、遠くにありて想うもの
恒川光太郎　竜が最後に帰る場所
月村了衛　神子上《みこがみ》典膳《てんぜん》
月村了衛　悪の五輪
辻堂　魁《かい》　落暉《ゆうひ》に燃ゆる〈大岡裁き再吟味〉
辻堂　魁　山桜花〈大岡裁き再吟味〉
フランソワ・デュボワ　太極拳が教えてくれた人生の宝物〈中国・武当山90日間修行の記〉
手塚マキと歌舞伎町ホスト80人 from Smappa! Group　ホスト万葉集〈文庫スペシャル〉
土居良一　海翁伝
鳥羽　亮　金貸し権兵衛〈鶴亀横丁の風来坊〉
鳥羽　亮　提《ちょう》灯《ちん》斬り〈鶴亀横丁の風来坊〉
鳥羽　亮　お京危うし〈鶴亀横丁の風来坊〉
鳥羽　亮　狙われた横丁〈鶴亀横丁の風来坊〉
東郷　隆／上田　信 絵　【絵解き】雑兵足軽たちの戦い〈歴史・時代小説ファン必携〉
堂場瞬一　八月からの手紙
堂場瞬一　壊れる心〈警視庁犯罪被害者支援課〉
堂場瞬一　邪心〈警視庁犯罪被害者支援課2〉
堂場瞬一　二度泣いた少女〈警視庁犯罪被害者支援課3〉
堂場瞬一　身代わりの空(上)(下)〈警視庁犯罪被害者支援課4〉
堂場瞬一　影の守護者〈警視庁犯罪被害者支援課5〉
堂場瞬一　不信の鎖〈警視庁犯罪被害者支援課6〉
堂場瞬一　空白の家族〈警視庁犯罪被害者支援課7〉
堂場瞬一　チェンジ〈警視庁犯罪被害者支援課8〉
堂場瞬一　誤《あやま》ちの絆〈警視庁総合支援課〉
堂場瞬一　最後の光〈警視庁総合支援課2〉
堂場瞬一　傷
堂場瞬一　埋れた牙
堂場瞬一　Killers(上)(下)
堂場瞬一　虹のふもと
堂場瞬一　ネタ元
堂場瞬一　ピットフォール
堂場瞬一　ラットトラップ
堂場瞬一　焦土の刑事
堂場瞬一　動乱の刑事
堂場瞬一　沃野の刑事
土橋章宏　超高速！参勤交代
土橋章宏　超高速！参勤交代 リターンズ
戸谷洋志　Jポップで考える哲学〈自分を問い直すための15曲〉
富樫倫太郎　信長の二十四時間
富樫倫太郎　スカーフェイス〈警視庁特別捜査第三係・淵神律子〉
富樫倫太郎　スカーフェイスII デッドリミット〈警視庁特別捜査第三係・淵神律子〉
富樫倫太郎　スカーフェイスIII ブラッドライン〈警視庁特別捜査第三係・淵神律子〉
富樫倫太郎　スカーフェイスIV デストラップ〈警視庁特別捜査第三係・淵神律子〉
豊田　巧　警視庁鉄道捜査班〈鉄血の警視〉
豊田　巧　警視庁鉄道捜査班〈鉄路の牢獄〉
砥上《とがみ》裕將《ひろまさ》　線は、僕を描《えが》く
夏樹静子　新装版 二人の夫をもつ女
中井英夫　新装版 虚無への供物(上)(下)
中村敦夫　狙われた羊

中島らも　僕にはわからない
中島らも　今夜、すべてのバーで〈新装版〉
鳴海　章　フェイスブレイカー
鳴海　章　謀略航路
鳴海　章　全能兵器AiCO《アイコ》
中嶋博行　新装版　検察捜査
中村天風　運命を拓く〈天風瞑想録〉
中村天風　叡智のひびき〈天風哲人　箴言註釈《しんげんちゅうしゃく》〉
中村天風　真理のひびき〈天風哲人　新箴言註釈《しんげんちゅうしゃく》〉
中山康樹　ジョン・レノンから始まるロック名盤
梨屋アリエ　でりばりぃAge
梨屋アリエ　ピアニッシシモ
中島京子　妻が椎茸だったころ
中島京子ほか　黒い結婚　白い結婚
奈須きのこ　空の境界(上)(中)(下)
中村彰彦　乱世の名将　治世の名臣
長野まゆみ　簞笥のなか
長野まゆみ　レモンタルト
長野まゆみ　チマチマ記

長野まゆみ　冥途あり
長野まゆみ　45°〈ここだけの話〉
長嶋　有　夕子ちゃんの近道
長嶋　有　佐渡の三人
長嶋　有　もう生まれたくない
永嶋恵美　擬態
永井　均　内田かずひろ　絵　子どものための哲学対話
なかにし礼　戦場のニーナ
なかにし礼　生きる力〈心でがんに克《か》つ〉
なかにし礼　夜の歌(上)(下)
中村文則　最後の命
中村文則　悪と仮面のルール
中田整一　編/解説　真珠湾攻撃総隊長の回想〈淵田美津雄自叙伝〉
中田整一　四月七日の桜〈戦艦「大和」と伊藤整一の最期〉
中村江里子　女四世代、ひとつ屋根の下
中野美代子　カスティリオーネの庭
中野孝次　すらすら読める方丈記
中野孝次　すらすら読める徒然草
中山七里　贖罪の奏鳴曲《ソナタ》

中山七里　追憶の夜想曲《ノクターン》
中山七里　恩讐の鎮魂曲《レクイエム》
中山七里　悪徳の輪舞曲《ロンド》
中山七里　復讐の協奏曲《コンチェルト》
長島有里枝　背中の記憶
長浦　京　赤刃《セキジン》
長浦　京　リボルバー・リリー
長浦　京　マーダーズ
中脇初枝　世界の果てのこどもたち
中脇初枝　神の島のこどもたち
中村ふみ　天空の翼　地上の星
中村ふみ　砂の城　風の姫
中村ふみ　月の都　海の果て
中村ふみ　雪の王　光の剣
中村ふみ　永遠《とわ》の旅人　天地の理《ことわり》
中村ふみ　大地の宝玉　黒翼《こくよく》の夢
中村ふみ　異邦の使者　南天の神々
夏原エヰジ　Cocoon〈修羅の目覚め〉
夏原エヰジ　Cocoon2〈蠱惑の焔〉

講談社文庫　目録

講談社文庫　目録

畑村洋太郎　失敗学のすすめ
畑村洋太郎　失敗学実践講義〈文庫増補版〉
はやみねかおる　都会《まち》のトム&ソーヤ(1)
はやみねかおる　都会《まち》のトム&ソーヤ(2)〈乱！RUN！ラン！〉
はやみねかおる　都会《まち》のトム&ソーヤ(3)〈いつになったら作戦《ミッション》終了？〉
はやみねかおる　都会《まち》のトム&ソーヤ(4)〈四重奏《カルテット》〉
はやみねかおる　都会《まち》のトム&ソーヤ(5)〈IN《イン》塀戸《VADE》〉(上)(下)
はやみねかおる　都会《まち》のトム&ソーヤ(6)〈ぼくの家へおいで〉
はやみねかおる　都会《まち》のトム&ソーヤ(7)《怪人は夢に舞う〈理論編〉》
はやみねかおる　都会《まち》のトム&ソーヤ(8)《怪人は夢に舞う〈実践編〉》
はやみねかおる　都会《まち》のトム&ソーヤ(9)〈前夜祭《EVE》　内人《ないと》side〉
はやみねかおる　都会《まち》のトム&ソーヤ(10)〈前夜祭《EVE》　創也《そうや》side〉
原　武史　滝山コミューン一九七四
濱　嘉之　警視庁情報官〈シークレット・オフィサー〉
濱　嘉之　警視庁情報官　ハニートラップ
濱　嘉之　警視庁情報官　トリックスター
濱　嘉之　警視庁情報官　ブラックドナー
濱　嘉之　警視庁情報官　サイバージハード
濱　嘉之　警視庁情報官　ゴーストマネー
濱　嘉之　警視庁情報官　ノースブリザード
濱　嘉之　ヒトイチ　警視庁人事一課監察係
濱　嘉之　ヒトイチ　画像解析〈警視庁人事一課監察係〉
濱　嘉之　ヒトイチ　内部告発〈警視庁人事一課監察係〉
濱　嘉之　新装版　院内刑事《デカ》
濱　嘉之　新装版　院内刑事〈ブラック・メディスン〉
濱　嘉之　院内刑事〈フェイク・レセプト〉
濱　嘉之　院内刑事　ザ・パンデミック
濱　嘉之　院内刑事　シャドウ・ペイシェンツ
濱　嘉之　プライド　警官の宿命
馳　星周　ラフ・アンド・タフ
畠中　恵　アイスクリン強し
畠中　恵　若様組まいる
畠中　恵　若様とロマン
葉室　麟　風渡る
葉室　麟　風の軍師〈黒田官兵衛〉
葉室　麟　星火瞬く
葉室　麟　陽《かげ》炎《ろう》の門
葉室　麟　紫匂う
葉室　麟　山月庵茶会記
葉室　麟　津軽双花
長谷川　卓　嶽《がく》〈上・白銀《しろがね》渡り〉〈下・湖底の黄金〉神《じん》
長谷川　卓　嶽神伝《がくじんでん》　鬼哭《きこく》(上)(下)
長谷川　卓　嶽神列伝　逆渡り《さかわたり》
長谷川　卓　嶽《がく》神《じん》伝《でん》　血路
長谷川　卓　嶽《がく》神《じん》伝《でん》　死地
長谷川　卓　嶽神伝　風花(上)(下)
原田マハ　夏を喪くす
原田マハ　風のマジム
原田マハ　あなたは、誰かの大切な人
畑野智美　海の見える街
畑野智美　南部芸能事務所 season5 コンビ
早見和真　東京ドーン
はあちゅう　半径5メートルの野望
はあちゅう　通りすがりのあなた
早坂　吝《やぶさか》　〇〇〇〇〇〇〇殺人事件
早坂　吝　虹の歯ブラシ〈上木《かみき》らいち発散〉
早坂　吝　誰も僕を裁けない

講談社文庫 目録

早坂　吝　双《そう》蛇《じゃ》密室
浜口倫太郎　22年目の告白〈―私が殺人犯です―〉
浜口倫太郎　廃校先生
浜口倫太郎　AI崩壊
原田伊織　明治維新という過ち〈日本を滅ぼした吉田松陰と長州テロリスト〉
原田伊織　列強の侵略を防いだ幕臣たち〈続・明治維新という過ち〉
原田伊織　〈明治維新という過ち・完結編〉虚像の西郷隆盛　虚構の明治150年
原田伊織　三流の維新　一流の江戸〈明治は「徳川近代」の模倣に過ぎない〉
葉真中《はまなか》顕《あき》　ブラック・ドッグ
原　雄一　宿命〈國松警察庁長官を狙撃した男・捜査完結〉
濱野京子　with《ウィズ》 you《ユー》
橋爪駿輝　スクロール
パリュスあや子　隣人X
平岩弓枝　花嫁の日
平岩弓枝　はやぶさ新八御用旅(一)〈東海道五十三次〉
平岩弓枝　はやぶさ新八御用旅(二)〈中仙道六十九次〉
平岩弓枝　はやぶさ新八御用旅(三)〈日光例幣使道の殺人〉
平岩弓枝　はやぶさ新八御用旅(四)〈北前船の事件〉
平岩弓枝　はやぶさ新八御用旅(五)〈諏訪の妖狐〉
平岩弓枝　はやぶさ新八御用旅(六)〈紅花染め秘帳〉
平岩弓枝　新装版 はやぶさ新八御用帳(一)〈大奥の恋人〉
平岩弓枝　新装版 はやぶさ新八御用帳(二)〈江戸の海賊〉
平岩弓枝　新装版 はやぶさ新八御用帳(三)〈又右衛門の女房〉
平岩弓枝　新装版 はやぶさ新八御用帳(四)〈鬼勘の娘〉
平岩弓枝　新装版 はやぶさ新八御用帳(五)〈御守殿おたき〉
平岩弓枝　新装版 はやぶさ新八御用帳(六)〈春月の雛〉
平岩弓枝　新装版 はやぶさ新八御用帳(七)〈寒椿の寺〉
平岩弓枝　新装版 はやぶさ新八御用帳(八)〈春怨　根津権現〉
平岩弓枝　新装版 はやぶさ新八御用帳(九)〈王子稲荷の女〉
平岩弓枝　新装版 はやぶさ新八御用帳(十)〈幽霊屋敷の女〉
東野圭吾　放課後
東野圭吾　卒業
東野圭吾　学生街の殺人
東野圭吾　魔球
東野圭吾　十字屋敷のピエロ
東野圭吾　眠りの森
東野圭吾　宿命
東野圭吾　変身
東野圭吾　仮面山荘殺人事件
東野圭吾　天使の耳
東野圭吾　ある閉ざされた雪の山荘で
東野圭吾　同級生
東野圭吾　名探偵の呪縛
東野圭吾　むかし僕が死んだ家
東野圭吾　虹を操る少年
東野圭吾　パラレルワールド・ラブストーリー
東野圭吾　天空の蜂
東野圭吾　名探偵の掟
東野圭吾　悪意
東野圭吾　嘘をもうひとつだけ
東野圭吾　赤い指
東野圭吾　流星の絆
東野圭吾　新装版 浪花少年探偵団
東野圭吾　新装版 しのぶセンセにサヨナラ
東野圭吾　新参者
東野圭吾　麒麟の翼
東野圭吾　パラドックス13

講談社文庫　目録

東野圭吾　祈りの幕が下りる時
東野圭吾　危険なビーナス
東野圭吾　時《トキ》生《オ》〈新装版〉
東野圭吾　希　望　の　糸
東野圭吾　どちらかが彼女を殺した〈新装版〉
東野圭吾　私が彼を殺した〈新装版〉
東野圭吾作家生活25周年祭り実行委員会　東野圭吾公式ガイド〈読者1万人が選んだ東野作品人気ランキング発表〉
東野圭吾作家生活35周年実行委員会 編　東野圭吾公式ガイド〈作家生活35周年ver.〉
平野啓一郎　高　瀬　川
平野啓一郎　ド　ー　ン
平野啓一郎　空白を満たしなさい (上)(下)
百田尚樹　永　遠　の　0《ゼロ》
百田尚樹　輝　く　夜
百田尚樹　風の中のマリア
百田尚樹　影　法　師
百田尚樹　ボックス！ (上)(下)
百田尚樹　海賊とよばれた男 (上)(下)
平田オリザ　幕　が　上　が　る
東　直子　さようなら窓

蛭田亜紗子　凜
樋口卓治　ボクの妻と結婚してください。
樋口卓治　続・ボクの妻と結婚してください。
樋口卓治　喋　る　男
平山夢明　魂《たま》豆《どう》腐《ふ》〈大江戸怪談どたんばたん(土壇場譚)〉
平山夢明 宇佐美まこと ほか　超　怖　い　物　件
東川篤哉　純喫茶「一服堂」の四季
東山彰良　流《りゅう》
東山彰良　女の子のことばかり考えていたら、1年が経っていた。
平田研也　小さな恋のうた
日野　草　ウエディング・マン
平岡陽明　僕が死ぬまでにしたいこと
ビートたけし　浅　草　キ　ッ　ド
ひろさちや　すらすら読める歎異抄《たんにしょう》
藤沢周平　新装版 春　秋　の　檻〈獄医立花登手控え(一)〉
藤沢周平　新装版 風　雪　の　檻〈獄医立花登手控え(二)〉
藤沢周平　新装版 愛　憎　の　檻〈獄医立花登手控え(三)〉
藤沢周平　新装版 人　間　の　檻〈獄医立花登手控え(四)〉
藤沢周平　新装版 闇　の　歯　車

藤沢周平　新装版 市　塵 (上)(下)
藤沢周平　新装版 決　闘　の　辻
藤沢周平　新装版 雪　明　か　り
藤沢周平　義民が駆ける〈レジェンド歴史時代小説〉
藤沢周平　喜多川歌麿女絵草紙
藤沢周平　闇　の　梯　子
藤沢周平　長門守の陰謀
古井由吉　こ　の　道
藤田宜永　樹　下　の　想　い
藤田宜永　女　系　の　総　督
藤田宜永　女系の教科書
藤田宜永　血　の　弔　旗
藤田宜永　大　雪　物　語
藤　水名子　紅　嵐　記 (上)(中)(下)
藤原伊織　テロリストのパラソル
藤本ひとみ　新・三銃士 少年編・青年編〈ダルタニャンとミラディ〉
藤本ひとみ　皇妃エリザベート
藤本ひとみ　失楽園のイヴ
藤本ひとみ　密室を開ける手

講談社文庫　目録

藤本ひとみ　数学者の夏
福井晴敏　亡国のイージス（上）（下）
福井晴敏　終戦のローレライ I〜IV
藤原緋沙子　遠花火〈見届け人秋月伊織事件帖〉
藤原緋沙子　春《はる》疾風《はやて》〈見届け人秋月伊織事件帖〉
藤原緋沙子　暖《ぬくめ》鳥《どり》〈見届け人秋月伊織事件帖〉
藤原緋沙子　霧の路《みち》〈見届け人秋月伊織事件帖〉
藤原緋沙子　鳴《なる》子《こ》守《もり》〈見届け人秋月伊織事件帖〉
藤原緋沙子　夏ほたる〈見届け人秋月伊織事件帖〉
藤原緋沙子　笛吹川〈見届け人秋月伊織事件帖〉
藤原緋沙子　青《せい》嵐《らん》〈見届け人秋月伊織事件帖〉
椹野道流　亡羊の嘆〈鬼籍通覧〉
椹野道流　新装版 暁天の星〈鬼籍通覧〉
椹野道流　新装版 無《む》明《みょう》の闇〈鬼籍通覧〉
椹野道流　新装版 壺《こ》中《ちゅう》の天〈鬼籍通覧〉
椹野道流　新装版 隻《せき》手《しゅ》の声〈鬼籍通覧〉
椹野道流　新装版 禅《ぜん》定《じょう》の弓〈鬼籍通覧〉
椹野道流　池《ち》魚《ぎょ》の殃《わざわい》〈鬼籍通覧〉
椹野道流　南《なん》柯《か》の夢〈鬼籍通覧〉

深水黎一郎　ミステリー・アリーナ
深水黎一郎　マルチエンディング・ミステリー
藤谷　治　花や今宵の
古市憲寿　働き方は「自分」で決める
船瀬俊介　かんたん「1日1食」!!〈万病が治る！　20歳若返る！〉
藤野可織　ピエタとトランジ
古野まほろ　身元不明《ジェーンドゥ》〈特殊殺人対策官　箱崎ひかり〉
古野まほろ　陰陽少女
古野まほろ　陰陽少女〈妖刀《ようとう》村正《むらまさ》殺人事件〉
古野まほろ　禁じられたジュリエット
藤崎　翔　時間を止めてみたんだが
藤井邦夫　大江戸閻《えん》魔《ま》帳《ちょう》
藤井邦夫　三つの顔〈大江戸閻魔帳㈡〉
藤井邦夫　渡世人〈大江戸閻魔帳㈢〉
藤井邦夫　笑う女〈大江戸閻魔帳㈣〉
藤井邦夫　罰《ばち》当《あた》り〈大江戸閻魔帳㈤〉
藤井邦夫　福の神〈大江戸閻魔帳㈥〉
藤井邦夫　野暮天〈大江戸閻魔帳㈦〉
藤井邦夫　仇《あだ》討《う》ち異聞〈大江戸閻魔帳㈧〉

福澤徹三／糸《し》柳《やな》寿《とし》昭《あき》　忌《い》み地〈怪談社奇聞録〉
福澤徹三／糸柳寿昭　忌み地 弐〈怪談社奇聞録〉
福澤徹三／糸柳寿昭　忌み地 惨〈怪談社奇聞録〉
福澤徹三／糸柳寿昭　忌み地 屍《し》〈怪談社奇聞録〉
福澤徹三　作家ごはん
藤井太洋　ハロー・ワールド
藤野嘉子　生き方がラクになる 60歳からは「小さくする」暮らし
富良野　馨《かおる》　この季節が嘘だとしても
藤井聡太／山中伸弥　前人未到
藤井聡太／丹羽宇一郎　考えて、考えて、考える
辺見　庸　抵抗論
星　新一　エヌ氏の遊園地
星　新一 編　ショートショートの広場 ①〜⑨
本田靖春　不当逮捕
保阪正康　昭和史 七つの謎
堀江敏幸　熊の敷石
本格ミステリ作家クラブ編　ベスト本格ミステリ TOP5〈短編傑作選002〉
本格ミステリ作家クラブ編　ベスト本格ミステリ TOP5〈短編傑作選003〉
本格ミステリ作家クラブ編　ベスト本格ミステリ TOP5〈短編傑作選004〉

講談社文庫　目録